Pour

Maudit Blues à NANTES ...

Quand Charlie s'en mêle, ça swingue

Bonne lecture !

Bien à vous

J.P. [signature]

NANTES le 6.06.2009

Cet ouvrage de pure fiction n'a d'autre ambition que de distraire le lecteur. Les événements relatés ainsi que les propos, les sentiments et les comportements des divers protagonistes n'ont aucun lien, ni de près, ni de loin, avec la réalité, et ont été imaginés de toutes pièces pour les besoins de l'intrigue. Toute ressemblance avec des personnes ou des situations existant ou ayant existé serait pure coïncidence.

Aux Éditions Alain Bargain

Dans la collection
ENQUÊTES ET SUSPENSE :

Jean-Pierre Bathany
- Camaret au Vitriol
- Double Je Nantais
- Été show à La Baule
- La Veuve Noire de Pornic
- Maudit Blues à Nantes

Françoise Le Mer
- Colin-maillard à Ouessant
- La Lame du Tarot
- Le Faucheur du Menez-Hom
- L'Oiseau noir de Plogonnec
- Blues Bigouden *à l'Île-Chevalier*
- Les Santons de Granite rose
- Les Ombres de Morgat
- Le Mulon rouge de Guérande
- L'Ange de Groix
- Buffet froid à Pouldreuzic

Michèle Corfdir
- Le Crabe
- Mortel Hiver sur le Trieux
- Chasse à corps à Bréhat
- Larmes de fond ou le retour du crabe
- Vent contraire à Loguivy-de-la-Mer
- Herbes amères à Belle-Isle-en-Terre
- Il court, il court, le furet des Abers
- Fest-Noz sur le Nil

Chaix d'Est-Ange
- La filière d'Arradon
- La petite dame de Locminé
- Ratissage dans le golfe
- L'Écluse de Malestroit
- Copie conforme à Larmor-Baden
- Les Truands de Saint-Goustan
- Coup de barre à Étel
- Vilaine affaire à La Roche-Bernard
- Perfusion à Quiberon

Anne-Solen Kerbrat-Personnic
- "Mi Amor" à Rochefort
- Jour maudit à l'Île-Tudy

Martine Le Pensec
- Onde de choc sur Fermanville
- Angoisse sur Penmarc'h
- Lumière noire sur la Penfeld
- Printemps funeste à Brest
- Treizième lune à Concarneau

Gisèle Guillo
- Dernier rendez-vous à Vannes
- Du Léman au Morbihan *(épuisé)*
- Tempête à Quiberon
- La Belle de Carnac
- Le Saigneur de Quimper
- Vol de pigeons à Arradon
- Cash-cash au Crouesty

Firmin Le Bourhis
- La neige venait de l'Ouest *(épuisé)*
- Les Disparues de Quimperlé
- La Belle Scaëroise
- Étape à Plouay
- Lanterne rouge à Châteauneuf-du-Faou
- Coup de tabac à Morlaix
- Échec et tag à Clohars-Carnoët
- Peinture brûlante à Pontivy
- En Rade à Brest
- Drôle de chantier à Saint-Nazaire
- Poitiers, l'affaire du Parc
- Embrouilles briochines
- La Demoiselle du Guilvinec
- Jeu de quilles en Pays Guérandais

Serge Le Gall
- La secte de l'Aven
- Sables mouvants à Bénodet
- La Douarneniste et le Commissaire
- Corps-mort à l'Île-de-Batz
- Traque noire à Audierne
- Fugue mortelle en RÉ
- Le moine rouge de Carantec
- La Sirène de Port Haliguen
- Coup fourré dans les Monts d'Arrée

Christophe Chaplais
- Pâté de Corbeau aux amandes amères
- Le calisson jusqu'à la lie
- Farz aux herbes de Portsall
- Addition salée au Croisic
- Salade russe aux noix de Grenoble
- Fourchette mortelle à Chinon

Bernard David-Cavaz
- Traboules
- La Fille de Sein

Aux Éditions Alain Bargain

Dans la collection
ENQUÊTES ET SUSPENSE :

Annie Le Coz
- Les Maudits de Kérogan *(épuisé)*
- Plumes sèches à Beg-Meil
- Quimper sonne les cloches
- “Caval” à Saint-Guénolé
- “Clap” de fin à Langolen
- Mortelle Bigoudène

Simone Ansquer
- Téviec, le Secret
- Aux tours de La Rochelle

Lise Tiffanneau-Midy
- Sortie de route en Anjou
- Vengeance sur la Corniche Angevine

Solenn Colléter
- Lettres de sang sur la Côte Sauvage

Marie-Françoise Marchal
- Frissons en Morbihan *(épuisé)*

Anne-Soizic Loirat
- Lorient l’interdite

Jean-Pierre Le Marc
- Matin rouge au Guilvinec
- Soirées noires à Penmarc’h
- Double vie à Loctudy *(épuisé)*
- Signes de sang à Lesconil
- L’Héritier des Trépassés

Philippe-Michel Dillies
- Meurtres à Monnaie
- Chasse à Tours
- Train d’enfer pour Saint-Pierre-des-Corps
- Les roses noires de Chartres
- Du raisiné à Vouvray
- Partie truquée à Descartes

Patrick Bent
- Erquy profite le crime
- Le macchabée du Val-André
- Saint-Cast priez pour eux !
- Hécatombe à Saint-Malo

Stéphane Jaffrézic
- Chili-Concarneau
- Ville bleue et beaux dégâts
- Disparitions en Pays Fouesnantais

Alex Nicol
- Mystères en Finistère
- Ça bombarde chez les Bigoudens
- Mise en Bière à Sainte-Marine
- Le Tsar de Bénodet

Jacques Caouder
- L’Occise des Landes
- L’Évadée de Brennilis
- Le Mort de Brest-Les Abers *(épuisé)*
- La Troménie noire
- Rumeurs mortelles à St-Renan *(épuisé)*

Jean-Pierre Farines
- Brume sur la Presqu’île

Sylvain Pettinotti
- Manzini ou “L’art des choix”
- Réactions en chaîne en Isère

Christophe Gontard
- Dernière danse en Trièves

Michel Courat
- Ça meurt sec à Locquirec

Bernard Morin
- Trahison à Guerlédan

Jean-Jacques Gourvenec
- Chasse au congre à Lannilis
- Scénario macabre à Saint-Pabu
- Sortilèges au Conquet

Cédric Labb
- Les Démons du Midi
- Les Muses de Savoie

Luc Calvez
- Le fils du Tigre
- Les Graffeurs du Ponant

Patrice Rousseau
- Le faussaire de Pont-l’Abbé *(épuisé)*

Jérôme Lucereau
- Anévrisme
- Chef-d’œuvre meurtrier à Lorient *(épuisé)*
- L’affaire Callac *(épuisé)*

Jean-Luc Le Pache
- Bréhat-culpa *(épuisé)*

Philippe Lepeuple
- Samba ni loi en pays nantais
- Poulets de Brest *La mauvaise farce* *(épuisé)*

Bruno Ségalotti
- Filouteries en Côtes-d’Armor *(épuisé)*
- La Phalange de l’Argoat
- Breizh Connection *(épuisé)*

Aux Éditions Alain Bargain

Dans la collection
ENQUÊTES ET SUSPENSE :

Yves Horeau
- Une retraite pas très spirituelle *(épuisé)*

Michel Renouard
- La Java des voyous
- Les castrats de Bombay
- Requiem sur le campus
- Le bouillon de minuit *(épuisé)*
- La farine du Diable *(épuisé)*
- La Vénus de Malifeu

René Le Clech
- Baston chez les voileux *(épuisé)*

Jean-Christophe Pinpin
- Qui voit Groix voit sa croix
- Qui voit Sein voit sa fin *(épuisé)*
- Qui voit Ouessant voit son sang
- Qui voit Belle-Ile voit son île *(épuisé)*
- Qui voit Molène voit sa peine
- Toulouse au bout du siècle *(épuisé)*
- Traque à Hoëdic *(épuisé)*

Aux Éditions Alain Bargain
Dans la collection ***POL'ART :***

Serge Le Gall
- Sombre dessein à Pont-Aven
- Meurtres du côté de chez Proust
- Eaux-fortes à Sainte-Marine
- Ciel rouge au Pouldu

Loïc Gourvennec
- Le râle du basson

Yves Horeau
- Monsieur Butterfly

Renée Bonneau
- Nature morte à Giverny *(épuisé)*
- Séquence fatale à Dinard *(épuisé)*
- Sanguine sur la Butte

Stéphane Jaffrézic
- Toiles de fond à Concarneau
- Le Rubis de Châteauneuf-du-Faou

Jean-Pierre BATHANY

Maudit Blues à NANTES

Collection

ENQUÊTES & SUSPENSE

Quadri Signe - Editions Alain Bargain
125, Vieille Route de Rosporden - 29000 Quimper
E-mail : editions.alain.bargain@wanadoo.fr
Site Internet : http://pagesperso-orange.fr/editions.bargain

« L'itinéraire d'un artiste est toujours un voyage au bout de la nuit. »

Jean Wagner.

REMERCIEMENTS

- À Pierre-François GERARD, chargé de mission à la SEMITAN, pour avoir orchestré des rencontres et créé une dynamique autour du bus du jazz, le 569.
- À Jean NEVEU qui, beaucoup plus qu'un passionné, est une encyclopédie du jazz à lui seul.

PROLOGUE

Il faisait froid. Glacial même. Un éternuement se répercuta sous les voûtes de l'église. Il troubla l'homélie du curé. Celle-ci rappelait le devoir de tout chrétien, prier Dieu dans les moments de grande douleur. C'en était un.

Tête baissée pour se recueillir, Robert Mantini s'agenouilla.

Ils étaient venus nombreux. Femmes voilées de noir, hommes aux costumes sombres : tenues d'obsèques.

Le vieux était mort. La famille au complet était là. Le clan, plutôt, devait-on dire.

Le vieux n'était pas le père de Mantini. Mais c'était pareil. Il l'avait élevé, lui, beaucoup appris, tout légué. Mantini lui devait tout !

Une énorme gerbe de fleurs était posée sur le cercueil. Le chapeau noir du vieux aussi. Ce qui le caractérisait le plus, le vieux, c'était son chapeau noir. Alors, qu'il fût mis là en évidence, c'était naturel.

Robert Mantini redressa sa tête et porta un regard oblique sur le chapeau.

Cela lui évoqua combien la présence du vieux avait été prépondérante. Et, bien évidemment, il s'interrogea sur lui-même : héritier, il aurait à faire face à tous les problèmes. Sa tâche ne s'annonçait pas de tout repos.

Le vieux était décédé subitement, sans laisser aucune recommandation. Comme si sa vie devait être éternelle !

Son regard toujours posé sur le cercueil, Mantini pensait. À présent, le vieux devait être bien, là où il était. Attendant son tour, il devait certainement patienter devant la porte du purgatoire. Mais, à n'en pas douter, son séjour en ce lieu serait prolongé. Et lorsque les saints défileraient, même en suppliant le Seigneur, il n'était pas certain qu'il fût du nombre.

Dans l'assistance, les visages perdaient peu à peu de cette gravité dont ils étaient empreints au début de la cérémonie. L'attention n'était plus la même. Çà et là, des signes d'impatience se devinaient. La messe durait. Trop peut-être.

C'était un souhait de Mantini. Par estime pour le vieux, avait-il dit. Normal.

Maintenant, au cimetière, ils se présentaient, l'un après l'autre, devant le trou béant dans lequel reposait désormais le vieux et son chapeau, jetaient une poignée de terre, une fleur pour certains, se signaient ensuite.

Puis, regroupés derrière Mantini, tous semblaient attendre son consentement pour se disperser. L'un d'eux, portant chapeau et lunettes noires comme la plupart de hommes présents, se pencha vers lui, chuchota à son oreille.

Exprimant son trouble, Mantini fronça ses sourcils

d'une manière à peine perceptible. Ses yeux roulèrent. Il se ressaisit très vite, sembla réfléchir l'instant de quelques secondes seulement, puis acquiesça d'un léger signe de tête.

Cette scène n'avait pas échappé à un photographe, dissimulé à l'intérieur d'un caveau désaffecté.

Poussés par un vent du Nord, de lourds nuages gris obscurcirent tout à coup le cimetière. Mantini leva ses yeux. Songeur, il scruta le ciel devenu maussade. Il y voyait comme le signe d'événements sombres à venir…

I

Lorsque la porte se referma derrière lui, Charles Caplan se retrouva libre après une dizaine d'années d'incarcération. En déduisant les remises de peine, auxquelles s'ajoutait une faveur inattendue du juge, il s'était acquitté de sa dette envers la société. Quand même, c'était cher payé pour n'avoir rien fait. Du moins, le croyait-il.

Durant son procès, il n'avait cessé de crier son innocence. Personne ne l'avait cru. Pas même son avocat dont la plaidoirie s'était bornée à atténuer la peine maximale encourue. Ce dernier l'avait même dissuadé de faire appel de sa condamnation. Son crime était indéfendable. Aucun juriste ne s'y serait risqué par crainte de voir sa réputation entachée. Et, pour réexaminer cette affaire, le tribunal aurait exigé de nouvelles preuves ou un manquement dans la procédure. Ce n'était pas le cas.

N'ayant d'autre choix, Charles Caplan fut dans l'obligation d'accepter sa détention comme une épreuve cruelle de la vie. Les deux premières années furent les plus difficiles. Puis, au fil du temps, il porta un point de vue différent sur ce douloureux événement et cela l'aida à surmonter sa souffrance ; il vint à considérer ces années d'enfermement comme l'avance d'un châtiment. Et la société lui en serait redevable.

Cette idée bien ancrée dans sa tête, il abordait donc sa nouvelle vie. Bien que préparé à cette sortie, il n'en avait pas vraiment mesuré toutes les conséquences.

Sur le trottoir, devant l'établissement pénitentiaire, la détresse l'envahit. Si le parfum de la liberté avait quelque chose d'excitant, il lui donnait aussi le vertige. Une vague d'angoisse s'apprêtait à le submerger, l'urgent était de la maîtriser.

Il posa sa valise à terre, chercha un sachet de papier dans la poche de son manteau. Il le sortit, en plaqua l'ouverture autour de son nez et de sa bouche et respira à l'intérieur. Au bout de quelques minutes, il en ressentit les bienfaits. Son mal-être s'apaisa naturellement.

Charles, Charly comme l'avaient surnommé les gardiens et les codétenus, était dérouté à l'idée de se retrouver à l'extérieur de la prison. Dix ans, c'est long. Il aurait bien tambouriné à la porte pour demander l'asile mais, de l'autre côté, on ne l'aurait pas entendu de cette oreille. Et ce n'était assurément pas la solution.

À présent, il devait saisir les problèmes à bras-le-corps, se réinsérer dans la société, se réapproprier sa vie, prouver qu'il était capable d'une telle démarche ! Ainsi s'était exprimé le psychiatre au cours de leurs derniers entretiens. Celui-ci pouvait se gorger de toutes les formules convenues de sa profession, ou encore de toutes les paroles réconfortantes du monde, pour autant ce n'était pas lui qui avait écopé trois mille six cents jours de prison pour rien !

Charly plia le sac de papier et le glissa dans sa poche. Il se coiffa de son bonnet de laine, se pencha en avant pour saisir sa petite valise contenant ses affaires personnelles, puis se dirigea vers la station de tramway la plus proche.

Durant ces années, il avait perdu du poids. Son manteau était devenu bien trop grand. Il flottait dedans. Quant à son pantalon, emprunté à un ami détenu, celui-ci était un peu court. En prison, cela n'avait aucune importance, mais là, à marcher dans la rue, Charly en éprouvait de la gêne. La sensation d'avoir tous les regards orientés sur sa personne le mettait mal à l'aise. L'incident qui suivit le confirma très vite.

À la station du tramway, il fut la cible d'un groupe de jeunes. Ils se moquèrent de lui : allusions à peine voilées sur ses vêtements, regards en coin, rires moqueurs. Le nombre faisant toujours la force des petites gouapes, Charly serra ses dents pour ne pas répliquer. Dans le cas contraire, il savait de quelle manière cela se terminerait : il serait accusé de les avoir provoqués. Il n'y tenait pas vraiment. Son premier jour de liberté ne devait pas être gâché par des jeunes sans cervelle. Sourd aux railleries, il s'obligea à regarder droit devant lui.

Le tramway apparut enfin au détour d'une courbe

de la voie. Surpris, Charly sortit son porte-monnaie et entama son viatique pour s'acquitter d'un ticket au distributeur. Dans sa précipitation, il s'embrouilla sur le mode d'utilisation. Un ticket, un duo… Un duo ? Non, et puis quoi encore : il n'avait pas l'intention de revenir ! Validez, annulez… L'automate s'en mêla. Il rejetait de manière systématique l'une des pièces. Charly s'énerva, annula tout, récupéra sa monnaie et, sans titre de transport, s'engouffra vite dans la rame.

Se tenant fermement à une barre de maintien, il jeta un coup d'œil à la recherche d'un siège libre. Il en repéra un. Il s'en approcha, se confondant en excuses pour la gêne qu'il occasionnait çà et là aux autres voyageurs. Enfin, il put s'asseoir, sa valise posée sur ses genoux.

Peut-être, pêchait-il par excès de politesse ? « Mais bah, de ce côté-là, on n'en fait jamais assez ! » se dit-il. Après une si longue absence, il était tout bonnement heureux à l'idée de reprendre le cours d'une vie normale. Il souriait, ravi d'être là. L'indifférence des autres le ramena sans égard à la réalité. Il n'était pas bon de montrer son bonheur, aussi simple fût-il, de crainte de passer pour un anormal, un marginal. Ces gens, pensait Charly, avaient perdu de leur sincérité. Ils ne s'étaient pas fait voler une décennie de leur misérable vie, sinon, en toute humilité, ils auraient répondu à son sourire.

Sa descente aux enfers, dix ans auparavant, tenait à des circonstances restées inexpliquées, du moins pour lui. Pour les jurés des assises cela avait été on ne peut plus clair. À son corps défendant, mais dans l'incapacité d'apporter la moindre preuve de son innocence, il avait été accusé d'un meurtre.

Levant la tête, il étudia le plan de la ligne du tramway affiché sur la voussure, au-dessus de la porte. Place du Cirque : c'était le nom de la station où il devait descendre. De là, il rejoindrait la place de Bretagne afin de se rendre au centre d'action sociale. Une assistante l'y attendait. Il en avait été convenu ainsi. Quand il reporta ses yeux sur les personnes assises devant lui, il eut un étourdissement accompagné d'une douleur à la tête. N'ayant jamais connu cela, il mit ce léger malaise sur le compte d'un état d'hypoglycémie ou quelque chose d'analogue. Sans plus.

Sur la rangée voisine des sièges, une femme tenait son enfant sur ses genoux. Charly estima leurs âges : quarante ans pour elle et cinq pour l'enfant. Ils auraient pu être sa famille. Il avait souvent songé au réconfort qu'auraient pu lui apporter les siens, s'ils avaient existé, bien sûr. Désormais, il portait l'empreinte indélébile de son incarcération. Il n'était pas certain qu'une femme voulût encore de lui…

Un vieil homme assis, deux rangées de sièges plus loin, capta son attention. Là, Charly eut aussitôt un pressentiment étrange : il ne se projetait pas dans la vieillesse !

Oui, dix années de sa vie volées pour n'avoir pu justifier, à son procès, de sa présence sur les lieux d'un crime. L'arme, un grand couteau de cuisine retrouvé sur les lieux, portait ses empreintes digitales. Du sang, il y en avait partout, une vraie…

— Monsieur, s'il vous plaît, contrôle des titres de transport !

…Boucherie, avait fait remarquer le procureur. Ça, Charly ne le contestait pas. Il avait bien vu, lui aussi. Mais il n'en était pas l'auteur, c'était impossible ! Il revoyait la bouche du magistrat proférant les accusations les plus…

— Monsieur, s'il vous plaît, Votre ticket !

— …Hein, pardon ? Mon ti… C'est que… Voilà, je n'en ai pas… bafouilla Charly, surpris.

— Avez-vous une pièce d'identité à me présenter ?

— Oui, bien sûr.

Il la tendit au contrôleur.

Cette fois, il suscitait la curiosité des passagers. Il ne fallait pas grand-chose pour les tirer de leurs pensées. Seulement une avanie subie par l'un des leurs, pensa Charly. Il leur fit tout de même un sourire, histoire de les rassurer. Pensez, c'était trois fois rien ! Il n'y avait aucune commune mesure entre cette infraction, il la reconnaissait volontiers, et le crime dont on l'avait chargé. Aussi, ils ne devaient pas s'inquiéter pour lui. Mais tous détournèrent alors leur regard.

— Votre adresse actuelle est bien celle mentionnée sur votre carte d'identité ? demanda le contrôleur.

— Oui, oui ! C'est bien celle-là, affirma Charly avec aplomb.

— Vous êtes de passage dans la ville ?

— Oui, oui, c'est exactement ça !

Non, l'adresse n'était plus valable, pas plus qu'il n'était de passage. Enfin, si, mais il fallait remonter dix ans en arrière. Cette accumulation de petits mensonges n'était pas non plus un crime !

Le contrôleur lui donna le double du procès-verbal en lui énonçant les augmentations des tarifs de l'amende encourue en cas de non-paiement, bien sûr.

« Bienvenue dans le monde de la liberté ! » soupira intérieurement Charly en enfouissant le bout de papier au fond de sa poche.

Quand il entendit annoncer l'arrivée de la station Place du Cirque, il se leva, se confondant de nouveau en excuses auprès des passagers.

Il gravit l'escalier partant du cours des Cinquante Otages et parvint essoufflé sur la place de Bretagne. Sur le parvis, devant la tour, il fut accueilli par un courant d'air vif et mordant. Il releva le col de son pardessus.

Au centre d'action sociale, il déclina son identité à l'accueil. Il demanda à être reçu par madame Moreau, une assistante sociale, celle-ci l'attendait.

On allait la prévenir, elle viendrait le chercher, assura-t-on en lui désignant la salle d'attente. Il gagna une banquette à l'assise en simili cuir. Sur une table s'entassaient pêle-mêle des magazines usagés. Il en prit un. Avant même qu'il n'eût le temps de se concentrer sur l'un des articles de la revue, l'assistante sociale se présenta à lui. Charly empoigna d'une main son bonnet de laine pour l'ôter et, de l'autre, serra celle tendue par la femme. Elle l'invita à la suivre.

— Alors, comment allez-vous, monsieur Caplan ? demanda-t-elle en s'installant derrière son bureau.

Si c'était la seule question qu'elle avait à lui poser, il trouva celle-ci particulièrement incongrue.

— Comme après dix années d'enfermement, répliqua-t-il sèchement de sa voix rauque en s'asseyant sur le siège qu'elle venait de lui indiquer.

L'assistante sociale était une petite brune aux cheveux bouclés, souriante et au regard franc. Bref, d'un abord sympathique. Elle se rendit très vite compte de l'absurdité de sa question. Battant ses cils, elle exprima un petit sourire gêné.

— Bien sûr… Bien sûr… Je suis chargée de vous accompagner dans vos projets de réinsertion, monsieur Caplan. Nous avons pour vous un logement. Petit mais correct. Vous en bénéficierez gratuitement les premiers mois. Par la suite, nous étudierons votre cas selon les évolutions de vos projets, mais nous n'en sommes pas là !

Elle lui présentait cela comme une faveur.

Charly, lui, y voyait le juste retour des choses. Un toit, certes, mais aussi un compte en banque confortable pour redémarrer dans sa vie. C'était plus qu'il ne lui en fallait pour mener à bien ses projets. Les siens.

La suite de l'entretien se déroula à remplir quelques

formulaires administratifs. Durant ce temps, l'assistante sociale tenta de déceler des failles chez son interlocuteur. Ainsi, elle jugea prématuré d'exiger de lui un programme de réinsertion trop contraignant. Quand tout fut terminé, elle sortit deux clés du tiroir de son bureau.

— Ce sont celles de votre futur logement, monsieur Caplan, annonça-t-elle fièrement. Je vais vous y conduire !

Charly se leva de sa chaise. Autour de lui, tout se mit à vaciller. Il se retint de justesse au plateau du bureau. Un nouvel étourdissement…

— Vous ne vous sentez pas bien, monsieur Caplan ? s'enquit madame Moreau, inquiète.

— …Si, si. Ça va aller, la rassura-t-il.

— En cas de problème, vous pouvez consulter un médecin. Vous bénéficiez de la couverture médicale, précisa-t-elle, décelant un fond de détresse dans le regard de Charly.

— Excusez-moi… Où sont les toilettes ? demanda-t-il.

Elle ouvrit la porte du bureau.

— À votre gauche, au bout du couloir, indiqua-t-elle.

Il s'y précipita.

Ses mains en appui sur le bord du lavabo, il se dévisagea dans le miroir. Ses joues, creusées par deux sillons, étaient d'une pâleur cadavérique, sur son front perlait une légère transpiration. Il sortit le sac de papier de la poche de son pardessus et respira à l'intérieur. Il reprenait des couleurs. Ensuite, il se passa un peu d'eau fraîche sur le visage, l'essuya et en profita pour remettre un peu d'ordre dans sa coiffure ébouriffée.

Durant ce temps, madame Moreau regardait la petite valise. Les affaires de cet homme se résumaient à peu de chose. Elle ressentait de la pitié pour lui. En même temps, son métier lui imposait de faire abstraction de ses sentiments personnels afin d'analyser en toute objectivité les problèmes des personnes désocialisées qu'elle recevait dans son bureau. D'autant plus que Charles Caplan était l'auteur d'un acte, qu'on le voulût ou non, irréparable : la mort d'un homme. Aussi, son apitoiement devait aller en priorité à la famille du défunt et non au coupable…

De retour, Charly frappa à la porte avant d'entrer.

— Alors, monsieur Caplan, vous allez mieux ?

— Ce n'est rien. Un simple petit étourdissement.

— D'accord, mais si cela persiste, promettez-moi de…

— Oui, de voir un médecin, vous me l'avez déjà conseillé.

Ils quittèrent les locaux pour se rendre à l'appartement.

Depuis des années, Charly n'avait pas marché dans la rue aux côtés d'une femme. Cela lui procurait le sentiment d'être redevenu tout à coup un être normal. Il se prit même à rêver : lui de retour d'un long voyage, sa valise à la main et elle venue l'accueillir à la gare. Tous deux regagnant à présent leur domicile. Ce songe en tête, il n'entendait même pas madame Moreau lui prodiguer des conseils concernant son installation dans le quartier.

— Là, vous avez l'île de Versailles. Vous en profiterez aux beaux jours. C'est-à-dire très bientôt. Ah ! Les commerces de proximité, ceux-ci sont très utiles, monsieur Caplan ! En allant par là, de l'autre côté du pont, le supermarché ; plus loin, la pharmacie et, si vous continuez, vous tombez sur une boulangerie. Vous verrez, vous serez très bien ici !

— Hum… Hum, acquiesçait Charly, l'esprit toujours accaparé par d'autres pensées.

— Hou, hou, monsieur Caplan, nous sommes arrivés !

Mais où donc était passée madame Moreau ? Charly se retourna. Il ne s'en était pas rendu compte. Elle l'attendait devant la porte d'un immeuble tandis qu'il poursuivait seul son chemin.

— Vous aviez la tête ailleurs, n'est-ce pas ? Vous devez être un peu perdu après toutes ces années… En tout cas, n'hésitez pas à m'appeler si vous rencontrez des difficultés d'adaptation. Vous n'êtes pas seul, monsieur Caplan.

« Eh bien », se dit Charly, « entre elle et le psychiatre, je ne risque pas de l'oublier. »

Face au bâtiment, il leva sa tête, compta quatre étages.

Un petit collectif rénové et à l'aspect quelconque,

dont l'avantage indéniable était sa situation au bord de l'Erdre.

— Seulement deux logements par palier, se crut obligé de préciser madame Moreau, avant même qu'ils n'eussent mis les pieds à l'intérieur de l'immeuble.

L'appartement était situé au deuxième étage : petite cuisine, séjour, une chambre et la salle de bain. Chaque pièce était équipée de façon sommaire, mais correctement. Charly n'en demandait pas plus. Par comparaison avec sa cellule, il n'avait rien à redire. Bien au contraire.

Madame Moreau lui fit l'inventaire du mobilier, du linge de maison et des couverts. Pour sa lessive, il verrait : tout près d'ici, une laverie automatique venait d'ouvrir. En venant, ils étaient passés devant. Puis, elle passa en revue les habitants de l'immeuble. Du moins, ceux qu'elle connaissait.

— Commençons par votre étage, monsieur Caplan. Vous avez deux voisines : une femme et sa fille, toutes deux originaires de Chine. Au-dessus, les logements sont occupés par un facteur à la retraite et son épouse et, toujours sur le même palier, un couple d'homosexuels, des gens charmants.

Au quatrième étage, elle avait du mal à se remémorer les locataires. Quant au premier, ainsi qu'au rez-de-chaussée, il valait mieux ne pas en parler. Ça changeait tout le temps ! Enfin, il verrait bien ; petit à petit, il ferait la connaissance de ses voisins. Ce microcosme serait désormais le sien…

Charly approuva de la tête, puis alla à la fenêtre. Là aussi, il redécouvrait les plaisirs de la liberté. Ces petits bonheurs dont on n'a pas conscience tant que l'on n'en est pas privé. Pour lui, c'était de ne plus avoir son regard qui se heurtait à des murs.

La clarté du jour avait fortement décliné et les lampadaires étaient déjà allumés. La nuit n'allait pas tarder à fondre sur la ville… Cela le ramena dix ans en arrière. C'était au cours d'une nuit comme celle à venir où tout avait basculé pour lui.

Il se retourna vers la femme. Son compte bancaire, était-il toujours sous séquestre ?

— Non, non, monsieur Caplan ! s'empressa-t-elle de répondre, la mainlevée a été ordonnée par le juge des libertés.

Charly pouvait donc se rendre à la banque en toute tranquillité et disposer de son argent comme il l'entendait.

— Parfait, dit-il.

Ainsi, il pourrait acheter des vêtements plus convenables. Jugeant les siens sans aucune allure, il les regardait, puis prenait en même temps la femme à témoin. Ne trouvez-vous pas ? Si, bien sûr, mais elle s'abstenait de se prononcer, se contentait de sourire. Un costume. Il rêvait d'un costume et aussi d'un autre pardessus plus seyant !

Madame Moreau fut agréablement surprise. Cet homme manifestait une réelle volonté de s'en sortir en attachant de l'importance à son aspect physique. Cela allait dans le bon sens pour sa réinsertion dans la société !

Avait-il une dernière sollicitation à formuler avant qu'elle ne s'en allât ? Non, Charly ne voyait pas. Alors, elle partait et le laissait s'adapter à sa nouvelle vie. Il ne devait surtout pas hésiter à faire appel à elle en cas de nécessité. Elle nota son numéro de téléphone sur un bout de papier et le lui tendit.

— Dans l'immédiat, organisez votre quotidien… Concernant votre futur emploi, ne vous en faites pas pour cela, nous verrons le moment venu. Bonne chance, monsieur Caplan !

Charly referma la porte derrière elle.

Face aux tâches ménagères quotidiennes, il devait tout réapprendre. Il ressortit afin de faire des provisions. N'ayant prêté qu'une oreille distraite à madame Moreau, il se fit indiquer par un passant la direction à prendre pour se rendre au supermarché.

Quand il revint, il dîna sans appétit d'une boîte de conserve, debout, devant la fenêtre, son assiette à la main, sans se lasser des scènes de la rue, de la rivière…

Plus tard, il vida le contenu de sa valise, répartit chaque objet à sa place. Oh, il y en avait si peu ! Son nécessaire de toilette dans la salle de bain, le peu de linge qu'il possédait dans l'armoire de la chambre et, aaah ! son poste de radio ! Petit, à piles, mais d'une qualité sonore irréprochable ! C'était son compagnon depuis des années. De sa cellule, cet appareil le reliait au monde extérieur. Et quand Charly disait le monde, il s'agissait de la terre entière ! Il captait les radios de nombreux pays, voyageait en écoutant des programmes musicaux variés, mais surtout du jazz ! Exceptionnellement, ce soir, il ne l'allumerait pas, son poste de radio. Épuisé par les premières heures de sa libération, il se coucherait de bonne heure.

II

Sur la scène du Blue Paradise, le pianiste reposa son verre tout en attaquant les premières notes d'accompagnement d'un blues médium, *Out for the Count,* blasé de jouer le même répertoire tous les soirs depuis bien trop de temps. Le contrebassiste et le batteur, eux, échangeaient encore quelques paroles tout en se préparant à entrer dans la note d'attaque. Ces trois-là auraient pu jouer n'importe quel morceau en discutant de leur quotidien. L'habitude…

Sur l'avant de la scène, un micro sur lequel tombait le faisceau d'un projecteur attendait Betty, la chanteuse.

Betty délaissait de temps à autre le service au bar pour monter sur la scène. Là, les yeux fermés, elle laissait aller sa voix mélancolique de contralto pour chanter des blues à émouvoir les âmes, se perdant elle aussi dans le souvenir d'un amour enfui. Celui-ci l'avait quittée pour une bien plus jeune qu'elle. Depuis, la bossa-nova, le calypso et bien d'autres rythmes plus toniques ne faisaient plus partie de son répertoire. Betty n'en avait plus la vitalité. Fidèle à la légende du blues, elle avait rejoint ceux qui, à minuit, avaient vendu leur âme au diable pour se perdre dans la *blue note**…

« Non, n'insistez pas, pour moi c'est fini ! », avait-elle décrété une fois pour toutes sur un ton pathétique, un soir de chagrin. « Depuis qu'il est parti, je n'en ai plus envie. Si mon corps swinguait, c'était pour lui ! »

Depuis ce jour, les musiciens avaient adapté, sur un rythme plus modéré, les pulsations des partitions à ses états d'âme. Hormis la tristesse de leur chanteuse, cela ne fut pas pour déplaire à ces derniers. Bien au contraire, ils trouvèrent là un champ d'improvisation très recherché par les musiciens de jazz.

Assises sur les tabourets, les hôtesses accueillaient au bar les clients : airs énamourés circonstanciés, propos libertins tout juste suggérés, elles badinaient avec eux. Si l'affinité était là, elles exécutaient volontiers en leur compagnie quelques pas de danse sur la piste serrant leur corps contre le leur pour mieux les assujettir et faire chavirer leur tête. Enfin, elles gagnaient en leur compagnie le velours moelleux des banquettes des alcôves. Payées à la bouteille de champagne, elles allégeaient ainsi de quelques billets les pigeons en goguette sous l'œil attentif de Betty.

Autour de la piste de danse de ce cabaret du quai

---

*La note bleue, apportée par les musiciens noirs : abaissement d'un demi-ton de la tierce et septième note d'une gamme majeure et particulièrement de la quinte dans le blues traditionnel. On peut aussi parler de couleur bluesy donnée à une mélodie.

de la Fosse, ils étaient quatre, attablés un peu à l'écart, pas très loin du comptoir. D'abord le propriétaire des lieux : Robert Mantini, alias Bob. Un ancien boxeur au palmarès insignifiant, pour ne pas dire inexistant. Il s'était reconverti dans la gestion d'un cabaret et de bars à hôtesses à la suite d'un héritage. Depuis qu'il avait cessé son sport sans avenir, il avait perdu son physique de puncheur. Son dernier combat désespéré avait été contre son embonpoint, celui-ci avait eu aussi raison de lui. Assis en face, Jos Attal, son lieutenant. Un paumé, récupéré par Mantini, dont la servilité envers son employeur ne connaissait aucune limite. Et aussi, deux hommes, des seconds couteaux aux mains pas très propres. L'un d'eux avait de petits yeux vifs, dépourvus de toute humanité. Le deuxième, la joue balafrée et agitée de spasmes, ne valait guère mieux.

La nouvelle venait de tomber : un dénommé Charles Caplan avait été libéré cet après-midi.

— Débrouillez-vous. Ça fait partie de l'héritage du vieux ! leur rappela Mantini.

— Tu sais Bob, après dix ans de placard, ce type doit être cassé, supposa Jos Attal, faisant rouler les dés sur le plateau de jeu.

À sa grande surprise, celui-ci réalisa un brelan d'as du premier coup. Satisfait de lui, prêt à renouveler son exploit, il rafla les dés d'une main. Cela irrita Robert Mantini. L'heure n'était pas aux divertissements de ce genre. À aucun du reste. À la volée, d'un geste rapide, il bloqua le poignet de son lieutenant, puis serra sa main comme un étau. Jos Attal, mâchoires contractées pour contenir la douleur, grimaçait en même temps un sourire pour sauver la face. Les dés tombèrent un à un sur la feutrine verte du plateau. D'un revers de sa main libre, Robert Mantini repoussa ce dernier tout en plantant ses yeux dans ceux de son lieutenant.

— Éclaire-moi. Tu sous-entends quoi, par là, Jos ? dit-il d'un neutre et calme.

— Ben, qu'il va se tenir tranquille.

— Donc tu ne veux pas faire le travail… C'est ça, hein, Jos ?

— Si, si, Bob. J'ai pas dit ça, non plus !

— Je préfère, vois-tu…

Mantini lâcha prise. Jos Attal massa son poignet douloureux.

L'homme aux petits yeux cruels ricana comme une hyène. Cela lui valut un regard plein de morgue de la part de Mantini. Ce dernier s'adressa de nouveau à son lieutenant :

— Les ordres, Jos, il ne faut pas les discuter, c'est clair ? insista Mantini, pesant chacun de ses mots… Ce type est capable de tout. Il faut l'en empêcher.

— S'il s'était souvenu de quelque chose, il l'aurait dit à son procès, se risqua à répondre Jos Attal.

— En dix ans, ce type a eu le temps de gamberger à plein régime, lui fit remarquer Mantini en exécutant à l'aide de son index des moulinets près de sa tempe. Et peut-être bien de se rappeler certains détails. Ce n'est pas bon. Tu comprends, Jos ? Ça inquiète beaucoup certaines personnes.

— Ouais, Bob. Mais comment faire pour le localiser ? Nantes est une grande ville.

Robert Mantini rassura son lieutenant : il ferait remonter l'information et, en retour, la réponse ne tarderait pas. Cependant, ajouta Mantini, Jos Attal et ses deux hommes de main devaient se tenir sur leurs gardes : une rencontre inattendue avec l'individu en question pouvait avoir lieu à tout moment et là, ils devraient le filer jusqu'à son domicile afin de mettre en œuvre le plan convenu entre eux. Ils rétorquèrent n'avoir qu'un souvenir très flou de Charles Caplan et ils ne le reconnaîtraient peut-être pas. Dix ans de taule, ça vous change un homme physiquement !

Mantini finit par s'énerver : ses hommes réfléchissaient trop ; avec eux, tout était prétexte à problème.

Lorsque Betty descendit de la scène, Mantini leva sa main et fit claquer deux de ses doigts. Betty comprit. Elle prépara les boissons sur un plateau et vint servir la tablée. L'orchestre enchaînait déjà sur le rythme d'une rumba boléro : *Apologies to Daisy*.

Le visage de Betty, pâle, un peu étiolé, portait les marques d'une vie passée dans les night-clubs. Sa longue robe de velours bleu à paillettes, fendue jusqu'à mi-cuisse, moulait son corps toujours désirable. Le second couteau aux petits yeux la déshabilla de son regard de sadique et la supplia :

— S'il te plaît Betty, chante pour moi : *A Bossa for Betty*.

— Va te faire voir !

— Comme tu veux, Betty…

— Laisse-la tranquille, espèce de crétin, râla Mantini.

L'autre rêvait de ce corps qui ondulait avec élégance sur des talons hauts. Mais il était hors de question pour lui de s'aventurer à faire un seul faux pas. Mantini ne lui pardonnerait pas.

Les filles étaient toutes occupées dans les alcôves ou sur la piste de danse. Au comptoir, Betty prit en charge deux clients. Ils avaient échoué au cabaret pour prolonger une soirée déjà bien arrosée. L'un d'eux, la mine défaite et l'élocution pâteuse, félicita Betty. Sa prestation sur scène avait été parfaite, soutenait-il d'une mimique approbative, tête dodelinante, le pouce levé.

Betty ne se faisait aucune illusion. Dans la minute suivante, il ne serait plus question de son talent, mais de leurs malheurs. Ils s'épancheraient en noyant leurs rancœurs au fond d'un dernier verre. Toujours le dernier avant le suivant, bien sûr. Préparant les commandes passées par les hôtesses, Betty se voyait encore supporter les discours ennuyeux de ces deux hommes : faire semblant de compatir…

— Si, si ! Et je m'y connais, insista l'homme.

Son comparse, l'œil dans le vague, confirma entre deux hoquets.

Le premier revint à la charge pour souffler un conseil à Betty :

— Votre voix est faite pour le blououse ! C'est certain. Mais vous pouvez aussi aborder une musique plus endiablée : le be-bop ou encore le hard-bop.

Autant le dire, un registre large.

Betty le savait. Mais pour cela, elle devrait puiser au fond d'elle cette énergie et cette joie qui la rendaient si pétulante quand son amour n'avait d'yeux que pour elle et l'écoutait chanter, suspendu à ses improvisations de scat.*

— Vous devriez enregistrer, affirma-t-il encore, sûr de lui, cherchant le comptoir de son coude et le manquant de justesse.

Ces deux hommes, bien qu'éméchés, semblaient sincères malgré tout. Mais Betty afficha une moue chargée de lourds regrets.

— À mon âge ? Mais pour quoi faire…

Elle ne devait pas dire ça ! objecta l'homme. Par ailleurs, à vingt ans, il était bien rare de se faire un nom dans le blues. Non, avant de toucher le cœur du public sur cette rythmique, il fallait avoir vécu soi-même. Cela donnait plus d'authenticité à la mélodie. Il voyait en elle la nouvelle Bessie Smith, l'impératrice du blues des années vingt. Pas moins ! Ou encore une Sarah

*Onomatopées, ex : doo doo be doo, inventées par Louis Armstrong qui, selon la légende, avait oublié les paroles de sa chanson. Le scat fut repris par tous les chanteurs de jazz. Ella Fitzgerald excellait dans ce domaine…

Vaughan dans le registre survolté du be-bop. Betty devait y croire !

Mantini se retourna et dit d'une voix traînante :

— Des soucis, Betty ?

— Non, Bob, tout va bien, le rassura Betty sur le même ton.

— Venez nous voir avec vos musiciens. On enregistre. Ensuite, on diffuse sur les radios locales pour un test. Tenez, voici ma carte ! dit l'homme en tendant une main peu sûre.

Betty jeta un coup d'œil rapide. Vrai, il ne mentait pas ! Elle se mit à espérer secrètement…

*

*   *

Au commissariat, comme la plupart des nuits, l'ambiance était électrique. Rares étaient les moments de répit après avoir trié les appels téléphoniques reçus, répercutés vers les équipes en patrouille, enregistré les procès-verbaux, supporté les états d'ivresse en cellule de dégrisement, protégé d'eux-mêmes certains individus et fait face à des circonstances imprévues. Violences, agressions… Ça n'arrêtait pas !

Le cap le plus difficile se situait vers quatre heures du matin. La lassitude et la fatigue se lisaient sur le visage des policiers, leurs nerfs étaient parfois soumis à tension. Pour autant, ils ne devaient pas relâcher leur vigilance.

L'erreur de jugement d'une situation pouvait avoir des conséquences dramatiques pour certaines personnes.

Le capitaine Cassel rentrait d'une patrouille de reconnaissance en compagnie du commandant Montaigne. Ce dernier, nouvellement affecté à Nantes, avait tenu à se faire indiquer les lieux les plus tendus de la ville : les territoires où les dealers écoulaient leur poison, les quartiers à risques, les bars de nuits flirtant avec le proxénétisme…

Le monde de la nuit baignait dans une atmosphère trouble. À la faveur de ces heures obscures, la crainte des ténèbres prenait tout son sens. Des noctambules révélaient parfois leurs instincts les plus bas. Cassel le savait parfaitement pour avoir vu trop de drames au fil de sa carrière. Sur la voie d'une retraite bien méritée, il avait le sentiment d'apercevoir enfin le bout du tunnel. Cela le conduirait à une vie plus normale, une fois le relais passé à Montaigne.

Déboulant dans son bureau, il se dévêtit de son blouson de cuir et le lança sur un siège libre avant de s'écrouler dans un fauteuil, les pieds croisés sur son bureau. Il frotta ses yeux avec les paumes de ses mains, émit un bâillement sonore.

— Tu comprends, Montaigne, pourquoi j'en ai ma claque de ce boulot ?

Montaigne ne partageait pas ce point de vue. Plus jeune, il avait encore son avenir et ses illusions devant lui. Plus tard, il verrait…

— Nous devons faire notre rapport, rappela le jeune commandant.

Cassel jura, dit détester cette corvée, puis rétorqua qu'il s'en fichait de ce compte-rendu. Cela ne changerait rien à sa situation, le patron pouvait dire ce qu'il voulait, lui n'en avait rien à faire ! Montaigne était dans l'embarras. Même s'il avait un grade supérieur, il ne pouvait imposer cette charge à son collègue. Pas plus qu'elle ne lui incombait par ailleurs. Du moins, tant que Cassel était encore en activité. Et il le lui dit en toute franchise. Celui-ci ne le prit pas bien, reprochant alors son zèle à sa jeune relève. Lui aussi, à ses débuts, avait agi comme Montaigne et, au terme de sa carrière, à l'heure du bilan, le résultat apparaissait plutôt décevant. Il n'était gratifié d'aucune reconnaissance. Il n'avait même pas été promu au grade de commandant alors qu'il le méritait largement ! Cela lui aurait assuré quelques subsides en plus pour sa retraite…

— Il faut le faire, insista Montaigne.

— Bon, bon, s'emporta Cassel, je vais te le faire ton putain de rapport ! RAS, voilà ce que je vais mentionner…

— Comment ça, RAS ? s'indigna Montaigne. Et l'attroupement autour des dealers, ce n'est plus de la vente à la sauvette mais un supermarché de la came !

Cassel força son petit rire moqueur.

— Quel supermarché de la came ? reprit-il. Tu n'as pas encore tout vu, mon vieux ; des endroits comme celui-là, je peux t'en montrer plus d'un !

Montaigne n'en croyait pas ses oreilles.

— Alors, tu restes impassible, tu laisses faire en toute impunité ? Ho ! T'es pas en Hollande, ici !

— Ta morale, tu te la gardes ! se défendit Cassel. Je vois bien ton petit jeu : tu meurs d'envie de proposer une opération au patron pour désorganiser le marché local. Et tu sais ce qui va se passer, hein ? Tu n'auras même pas fini d'auditionner qu'en un tour de main le marché se sera réorganisé dans ton dos ! Moi, je suis pour le contrôle des populations, vois-tu ! C'est comme les colonies de pigeons : chasse-les d'un endroit, elles s'établissent ailleurs ! Cela dit, je ne suis pas contre une petite descente de temps à autre, histoire de rappeler que nous existons toujours, mais surtout pas en organisant une opération de grande envergure. C'est mauvais, ça ! Par la suite, nous mettons trop de temps à reprendre la main…

— De quel jeu veux-tu parler ? Quelle opération à proposer au patron ? s'indigna Montaigne. Tu débloques complètement !

La joute dura un moment. Elle ne menait à rien, Cassel y mit un terme. Si Montaigne refusait ses conseils, eh bien, celui-ci apprendrait le terrain à ses dépens. Il s'en mordrait les doigts plus d'une fois ! Le jeune commandant le désespérait vraiment.

Chacun se mura dans un long silence.

Au bout d'un moment, ôtant ses pieds du bureau, Cassel s'assit dans une position plus normale. Son attention se porta alors sur un communiqué posé devant lui et auquel il n'avait prêté la moindre attention en arrivant. Sitôt après en avoir pris connaissance, il plissa ses yeux, l'air songeur.

— Caplan… Charles Caplan… Nous y voilà… Il fallait bien s'y attendre un jour, murmura-t-il pour lui-même entre ses dents.

Montaigne, lui, ruminait ses pensées en fixant un point imaginaire sur le mur en face de lui.

Après avoir passé sa main sur sa barbe râpeuse, Cassel renversa sa tête en arrière. Les yeux fermés, il sondait sa mémoire à la recherche de la date d'incarcération de Caplan. En prenant en compte les remises de peine, auxquelles s'ajoutait probablement un bonus pour bonne conduite, Caplan s'en tirait bien. Et même, honorablement bien sans le concours d'un soutien, rectifia-t-il.

Puis il réfléchit : si le juge avait largement anticipé la libération de Caplan, de quel appui ce dernier avait-il bénéficié ? Il ne trouva pas. Bah ! Dix ans tout de même ! finit-il par se dire…

Sortant de sa réflexion, il interpella Montaigne et lui tendit la feuille.

— Tiens, on nous annonce la libération de Charles Caplan !

Montaigne, marquant son total désintérêt pour cette affaire, survola du regard le communiqué et le redonna à Cassel non sans lui faire remarquer :

— Connais pas… Et puis il a purgé sa peine, non ?

— En y regardant de près, on est loin du compte !

— Et alors ? Nous ne pouvons rien y faire. C'est la décision d'un juge.

Cassel fut surpris par la réaction de Montaigne. Comment un flic aussi intègre – c'était l'image qu'il donnait de lui depuis son arrivée – pouvait-il tolérer cela ?

Montaigne le remit à sa place, disant n'y voir aucun rapport.

— Par ailleurs, en quoi cela nous regarde-t-il et pourquoi cette note interne ?

— Bien… Parce que vois-tu, Montaigne, cette histoire nous concerne ! annonça Cassel en adoptant le ton du donneur de leçons, face à la méconnaissance de son collègue sur cette affaire.

— Nous ? s'étonna Montaigne.

— Oui, nous, reprit Cassel. Quand tu touches à un flic, tu touches à l'institution entière. Et crois-moi, un type comme Caplan, tu ne peux pas l'oublier !

Montaigne lui demanda de lever le mystère.

Cette affaire remontait à dix années en arrière, commenta Cassel. Une affaire hors du commun. Un type, venu de nulle part, avait tué un des leurs. Faisant montre d'une sauvagerie inouïe, celui-ci s'était acharné sur un officier à coups de couteau. Autant le dire : un carnage ! L'horreur avait été découverte un matin par un collègue inquiet de ne pas voir la victime au commissariat. Au moment de son arrestation, l'homme en question, le nommé Caplan, dormait complètement ivre sur le canapé. Il ne se souvenait de rien, incapable d'expliquer son geste et encore moins sa présence au domicile de leur collègue policier. Pourtant, l'expert psychiatre n'avait décelé chez Caplan aucun trouble de la personnalité. Jugé responsable de ses actes, il avait été conduit devant les assises. Durant son procès, puis par la suite du fond de sa cellule, il n'avait cessé de nier les faits.

— Mais son amnésie, non reconnue par le corps médical, était difficilement défendable devant un tribunal, conclut Cassel.

— Ce type venu de nulle part, comme tu le dis, vous avez tout de même enquêté sur son passé, non ?

— Bien sûr, Montaigne… mais là, ça se complique…

Un policier en tenue, le gilet pare-balles à la main, fit irruption dans le bureau.

— Si vous êtes libres, votre présence ne sera pas superflue. Un individu armé menace une famille. Une querelle de voisinage !

La conversation entre Cassel et Montaigne s'arrêta là…

III

Charly fut tiré de son sommeil par les bruits de la rue. Quand il ouvrit les yeux, il connut un court instant de panique. Se demandant où il était, il croyait revivre, dix ans en arrière, son réveil brutal par la police en un lieu inconnu… Il reprit très vite ses esprits et, peu à peu, revisita la journée de la veille : sa libération, sa rencontre avec l'assistante sociale et son installation dans son nouveau logement, celui qu'il n'avait pas reconnu à son réveil. Le jour perçait par les interstices des volets. L'une des vitres de la fenêtre de la chambre vibra au démarrage d'un camion.

Assis sur le bord de son lit, il demeura ainsi dans la pénombre à se demander si le branle-bas matinal de la prison ne lui manquait pas. Pour un peu, il le regrettait presque. À cette pensée, il se traita d'idiot.

Les bruits habituels ont ceci de pernicieux : on finit par ne plus les entendre. En fait, se dit Charly, ils se rappellent à notre bon souvenir par leur absence. Pour les notes de musique ou les paroles d'une mélodie, il en est de même. Celles-ci nous obsèdent un temps, elles restent gravées dans notre mémoire, sommeillent dans notre tête, si elles ne sont, parfois, reléguées dans l'oubli total. Puis un jour, elles ressurgissent par enchantement. Comme ça, au moment où l'on s'y attend le moins. Et sans qu'on ait forcément conscience du facteur déclenchant.

Pour autant, la rupture brutale avec l'environnement sonore qui régissait ses réveils depuis dix ans lui convenait parfaitement. En prison, il ne parvenait plus à se concentrer. Le calme retrouvé, face à lui-même, il allait pouvoir enfin remettre de l'ordre dans ses idées. « Ne serait-ce que pour ma tête », pensa Charly. « À l'intérieur de celle-ci, ça n'a pas l'air d'aller très fort ! »

Ces pertes d'équilibre et cette douleur lancinante, apparaissant et disparaissant aussi subitement, l'amenaient à s'interroger : devait-il les mettre sur le compte d'une somatisation de l'angoisse née lorsqu'il avait appris sa libération, ou la crainte de ne pouvoir se réadapter à une vie normale, d'avoir à se faire de nouveaux amis, de tout se réapproprier comme l'avait si bien dit le psychiatre… Ceci n'avait-il pas nourri son mal ?

Les premiers regards croisés dans la rue ne l'avaient certes pas rassuré, plutôt même conforté dans sa paranoïa naissante ! Là aussi, c'était pour lui un bouleversement. Dans le monde carcéral, il était impossible, sinon très mal vu, d'ignorer son voisin. Bonnes ou mauvaises, les ententes rythmaient le quotidien derrière les barreaux, mais l'indifférence n'existait pas.

« Somme toute », pensa Charly, « hormis la prison,

mon existence aura été solitaire… à cause de mon métier passé, bien évidemment… »

Alors, cette nouvelle vie qui s'ouvrait à lui ne devait pas l'inquiéter outre mesure !

Il se dressa sur ses jambes, s'étira. Il alla à la cuisine en emportant avec lui son poste de radio.

Devant sa tasse de café, il s'appliqua à trouver la fréquence d'une station diffusant du jazz. FIP passait à ce moment-là un morceau de l'album, *Bitches Brew*, de Miles Davis*. Une musique appelée jazz fusion, sauvage et envoûtante, incisive dans les tons aigus. Cette période du début des années soixante-dix, quand le jazz était à la recherche d'un nouveau souffle, n'emballait pas Charly. Il éteignit le poste.

Le miroir de la salle de bain lui renvoyait l'image d'un homme au visage émacié et au regard insondable. Il passa ses doigts dans ses cheveux en bataille. Était-il encore assez séduisant pour accrocher le regard d'une femme ?

Sous la douche, les yeux fermés, il releva sa tête pour présenter son visage au jet d'eau. Cela lui évoqua cette publicité, pour une marque de produits de bain, vue à la télévision en prison. Cette impression d'être sous une cascade. Sauf bien sûr qu'il n'était pas dans une nature luxuriante et non plus une femme, mais bon. « On montre toujours des femmes, jamais des hommes. Ils ne doivent pas se laver », pensa-t-il.

---

*Fin de l'année 1957, il compose et enregistre à Paris la musique du célèbre film de Louis Malle : *Ascenseur pour l'échafaud*.

Il resta quelques secondes ainsi. À l'instant de rouvrir ses yeux, l'appréhension le gagna. Par prudence, en tâtonnant, il chercha le support chromé du pommeau de la douche. Il le saisit. Cette fois, il n'eut pas de vertige.

Après s'être rasé, il recueillit dans ses mains jointes l'eau coulant du robinet. Quelques ablutions sur son visage firent disparaître l'excédent de mousse. Quand il eut fini, il s'attarda sur ses mains. Elles n'avaient pu commettre cet horrible crime. Non, pas celui-là, c'était impossible ! Mais combien de fois n'avait-il pas tenté de s'en persuader sans pour autant n'avoir jamais pu apporter la moindre preuve de son innocence. C'était à en devenir fou !

Il enfila ses vêtements et se trouva franchement ridicule dans son pantalon trop court. Il devait faire des achats vestimentaires au plus vite ! Alors, pourquoi n'occuperait-il pas sa matinée à cela ? Rien ne l'en empêchait…

*

*   *

La petite Li s'était rendormie lorsque sa mère, Shan Xi, entra de nouveau dans sa chambre.

— Dépêche-toi, Li. Tu vas être en retard, dit-elle d'une voix douce mais ferme, cette fois.

Li se redressa dans son lit, l'air hébété, clignant des yeux. Elle les frotta avec ses poings fermés. Puis elle repoussa sa couette et se leva.

À sept ans, elle n'avait jamais connu la Chine, son pays de naissance. Elle était imprégnée de la culture occidentale. Sa mère s'efforçait de lui transmettre une part des traditions de ses ancêtres, car elle ne désespérait pas de retourner vivre au pays des dragons quand le régime politique changerait.

Dans ce pays s'ouvrant au libéralisme, il n'était pourtant pas bon de critiquer les dirigeants au risque de se retrouver en prison. Shan Xi, journaliste, avait évité de peu les geôles en s'enfuyant après avoir écrit un pamphlet virulent visant le pouvoir en place. Avant d'arriver en France, il lui avait fallu beaucoup de courage pour entreprendre ce long périple avec un nourrisson. Li n'avait que quelques mois seulement. Toutes deux avaient fui la ville de Chenyang, située dans l'ancienne Mandchourie au Nord-Est de la Chine. Un pêcheur avait organisé la traversée de la Mer Jaune pour les débarquer en Corée du Sud d'où elles avaient rejoint le Japon. Le passeport de Shan était encore valide grâce à un voyage récent effectué dans ce pays. Sa carte de journaliste lui avait été utile aussi. Du Japon, elle s'était envolée avec sa fille vers l'Europe, puis la France. Quand elle revivait ces moments, Shan se disait qu'il lui avait fallu une bonne dose d'inconscience pour se lancer dans une telle aventure. La peur d'être séparée de Li lui avait donné toutes les audaces.

Marquée par son éducation, et à l'instar de ses compatriotes, Shan Xi gardait parfois de longs silences. Cela ne convenait pas forcément à sa fille, une incorrigible bavarde.

Le matin, quand Li devait se rendre à l'école, elle peinait à trouver le bon rythme. Ce n'était évidemment pas le cas les jours de repos ou de vacances.

Elle s'assit sur une chaise et réclama son bol de chocolat.

— Hier soir, j'ai entendu du bruit dans l'appartement, celui à côté du nôtre, dit-elle avant de mordre dans sa tartine.

— Ne cherche pas une excuse à ton réveil difficile, Li… Tu te couches trop tard !

— C'est pas vrai, d'abord. Et si j'ai entendu du bruit, c'est que j'ai entendu du bruit ! insista Li, affichant un air borné.

— Cet appartement était vide, une personne a aménagé hier. Voilà l'explication, la rassura Shan.

— Ou un monstre, peut-être…

Shan leva les yeux au ciel et reposa son bol de thé sur la table.

— Li, une fois pour toutes, il n'y a pas de monstre dans cet immeuble.

— Tu verras !

— Ce sont peut-être les voisins du dessus.

— Non. C'était à côté, je te dis !

— D'accord, Li, alors nous finirons bien par voir ce monstre un jour ou l'autre. Mais je t'en prie, presse-toi un peu sinon tu seras en retard à l'école ! Tu as encore ta toilette à faire !

Li exprima par un soupir son exaspération à entendre sans cesse les mêmes contraintes, les jours de classe. Un quart d'heure plus tard, elle ressortait de la salle de bain. Visiblement, le cap pénible de la remise en train journalière avait été franchi ; elle avait retrouvé sa bonne humeur. Deux couettes d'épis raides s'animaient chaque fois qu'elle bougeait la tête.

Elle saisit son cartable par les bretelles et l'endossa.

— Au revoir, maman !

— À ce midi ! Sois prudente, Li. Regarde bien avant de traverser les rues.

— Oui, oui, je suis grande maintenant, soupira Li, encore lassée par les mêmes recommandations.

Li referma la porte de l'appartement et, sur le palier, se retrouva nez à nez avec un homme qu'elle n'avait jamais vu auparavant dans l'immeuble. Celui-ci sortait de l'appartement voisin… Le fameux monstre !

Elle leva la tête pour le dévisager. Il était grand, mince, avait l'air fort quand même. Les traits de son visage étaient creusés. Il portait sur elle un étrange regard vide… Et surtout, il était habillé d'une drôle de façon. Mais un monstre ne fait pas attention à ces choses-là ! Li en aurait pouffé de rire de voir ce pardessus trop grand et ce pantalon trop court, mais il n'était pas bon de vexer un monstre.

— Bonjour, je m'appelle Li Xi !

Elle venait de prononcer son nom de famille en expulsant la première lettre comme si elle avait éternué. Charly regardait la petite fille de son air le plus sérieux, croyant avoir croisé sur son chemin une créature venue d'une autre planète. Dans le regard de la fillette, l'impression était réciproque.

— Bonjour. Moi, c'est Charles. Charly comme disent les autres !

— Tu habites ici maintenant ?

— Oui. C'est ça, confirma Charly.

— Et tu étais où, avant ?

— Avant ? J'étais à Nantes, également.

— Je m'en vais. Si j'arrive en retard, la maîtresse ne sera pas contente !

— C'est certain, approuva Charly.

La petite fille se sauva en courant, puis dévala l'escalier. Charly prit la même direction.

Quand il aborda la première marche de l'escalier, il se sentit mal face au vide. Sa main se referma sur la rambarde… Un nouveau vertige…

IV

Un voile d'humidité contenait la ville dans la grisaille. Toutefois, des éclaircies s'imposaient par intermittence. De courte durée, elles s'effaçaient pour laisser de nouveau la place à un air redevenu subitement frais. Mais on le sentait bien quand même, dans le milieu de la matinée, le soleil sortirait vainqueur de cette partie de cache-cache.

L'agitation matinale atteignait son pic crucial. Les trottoirs du centre-ville, à l'intersection des lignes des tramways, étaient envahis de monde. Indifférents les uns aux autres, les passants allaient et venaient. Transis par le terme brutal de leur nuit trop courte, d'avance, ils paraissaient accablés par cette journée de labeur à venir. Dans la rue, jamais on n'avait téléphoné autant, jamais lu autant de quotidiens gratuits ; une société qui laissait la part belle à la frénésie de consommer, y compris le superflu, pour se donner l'impression d'exister.

Si un monde courait inconscient en tous sens, un autre le regardait…

Les yeux rougis par le manque de sommeil, Betty assistait d'un coin de la fenêtre de son salon à cette chorégraphie désordonnée de la rue. Elle aussi avançait dans la vie, souffrant de la solitude, ne sachant pas très bien où tout cela la conduisait. Oh, des aventures bien sûr elle en avait connu ! Seulement, celles où les sentiments étaient bradés pour satisfaire un désir futile sans engagement pour l'avenir. Elle avait passé sa vie à espérer, à croire que le bonheur lui tomberait dessus un jour. Celui-ci avait fini par arriver. Betty était heureuse, faisait un tas de projets, la vie était explosive comme une partition de be-bop. Ça balançait, une vraie folie ! Puis, à la façon d'un château de cartes bien trop fragile, tout s'était écroulé au premier courant d'air, sous les traits d'une beauté de trente ans. Oh ! Animée par l'espoir d'une reconquête, elle avait bien écrit des lettres à celui qu'elle aimait. Mais voilà, allez savoir pourquoi, pas une seule n'avait été expédiée. À quoi bon ?

Le plus cruel était ce temps qui passe et qui laisse son empreinte. Celui-là, rien ne peut l'arrêter. Betty le voyait bien, sa vie lui échappait, se consumait sans qu'elle puisse y faire grand-chose. C'est ainsi qu'une autre, une plus jeune, avait pris sa place. Pour elle, cela avait été la prise de conscience soudaine de sa propre jeunesse disparue. Cette course de vitesse engagée contre le temps était perdue d'avance ; vieillir, elle ne l'acceptait pas. Cette amère vérité lui avait coûté tant de larmes…

Elle n'avait pas envie de dormir depuis qu'elle avait regagné son domicile, aux premières heures de l'aube de l'un de ces petits matins frileux où, dans son âme grise de désespoir, résonnaient encore les notes de musique de la nuit. Le seul lien qui la rattachait encore à la vie.

Sur le trottoir d'en face, parmi la foule, son attention se porta sur un homme. Celui-ci semblait perdu, ou plutôt non, il paraissait hésiter sur la direction à prendre. Cependant, ce n'était pas vraiment cela qui, chez lui, avait frappé Betty. Non, c'était sa tenue vestimentaire. Son bonnet enfoncé sur sa tête couvrant ses oreilles, son pardessus trop ample pour lui et, à l'inverse, son pantalon trop court… Pourtant, à y regarder de plus près, là, comme ça, il paraissait être quelqu'un de bien. Elle ne comprenait pas, Betty. Elle s'apitoya un court instant sur cet inconnu. Il ne se rendait peut-être pas compte de… Elle eut envie de descendre dans la rue afin de le conseiller, de l'aider et pourquoi pas de l'inviter à prendre une tasse de café pour le réconforter… Oh, et puis à quoi bon, elle se trouva ridicule. comment le prendrait-il ? À chacun sa souffrance.

Elle laissa retomber le rideau. Avant de porter à ses lèvres la tasse de café trop chaud qu'elle tenait entre ses mains, elle souffla dessus.

Un vinyle tournait sur un vieil électrophone. Entre les paroles, l'orchestre marquait le temps de deux battements… *when you say… good-bye… also, I cry… ain't that a shame*.

Un rythm and blues mélodieux chanté par Fats

Domino*. Elle cherchait l'inspiration auprès de cet artiste de la Nouvelle-Orléans afin de renouveler son répertoire. Diversifier ce dernier de crainte que Robert Mantini ne finisse par se lasser d'elle et ne lui trouve une remplaçante, lui aussi ! « Décidément, il ne manquerait plus que ça ! » se dit Betty. Le saxophone ténor, aux sonorités chaudes et cuivrées, prenait à cet instant la relève de la voix de Fats Domino. Ce dernier jouait alors l'accompagnement en martelant les touches de son piano sur les octaves aiguës…

« Mantini est un drôle de type », pensa Betty, comme ça, à brûle-pourpoint. « Il est toujours mêlé à des combines pas très nettes… » En même temps, comment pouvait-il en être autrement dans ce milieu…

Cette nuit, elle avait deviné un homme nerveux, mal à l'aise. Cette histoire remontant à une dizaine d'années, c'est-à-dire au temps du vieux, s'invitait donc de nouveau ? Elle avait cru le comprendre dans la conversation entre Mantini et ses hommes de main. Mis à part Bob et ses trois nervis, dont par ailleurs elle se méfiait comme de la peste, personne n'était au courant de ce qui s'était passé cette nuit-là.

« Sauf moi, bien sûr », se dit Betty.

Oh ! Ce n'était pas par Mantini qu'elle l'avait appris. Certainement pas ! Dans ce milieu, les femmes

---

*Ce pianiste et chanteur a puisé dans plusieurs courants musicaux dont le jazz, le rock, la musique cajun, le rythm'n'blues… pour créer avec succès son propre style, le jump blues. Le nombre de sites web qui lui sont consacrés est impressionnant.

ont tout intérêt à se mêler de ce qui les regarde. Moins elles en savent, mieux c'est pour elles ! Mais Betty avait sa manière bien particulière de capter les atmosphères à travers des regards échangés, des signes énigmatiques, une parole en trop ou encore des allées et venues subtilement orchestrées… Bref, tout ce qui laisse à penser que quelque chose d'anormal se trame. C'est ainsi qu'elle avait vu. Et, deux jours plus tard, elle était tombée sur un article dans la presse. Celui-ci avait confirmé ce qu'elle avait pressenti. Elle ne s'était pas trompée.

Aussi, la nuit écoulée, Betty avait-elle l'impression de l'avoir déjà vécue. Elle ressemblait trop à cette autre, dix ans en arrière ! La même ambiance électrique… Et là encore, il se préparait quelque chose.

Elle posa sa tasse et vint s'asseoir sur le bord de son lit. Elle remonta sa jupe jusqu'à mi-cuisses. Tendant tour à tour ses jambes longues et fines, elle enroula chacun de ses bas de nylon jusqu'à ses chevilles, puis les ôta… Elle se leva, porta ses mains dans son dos, fit glisser la fermeture éclair de sa jupe. D'un simple mouvement des hanches, celle-ci tomba à ses pieds. Betty l'enjamba et, comme une artiste quitte la scène, abandonna sur la moquette l'étoffe de velours bleu scintillant.

Elle se démaquilla devant la glace. Le tain lui renvoyait l'image d'une femme meurtrie, trop vite fatiguée par la vie. Elle tamponnait sa joue à l'aide d'un disque de coton quand une pensée lui traversa l'esprit.

« Mon Dieu, la carte ! Où l'ai-je mise ? »

Ses mains fébriles fouillaient son sac, son cœur se mit à battre plus fort. Mais où donc avait-elle rangé cette fichue carte ? Perdue ? Non, elle n'osait le croire ! C'était impossible, elle se revoyait la glissant dans son sac. Elle s'énerva. Et où était-il ce fichu sac ? Ah, là, sur la chaise ! Elle en répandit le contenu sur le lit comme si son avenir dépendait désormais d'un petit rectangle de bristol sur lequel étaient mentionnés un nom et une adresse. « Ouf, Dieu merci, le voici ! » se dit-elle, triomphante, extrayant du bric-à-brac de son sac le sésame d'une possible notoriété… Studios de l'Atlantique… C'était inscrit en lettres, du style… comment dire ? Elle ne le savait pas, peu importait par ailleurs, là n'était pas l'essentiel. Et puis un prénom : James… La suite, le nom, était illisible, masquée par une tache faite probablement sur le comptoir au cabaret. Et dessous, le titre : directeur manager, puis tous les numéros de téléphone où le joindre, le courriel également. En tout cas, quelqu'un d'important, ce James… Elle n'en revenait pas, sentit naître en elle un sentiment de fierté : des professionnels reconnaissaient enfin son talent. Mais bon, elle n'allait pas non plus rester là, à rêver devant cette carte, à se prendre pour une star : cela ne la menait à rien ! Avant de dormir, elle devait à tout prix appeler cet homme afin d'obtenir un rendez-vous, ainsi qu'il le lui avait proposé.

Assise sur le bord de son lit, elle composa le numéro

de téléphone. Elle éprouvait une légère appréhension : c'était normal ! « Peut-être, était-ce encore une de ces promesses faites sous l'emprise de l'ivresse ? Une manière de se donner de l'importance », se dit Betty. Et elle savait de quoi elle parlait ! La majorité des hommes qui fréquentaient le cabaret ne pouvaient s'empêcher de se vanter auprès des filles. Leur comportement quelque peu puéril avait pour seul objectif de voir les femmes se prosterner à leurs pieds. Les malheureux ! Avec leur expérience, les filles savaient tirer profit des hâbleurs. afin de mieux les déposséder. Ingénues, yeux écarquillés, elles s'extasiaient devant leurs paroles…

Première sonnerie… Deuxième… Troisième… Betty était tendue.

— Studios de l'Atlantique, bonjour ! annonça une voix de secrétaire parfaite.

La conversation fut assez brève.

Les yeux fermés, sa tête rejetée en arrière, elle prit une profonde inspiration. L'ébauche d'un sourire se dessinait sur ses lèvres. Cela n'était pas arrivé depuis bien longtemps !

Ainsi, ce n'était pas du tout ce qu'elle avait appréhendé. Non, pas de promesses en l'air ! Elle avait bien obtenu un rendez-vous avec ce monsieur… Comment s'appelait-il déjà ? James quelque chose, elle n'avait pas retenu. Cela n'avait pas d'importance, elle le lui demanderait lorsqu'elle se rendrait aux studios. En tout cas, il l'attendait comme prévu !

Elle ferma les volets de sa chambre. Malgré l'excitation qui la gagnait, elle se glissa quand même dans son lit. Elle se prit à rêver de scènes, de succès, de voyages, de sa photo dans les magazines, sur les affiches… Bientôt, ses nuits seraient de satin blanc… Elle fredonna :

— *Nights in white satin, never reaching the end, letters I've written, never manning to send*…*

Elle tenait sa revanche sur les souffrances de sa vie…

*

* *

Charly était un peu perdu. Il s'interrogeait sur le temps écoulé : celui-ci avait-il accéléré sa course durant son absence ? C'est du moins ce qu'il ressentait. Bien sûr, il connaissait un peu Nantes, mais dix années étaient passées par là. Tout avait changé. La sensation d'être comme un étranger dans la ville ne le quittait pas. Le souvenir qu'il avait du centre-ville ne correspondait pas à celui qu'il redécouvrait. les enseignes des magasins n'étaient plus les mêmes. Le nez en l'air, il lisait les noms au-dessus des vitrines, cherchait à savoir quelle marque avait pris la place de telle autre. Quelques-unes avaient tout de même traversé la décennie. Elles étaient toujours là, à la

---

*Interprété par The Moody Blues, année 1966.

manière d'un repère pour un navigateur. Cela le rassura.

Il redoutait d'être sujet à des amnésies. Ses absences de mémoire, même fugaces, éveillaient aussitôt en lui de vives inquiétudes. Il y avait de quoi ! Un trou noir dans son emploi du temps à un moment précis de sa vie et celle-ci avait basculé dans l'horreur à l'instant de ce réveil traumatique : sa tête prête à éclater, ses mains ensanglantées, le couteau, le cadavre, les policiers l'insultant, hurlant sur lui : « Espèce de salaud, tu vas le payer et cher ! » Ils ne l'avaient pas ménagé, les coups pleuvaient. Il ne comprenait rien et être dans l'incapacité de se défendre de ces accusations avait été terrible pour lui !

Les premières années d'enfermement, ses nuits furent hantées par ce cauchemar : était-il réellement coupable de ce crime ou pas ? Si, en prison, il lui était impossible de trouver une réponse à cette question qui l'obsédait, le temps écoulé n'avait pas érodé son souhait de mettre à jour la vérité. Et à présent, libre, afin de réveiller ses souvenirs, il comptait bien sur l'interférence d'un élément qui, autrefois, lui était familier et qui raviverait sa mémoire.

Il marqua un arrêt devant une boutique de confection pour homme. À la devanture, des mannequins sans tête présentaient des costumes à la coupe irréprochable. Il le reconnaissait volontiers. En revanche, les prix affichés furent pour lui la meilleure des dissuasions. Ses moyens financiers ne lui faisaient pas défaut, mais il n'avait jamais commis d'excès dans ce domaine. Aussi ne voyait-il pas l'utilité d'engager de telles sommes, surtout pour des vêtements. Et puis, ce genre de boutique n'était pas fait pour lui. Accoutré comme il l'était, on le regarderait certainement de travers. Il poursuivit son errance.

Il entra dans un bar pour prendre un café. Avant, le matin, il aimait bien cela : être attablé devant une tasse fumante, prendre connaissance de l'actualité un quotidien à la main.

— Un moka ! commanda Charly.

— Nous n'en avons pas, Monsieur !

Alors, Charly quitta le bar. Dix ans à boire un jus innommable, il tenait tout particulièrement à s'offrir ce petit plaisir ! Il continua sa déambulation.

En marchant, il réfléchit. Avant tout, il lui fallait de l'argent pour régler ses achats de vêtements. La priorité n'était-elle pas la banque ? L'agence était située au centre-ville, à deux pas de l'endroit où il se trouvait. Cela tombait bien. Il s'y rendit.

— Une telle somme en espèces nous pose un problème, monsieur Caplan ! lui répondit l'employé.

— Je suis bien dans une banque ? s'étonna Charly.

— Bien sûr, monsieur Caplan, mais le problème n'est pas là. Pour de tels montants, nous devons être prévenus au moins quarante-huit heures à l'avance ! Par mesure de sécurité, nous limitons la détention trop importante des espèces au guichet. Je suis sincèrement désolé, monsieur Caplan.

Charly, lui, était carrément contrarié.

— Nous pouvons vous émettre un chèque de banque si vous…

— Non, non, s'entêta Charly, je veux des espèces.

— Une telle somme, je ne le peux vraiment pas, répéta l'employé contrit.

— Bon, bon, finit par admettre Charly. Alors, la moitié aujourd'hui et l'autre demain. Est-ce possible ?

— Dans ce cas, oui, monsieur Caplan.

— En coupures de vingt euros, s'il vous plaît !

— Décidément, monsieur Caplan, vous ne faites rien qui m'arrange, se risqua l'employé avec un sourire.

— C'est comme ça, répondit Charly le plus naturellement, se disant qu'il n'avait pas à entrer dans ces considérations.

L'employé compta, billet par billet, les mille cinq cents euros, fit signer un reçu à Charly, puis effectua le débit du compte sur un ordinateur.

Charly empocha les liasses de billets et ressortit.

Son épargne était importante. Celle-ci totalisait dix années de revenus tirés des travaux manuels réalisés dans les ateliers de la prison : son pécule. À cela s'ajoutaient des économies assez conséquentes réalisées avant ses années d'enfermement.

Enfin, il trouva un magasin à sa convenance. Il entra et lut l'écriteau : confection homme à l'étage, choix important de costumes. Ainsi il gagnerait du temps.

Une heure plus tard, il ressortait, un grand sac en plastique à chaque main, puis pénétra dans le premier café qu'il rencontra sur son chemin. Il réitéra :

— Un moka sidamo, vous avez ça ?

Il pouvait s'attabler. On allait le lui servir.

Charly huma sa tasse avant de la porter à ses lèvres. Le cru était prometteur, il savourait. Une musique d'ambiance planait en sourdine dans la salle. Il prêta l'oreille et identifia *Well you eed'nt*, de Thelonious Monk.* Un slow blues interprété au piano, en solo.

« Parfait », se dit Charly, pensant aux achats qu'il venait d'effectuer. « Je vais pouvoir me vêtir correctement. Il me faut aussi de nouvelles chaussures… Et une voiture également. Une occasion fera l'affaire. »

Pour le reste, il suivrait le conseil d'un ami détenu. Il lui était absolument nécessaire de se connecter sur un site Internet…

Depuis le matin, il avait effectué deux allers et retours entre son domicile et le centre-ville. À présent, au terme de la troisième navette, il rentrait définitivement chez lui, les bras toujours chargés de sacs et de paquets.

Quand il gravit l'escalier, au détour de la volée, il vit sa petite voisine assise, en haut, sur la dernière marche avant le palier. Ils se dévisagèrent un court

---

*Ce pianiste et compositeur talentueux, aujourd'hui décédé, a donné un concert à Nantes le 24 mars 1966, à Graslin. Il était connu aussi pour son humour caustique. Il est l'un des pionniers du be-bop.

instant avant que Charly ne se décidât à prendre la parole.

— Tu es à la porte ? demanda-t-il de sa voix rauque.

— Oui. Ma maman n'est pas rentrée de ses cours.

— Ah… Veux-tu l'attendre chez moi ?

— Je sais pas…

— Ce sera mieux pour toi. Tu écris un mot à ta mère pour l'informer. Tu fais un trou dans la feuille et tu l'accroches à la poignée de ta porte. Comme à l'hôtel. Es-tu d'accord ?

— Ben… oui, finit par accepter Li.

— Tu veux bien m'aider à ouvrir la porte ? Tu prends la clé dans la poche de mon pardessus. Celle-ci, dit Charly en se déhanchant pour la présenter à Li.

Parvenu dans sa chambre, il déversa tous les paquets sur son lit, puis revint dans le salon. Il proposa à la fillette de s'attabler pour écrire à sa mère.

Li déchira une feuille de son cahier de brouillon et écrivit : « *Je suis ché le voisin.* » Charly jeta un coup d'œil sur le bout de papier.

— Tu as fait une faute, lui signala-t-il.

— Ah bon, où ça ?

— « Chez » se termine par un z, comme le mot nez.

Charly tapota le sien du bout de son index.

Li rectifia, puis alla mettre le message sur la porte de son appartement. En revenant, elle aperçut dans la chambre de Charly le nombre impressionnant de paquets amoncelés sur le lit.

— Houlala ! s'écria-t-elle, ouvrant grand ses yeux, appliquant une main devant sa bouche et agitant celle restée libre. Tu en as des paquets ! poursuivit-elle, médusée.

— Oui, un coup de folie. Mais nécessaire tout de même, reconnut Charly. Des nouveaux vêtements et des chaussures aussi. J'en avais réellement besoin, non ?

Li approuva de la tête, se gardant bien de faire des commentaires. Un monstre, il fallait d'abord l'apprivoiser.

— Tu n'en avais pas où tu habitais avant ? demanda-t-elle.

— Si. Ils ne me plaisaient plus, alors je ne les ai pas pris.

On frappa à la porte.

— Ta mère est de retour, je crois bien.

Charly alla ouvrir la porte et se retrouva face à Shan.

Elle était une femme à la silhouette élancée. La grâce semblait accompagner chacun de ses gestes. Son visage lisse, aux pommettes hautes, était animé par des petits yeux rieurs. Elle s'excusa pour le sans-gêne de sa fille. En son absence, Li ne manquait jamais de se faire héberger chez les voisins. De préférence chez les deux messieurs de l'étage au-dessus, quand ils étaient présents bien sûr. Ils adoraient sa compagnie.

— Des personnes sympathiques, ajouta Shan, cherchant ses mots, soucieuse de s'exprimer dans un français correct.

Charly rectifia. Li ne s'était imposée en aucune façon. L'invitation venait de lui. Shan le remercia.

Elle donnait des cours de chinois à la faculté. Son travail d'enseignante l'avait naturellement conduite à occuper des fonctions au sein d'une association de jeunes compatriotes venus étudier en France. Durant leur séjour, face aux nombreux problèmes de toutes sortes à résoudre pour eux, il lui arrivait souvent de déborder sur le temps prévu. C'était la raison de ses retards.

Charly leur souhaita une agréable soirée et referma sa porte derrière elles.

V

Tant mieux, se dit le commandant Montaigne après avoir raccroché le combiné du téléphone. Qu'il reste au fond de son lit ou qu'il occupe son temps comme il l'entend ! Ainsi, il me fichera une paix royale durant ces quelques jours !

Cassel venait de lui annoncer un arrêt de travail prescrit par son médecin. Montaigne n'y croyait guère. Il y voyait plus un acte de complaisance de la part du praticien pour satisfaire une demande de son patient. Le capitaine était un homme rompu aux situations les plus critiques et, contrairement à ce qu'il prétendait, ses nerfs n'avaient pas été ébranlés par la difficulté à trouver un dénouement à la prise en otages d'une famille, deux nuits avant. Même si l'on avait frôlé le drame de peu. Le capitaine avait été à deux doigts de commettre l'irréparable. Dialoguant avec le preneur d'otages, il avait manqué de respect à ce dernier. C'était une erreur à ne pas commettre, bien sûr.

Ce n'était pas tout. Lors de l'intervention, Montaigne était resté volontairement en retrait. Cassel lui en avait fait le reproche de manière véhémente. La cause de ce débordement était à mettre sur le compte de la tension subie par le capitaine et la nécessité qu'il avait certainement d'évacuer une poussée d'adrénaline. Montaigne lui avait répliqué qu'il n'avait pas encore pris ses fonctions officiellement et, sans être couvert par Cassel, il n'avait donc pas à prendre de telles responsabilités. Cassel s'était emporté. « Un flic est avant tout un flic ! » avait-il hurlé, reprochant ensuite à Montaigne de trop réfléchir sur l'attitude à tenir devant un tel risque et d'ailleurs quel qu'il fût ! Là, Montaigne avait trouvé qu'il dépassait les bornes. Ils avaient été à deux doigts de régler leur différend physiquement. La présence des hommes de la brigade les en avait probablement dissuadés. Cassel était surtout gagné par la lassitude, comme nombre de ses confrères du même âge, parce qu'il ne croyait plus à sa mission. Il éprouvait certainement de la honte d'avoir failli devant les hommes de la brigade.

Il voulait prendre un peu de recul à la suite de cet événement. Aussi son absence sonnait-elle avant tout comme une dérobade.

Le commandant sortit de son bureau. Il déambula dans les couloirs du commissariat avant de frapper à la porte de Rouvres, le patron du service.

Une demi-heure plus tard, il ressortait. Et tandis qu'il passait devant une pièce dont la porte était entrouverte, il saisit une conversation animée concernant le capitaine. Une aubaine : le panneau d'informations générales se trouvait juste en face de la pièce. Montaigne se planta devant et tendit l'oreille.

— Cassel ne lui fera pas de cadeau !

— C'est sûr, il a la dent dure et n'a pas oublié.

Une autre voix reprit :

— Je n'y crois pas, à trois mois de la retraite, il n'en a plus rien à faire !

— Tu penses Cassel capable d'enterrer cette histoire ? Moi, pas !

— À vrai dire, je n'en sais rien…

— Quand il a quelqu'un dans le nez, il ne lâche jamais prise !

« De qui parlent-ils ? » s'interrogea Montaigne. S'agissait-il de lui ? Son altercation avec Cassel avait-elle fait le tour du commissariat ? Il tenait à mettre cela au clair.

Il entra dans la pièce en affichant un air détaché.

— Salut ! lança-t-il.

Trois hommes en tenue tournèrent leur tête dans sa direction. Ils le saluèrent à leur tour.

Aucun d'eux ne paraissait manifester la moindre animosité à son égard.

— Cassel s'est fait porter pâle, les informa Montaigne sur un ton neutre.

— Tiens, on parlait de lui à l'instant même ! dit l'un d'eux. Moi, ça ne m'étonne pas, Cassel est un peu surmené. Il prend son travail trop à cœur !

— À deux mois de la retraite, ce n'est pourtant pas ce qu'il prétend, laissa entendre Montaigne.

Perplexe, l'homme émit un petit bruit avec sa bouche et dit :

— Ben, je ne vois pas d'autres raisons !

— Hum… Peut-être aussi à cause de cette vieille histoire… Elle revient, supposa le troisième policier.

— Quelle histoire ? s'enquit Montaigne.

À l'époque, aucun d'eux n'était là. Cela leur avait été rapporté.

— Et elle raconte quoi, cette histoire ? voulut savoir Montaigne.

— Le meurtre d'un officier, tué à coups de couteau par un fou ! Celui-ci n'a jamais su expliquer son geste. Une crise de démence et après, plus rien ; l'amnésie totale ! Il a purgé sa peine et revoilà ce cinglé libre comme l'air. Mais prenons garde, la maladie est toujours là ! Et je suis d'accord avec Cassel quand il croit ce type capable de récidiver.

— Hum… Cassel m'a vaguement parlé de cette sale affaire, confirma Montaigne, songeur.

— Vous aussi, vous avez connu le malheur dans votre famille, Commandant…

— Comment le savez-vous ?

— Chez nous, tout se sait. On est bien placés, plaisanta-t-il.

— Oui, celui qui aurait dû être mon beau-père. Je ne l'ai pas connu, je n'avais pas encore épousé sa fille. Un flic, décédé dans des circonstances tragiques, lui aussi, soupira Montaigne.

— Et comment est-ce…

— Comment est-ce arrivé ? Quelles que soient les circonstances, il n'y a jamais d'explications à donner, répondit de manière étrange Montaigne, souhaitant mettre un terme à ce douloureux épisode.

— En prison, reprit l'un des hommes en uniforme, les barges, on les bourre de cachets. Forcément, ils se tiennent tranquilles. Mais une fois remis en liberté, plus personne ne les contrôle et là…

Ce silence, plus qu'un long discours, laissait supposer le pire. Hochant la tête, chacun acquiesça. Puis Cassel revint de nouveau au centre de leur conversation. Ils rapportèrent ceci : le capitaine se disait révolté par la remise en liberté des psychopathes et, si cela avait dépendu de lui, ces derniers, incapables de maîtriser leurs pulsions, devaient finir leurs jours dans des établissements spécialisés !

Tous étaient d'accord avec la manière de penser de Cassel. Montaigne écoutait. Lui justifiait cette unanimité par l'effet d'émulation au sein d'un groupe. Chacun de ces hommes, pris à part, aurait raisonné de manière différente, probablement. Quand bien même, il reconnaissait là un fond de vérité. Le travail des policiers était d'arrêter ces individus, ensuite la justice et le corps médical leur succédaient. Hélas, le dysfonctionnement entre ces différentes institutions, auquel s'ajoutait souvent un manque de moyens, concourait parfois à la récidive des criminels. Cependant, Montaigne était en désaccord avec Cassel. Pour le commandant, la répression était un remède répondant davantage aux craintes d'un grand nombre de personnes, donc de la démagogie électoraliste, mais elle ne résolvait en rien le problème du malade. Ce dernier, sans thérapie adaptée, restait potentiellement dangereux pour son entourage. Cela inquiétait Montaigne. Si, à sa sortie de prison, un meurtrier était livré à lui-même, sans contrôle ni suivi médical, alors oui, il représentait une menace réelle…

Montaigne revint au sujet qui le préoccupait.

— D'accord, ce type a tué l'un des nôtres, mais en dehors de ses idées sécuritaires, pourquoi Cassel s'estime-t-il autant concerné par ce drame ?

— Il ne vous l'a pas dit ?

Montaigne répondit par la négative.

— L'officier assassiné était l'équipier de Cassel !

— À présent, je comprends mieux.

— Il est remonté pour cette raison.

— En même temps, il ne peut s'opposer à la volonté du juge, fit remarquer Montaigne.

« En effet », reconnurent les hommes. Cependant, la décision du magistrat ravivait de mauvais souvenirs et mettait les nerfs de Cassel à vif. L'un d'eux le reconnaissait : Cassel tenait parfois des propos excessifs.

Toutefois, il se gardait de les prendre au pied de la lettre car il y voyait plus une prise de position provocatrice de la part du capitaine. Celui-ci, selon son habitude, ne pouvait s'empêcher de se perdre en rodomontades. Et par ailleurs, à tout propos, un peu à la manière d'un fier-à-bras. C'était l'un des traits dominants de son caractère. Les trois hommes en rirent. En revanche, au fond de lui, le capitaine n'était pas un mauvais bougre.

Montaigne quitta la pièce pour rejoindre son bureau. Charles Caplan, l'homme mystérieux, le hantait déjà.

*

* *

Le grand miroir fixé sur l'armoire de la chambre, renvoyait à Charly l'image d'un homme à la dignité retrouvée. « Des vêtements neufs, ça vous change une personne », pensait-il en effectuant des mouvements de bras pour vérifier si l'aisance de sa veste était bien là. Il ne pouvait en dire autant de ses chaussures. Elles lui faisaient un peu mal aux pieds. Non pas à cause de la pointure, mais du cuir neuf.

Il saisit un son de trompette à la radio et se précipita sur le poste pour augmenter le volume sonore. Il reconnut Dizzy Gillespie*…

Il s'assit sur une chaise, ferma les yeux et écouta.

Son plaisir fut de courte durée. La musique s'effaça au profit d'une voix féminine. Celle-ci diffusait une information : un bus, le “569”** circulait sur les lignes

---

*Trompettiste, chanteur, compositeur et arrangeur. Il donna un concert à Nantes le 26 février 1953 chez Mauduit.

**Ce bus est reconnaissable par sa décoration extérieure sur le thème du jazz. À l'intérieur, les passagers bénéficient de l'ambiance musicale et de panneaux illustrés consacrés à quelques musiciens célèbres du jazz. Ce véhicule circule en permanence à Nantes sur les lignes régulières de la SEMITAN.

de l'agglomération pour célébrer les quatre-vingt-dix ans du jazz à Nantes…

Charly n'en revenait pas… Ainsi, le 12 février 1918, Nantes fut la première ville du continent européen à accueillir le jazz ! Un soldat noir américain, le chef d'orchestre James Reese, dit Jim Europe, avait donné son premier concert à Graslin, accompagné d'une trentaine de ses musiciens ! « Bien, bien », se dit Charly, « ça m'intéresse. Je dois voir ce bus à tout prix ! »

Redoutant un nouveau vertige, il rouvrit les yeux peu à peu. Tout se passa normalement.

On frappa à sa porte. Li en resta ébahie. Durant un moment, elle se demandait si l'homme qui se tenait devant elle, était bien Charly.

— Tu veux entrer ? lui proposa-t-il.

Sans dire un mot, Li confirma. De la tête aux pieds, elle ne lâchait plus du regard son voisin. Enfin, elle se décida à parler.

— C'est tes nouveaux habits ?

— Oui. Comment les trouves-tu ?

— Ils sont beaux, reconnut Li, admirative.

— Les chaussures me gênent, je dois assouplir le cuir neuf… Alors, et toi, que veux-tu ?

Li haussa ses épaules. Elle ne voulait rien. Seulement dire bonjour à Charly. C'était mercredi. Elle n'avait pas classe.

— Tu tombes à pic, dit Charly. Il me faudrait un annuaire. Tu en as peut-être un chez toi… Tu sais, un gros livre avec la liste des numéros du téléphone.

— Hum, confirma Li. Tu le veux ?

Li revint aussitôt avec l'annuaire. Elle le tendit à Charly.

Il feuilleta les pages, s'arrêta à la rubrique véhicules d'occasion, nota quelques adresses.

Un téléphone ! Il devait aussi en acheter un. Cela faisait beaucoup de choses à faire. Dix ans à rattraper !

« Non, » rectifia pour lui-même Charly, « ceci est une absurdité. Ce temps de liberté dont j'ai été dépossédé, je ne le rattraperai jamais. Cette évidence, je dois l'accepter. Il y a des choses contre lesquelles on ne peut rien. Elles ont eu lieu et il nous est impossible de les effacer. » Et cela le ramena encore à cette question entêtante : comment avait-il pu commettre un acte aussi barbare et ne pas en avoir gardé le moindre souvenir ? Le plus terrifiant pour lui était de vivre avec la crainte d'une récidive. Celle-ci restait toujours possible.

Depuis la nuit tragique, cette question aussi le visitait régulièrement. Mais l'espoir d'un déclic salvateur qui remettrait un jour de l'ordre dans sa mémoire, semblait avoir fait long feu. Les années s'étaient égrenées et rien de cela n'était arrivé. Au contraire, Charly avait l'impression de s'enfoncer dans des abysses. Jamais il ne serait en mesure de prouver son innocence et ce vide ne faisait qu'accroître son inquiétude d'être bel et bien le coupable. Il se tourna vers Li. La fillette regardait par la fenêtre. Alors, courait-elle un danger en sa présence ? Il fixa ses mains comme pour les interroger. Seraient-elles capables de renouveler une telle horreur ? Il rejeta cette pensée avec violence, refusant l'image d'une telle monstruosité envers cet enfant !

Pour autant, ce risque n'était pas à exclure. Au cours du procès, l'avocat général n'avait-il pas évoqué à plusieurs reprises la possibilité d'une récidive afin de bien souligner la dangerosité de l'accusé ! L'avocat de la partie civile avait, lui aussi, martelé maintes fois : « Notre société doit se protéger des déments et cet homme en est un, Mesdames et Messieurs les jurés ! »

Il sentit la douleur envahir sa tête. Ses jambes ne le soutenaient plus, tout se mit à vaciller autour de lui. Saisissant le dossier d'une chaise, il eut le temps de s'asseoir. Il ferma les yeux. La voix de Li lui parvint.

— Tu es malade ?

— Ce n'est rien, la rassura Charly.

Il passa la paume de sa main sur son front en sueur. La douleur s'en allait petit à petit. L'étourdissement aussi.

Quand il rouvrit ses yeux, Li l'observait de son air grave et inquiet. Charly lui adressa un sourire triste.

— C'est fini, assura-t-il dans un soupir.

Où en était-il ? Ah oui ! Toujours ces doutes et ces mauvaises pensées. Et avant cela, il était en train de recenser ce qui lui serait nécessaire. À la liste, il devait ajouter une adresse pour consulter le Net. Un cyber-centre, lui avait recommandé un ami détenu.

— Connais-tu un cybercentre, pas loin d'ici ? se renseigna-t-il auprès de Li.

— Je ne sais pas ce que c'est…

— Un lieu où l'on peut faire des recherches sur Internet.

— Chez moi, j'ai Internet, assura Li avec un soupçon de fierté.

— Je demanderai peut-être ce service à ta maman. Et encore, rien n'est moins sûr.

— Comme tu veux…

— À présent, je dois une fois encore me rendre au supermarché. Veux-tu m'accompagner ? proposa Charly.

— Hum hum… acquiesça Li.

En cette fin de matinée, on était bien incapable d'apercevoir le soleil. On le devinait présent, retranché derrière une couche de nuages uniformes, n'apparaissant que durant de courtes périodes à l'égal de ces jours derniers. Il répandait alors une luminosité contrastant avec les eaux sombres de l'Erdre. Le bruit des réacteurs d'un avion survolant la ville à basse altitude, à l'approche de l'aéroport, envahit l'espace. On ne le voyait pas. C'est dire si les nuages étaient bas…

Charly marchait d'un bon pas. Délaissant le quai de Versailles, il abordait le pont Saint-Mihiel, enchanté par les vues et les scènes de rues. Celles-ci se présentaient à ses yeux comme une succession de tableaux dont il détaillait chaque plan. Il marqua un arrêt au milieu du pont. En contrebas, amarrées le long du quai pavé, les péniches laissaient croire à une activité portuaire. « Sans leur présence, ces lieux paraîtraient probablement vides et monotones », pensa Charly. En amont, à deux pas de là, l'île de Versailles. Un écrin de verdure arboré d'essences variées du Pays du Soleil Levant et du Nouveau Monde, relié au quai Barbusse par sa passerelle métallique enjambant la rivière.

« Si la liberté reste malgré tout une notion abstraite dont les limites indéfinissables sont soumises au seul arbitrage des législateurs », se dit Charly, « il faut en avoir été spolié pour se rendre compte qu'elle est vraiment un bien précieux… » Lui tentait d'en reprendre possession. Il reprit sa marche, toujours d'un bon pas.

Charly s'éloignait d'elle et Li ne s'en rendait pas compte, trop occupée à dévisager les occupants d'une voiture qui, à l'instant, traversait le pont. Le véhicule avait ralenti en arrivant à leur hauteur, puis avait continué sa route. Li l'avait suivi du regard jusqu'à ce qu'elle ne l'ait plus vu. Enfin, elle réalisa : Charly était reparti !

— Tu vas trop vite, Charly ! supplia-t-elle en courant pour le rejoindre.

Elle n'arrivait pas à le suivre. Elle trottait derrière lui sur ses petites jambes, ses deux couettes battant la cadence de ses pas.

Il avait oublié l'enfant ! Il se retourna pour l'attendre.

Oui, Li avait raison. Où courait-il ainsi ? Cherchait-il inconsciemment à rattraper les années perdues ? Il devait prendre le temps de vivre, de… Tout simplement d'accorder un peu de son temps à cette petite fille. Cette liberté retrouvée, ce bonheur, il ne devait pas les vivre d'une manière égoïste.

— Excuse-moi. Je pensais à autre chose !

Li glissa sa main dans celle de Charly pour être certaine de ne pas perdre ce monstre aux grandes jambes.

VI

Le pianiste assouplissait ses doigts. Il s'amusait à faire des gammes, mains inversées. La droite jouait en fa, la gauche en sol : un jeune talentueux. Le bassiste, lui, accordait sa guitare. Le batteur exécutait quelques roulements sur ses toms et alternait en staccato sur la caisse claire. À l'accompagnement, le guitariste réglait son amplificateur, créant cet effet Larsen toujours désagréable. Un saxophoniste de leurs amis était venu leur prêter son concours pour l'occasion. Il ajustait l'ouverture de l'anche sur le bec afin d'obtenir le meilleur son. Chacun se préparait dans cette cacophonie ambiante.

Assis devant les commandes de sa console d'enregistrement, l'ingénieur du son se pencha vers un micro, il ordonna à Betty :

— Mettez le casque sur vos oreilles, vous recevrez l'orchestre en retour !

Puis, à travers une grande vitre de séparation, il adressa des signes aux musiciens, isolés dans une pièce, de même que Betty. Dès qu'ils seraient prêts, à son signal, ceux-ci attaqueraient les notes du premier blues.

Betty avait le trac. Elle contrôlait sa respiration. Ici, le moindre écart dans l'intonation de sa voix se remarquerait. Au cabaret, les clients ne se rendaient pas compte de cela. Percevaient-ils seulement les subtils effets des mesures ternaires obtenues par les musiciens, grâce à l'anticipation ou au retard des notes à l'intérieur d'un temps ? Non, sûrement pas…

« À mon âge », se dit-elle, « il faut être un peu folle pour se lancer dans une aventure comme celle-ci ! »

Bob Mantini lui en avait donné l'autorisation à une condition, et pas la moindre : si le succès était au rendez-vous, il prélèverait un pourcentage. Mais ce rapport, loin d'être équilibré, penchait très lourdement en faveur de Bob. « En quelque sorte, je serai ton impresario, tous les artistes en ont un ! » s'était-il cru obligé de préciser. Betty ne pouvait s'y opposer, sinon la réaction serait brutale : la rue, un point c'est tout ! Bob ne plaisantait pas avec ces choses-là. Et bien qu'elle fût la seule femme du cabaret à oser lui tenir tête, elle n'avait pas répliqué. Elle connaissait la réponse : « N'oublie surtout pas, sans le cabaret, personne n'aurait reconnu ton talent ! » Oui, mais ce dernier n'appartenait qu'à elle. Par ailleurs, il était bien trop tôt pour parler de ces choses-là.

Plus d'une fois, elle avait assisté à des scènes comme celle-ci : un soir, juste avant l'ouverture du cabaret au public, une fille avait vivement protesté à propos du pourcentage perçu sur les bouteilles de champagne consommées par les clients. Pourtant, Betty avait donné un conseil amical à cette rebelle : celui de partir si elle n'était pas satisfaite, pas de faire un esclandre. Cela ne servait à rien. Mais non, la fille avait porté jusqu'au bout sa revendication. Le résultat ne s'était pas fait attendre. Mantini lui avait demandé où elle se croyait et crié : « Si tu n'es pas contente, retourne usiner. Ici, c'est moi le taulier ! »

Et pour bien lui faire comprendre, en avertissement, elle avait récolté une bonne paire de gifles ; un aller-retour assené par Bob en personne. La malheureuse avait été à demi sonnée. Ce n'était pas tout : si l'envie de recommencer la prenait, il l'avait menacée de son sbire. L'homme aux petits yeux… Là, autant le dire, la fille était vite rentrée dans le rang. Bob tenait son personnel féminin sous la menace de cet individu. Le genre de type habité par le seul sentiment de cruauté. Un regard à vous glacer le sang.

Betty connaissait les conventions qui régissaient ce milieu. Être sous sa protection avait un coût : celui de la soumission, du silence aussi. S'échapper de ce monde n'était pas facile. Betty se comparait à ces esclaves noirs américains, les Hill Billies*, prisonniers d'une vie d'affronts et de misère, meurtris par leur condition, exprimant leur souffrance par le chant…

---

*Traduction : les ploucs ! Paysans de la plaine cotonnière du Mississippi, à l'origine du blues. Chaque événement, local ou national, était mis en chanson. Dans le domaine personnel, voire très intime, les paroles sont à prendre au second degré. Une sorte de code, laissant libre cours à une imagination débordante et colorée dans une Amérique puritaine.

Rien n'y faisait, elle avait beau réguler sa respiration, pour autant ce fichu trac ne la quittait pas ! Tout ça, parce qu'à la dernière minute, il avait été décidé, contre son gré, du changement des musiciens. Ses compagnons de cabaret avaient été remplacés par des jeunes. Et, en leur présence, elle ne se sentait pas à son aise. Certes, face à une partition, elle ne contestait pas leur rigueur professionnelle. Bien au contraire, ils étaient capables d'en remontrer à beaucoup d'autres. Mais non, quelque chose ne passait pas. Ils avaient leur langage, leurs manières de faire bien à eux. Et là, pour être franche, elle se trouvait un peu larguée ! Forcément, à côtoyer toujours les mêmes têtes dans son cabaret…

L'un d'eux, le bassiste, lui fit un signe à travers la vitre. Il voulait dialoguer avec elle par l'intermédiaire de l'interphone car elle était isolée du groupe des musiciens. Pour un son meilleur. Une question de technique.

— Betty, ma chérie, cool, nous ne sommes pas prêts, nous avons un petit ennui avec l'ampli de la basse !

Comment l'avait-il appelée ? Ma chérie ? Betty n'en revenait pas. Ce jeunot venait de l'appeler ma-chérie ! Cela lui faisait chaud au cœur. Depuis longtemps, on ne l'avait pas interpellée ainsi ! Alors, ce problème de trac, cette impression d'être un peu en marge, était sans nul doute une question personnelle ! Cela ne venait pas de ces jeunes musiciens. Mais bien évidemment ! Eux ne s'encombraient pas des différences : les âges, les races, la façon de s'habiller… Bref, tout ce qui chez certains divise…

Pour eux, l'essentiel était de pratiquer leur art. « L'axiome se confirme », se dit Betty, « la musique est un langage universel, elle ne connaît pas de frontière. Aussi vrai que Rostropovitch faisait glisser son archet sur les cordes de son violoncelle tandis que l'on abattait le mur de Berlin ! »

Puis un second signe suivit.

— Betty, cette fois nous sommes prêts, ma chérie ! On envoie les premiers accords et tu rentres à mon signal, OK ? Ne t'en fais pas, ça va bien se passer. L'ingénieur fera un remix par la suite !

Les musiciens attaquèrent les premiers *riffs**, sur un rythme *shuffle***. Le signal arriva et Betty rentra, juste dans la bonne note… Mais, à son grand désarroi, l'orchestre cessa aussitôt de jouer sur un ordre du pianiste.

— Non, non, chérie, tu démarres un ton trop haut ! Tu ne pourras plus monter, après. Ne panique pas, c'est normal, il y aura plusieurs reprises. Sois détendue, naturelle…

Chérie, encore chérie… Ils étaient adorables, ces petits jeunes. Tiens ! Et pourquoi pas Cherry, la reine du blues, sa photo sur les CD, sur les affiches ? « Si

---

*Courtes phrases mélodico-rythmiques de deux ou quatre mesures jouées en accompagnement plusieurs fois de suite.

**Tempo moyen, un peu plus rapide que celui du blues traditionnel.

tu veux échapper à ton destin misérable de chanteuse de boîte de nuit, allez, sois à la hauteur ! », se dit-elle.

L'orchestre reprit. Nouveau signe du pianiste. Et Betty trouva cette fois le ton juste…

*

*   *

La nuit fondait sur la ville. Elle repoussait progressivement les dernières lueurs du jour vers l'estuaire. La circulation automobile se raréfiait sur le quai de la Fosse. En contre-jour, La silhouette fantomatique du Maillé Brézé* se découpait au bord de la Loire. Un tramway passait. Sur l'autre rive du fleuve, les anciennes nefs des chantiers navals, réhabilitées en cathédrales de féeries pour *les machines de l'île*, étaient éclairées.

Sur le trottoir, Betty pressait le pas en direction du Blue Paradise. Croisant deux hommes, elle fut la cible de leurs réflexions égrillardes à peine nuancées. Combien de fois n'avait-elle pas eu à supporter ce genre d'allusion détestable ! Drapée dans une sorte d'indifférence dédaigneuse, elle les ignorait superbement. Mais cette fois, elle n'avait rien entendu. Elle était ailleurs, sur un nuage…

---

*Ancien escorteur d'escadre reconverti en musée par une association et amarré à quai.

La séance d'enregistrement s'était prolongée bien au-delà du temps prévu. Non pas à cause des difficultés rencontrées, au bout du compte Betty s'était très bien tirée de cettc affaire, mais les musiciens s'étaient pris de sympathie pour elle. Séduits par sa gentillesse, ils lui avaient appris quelques ficelles du métier. Comme quoi, l'expérience n'était pas liée au nombre d'années ! Mieux encore, ils souhaitaient l'accompagner sur scène si le succès escompté s'annonçait ! En entendant cela, elle crut un instant à une plaisanterie de leur part. Il n'en était rien ! Sur le coup, Betty croyait marcher sur la tête, elle n'en espérait pas tant ! Au-delà de cette marque d'estime et d'une certaine reconnaissance de son talent qui la touchait profondément, ce qui la réconfortait le plus, c'était la perspective de quitter un jour ce milieu sordide qu'elle fréquentait par obligation.

Elle ouvrit la porte du cabaret et fut aussitôt accueillie par une musique de Sonny Rollins* : *Doxy*.

« Tiens ! Robert Mantini est déjà là, attablé avec son trio de crétins. Il doit y avoir une urgence », se dit-elle.

Elle se dirigea vers eux pour les saluer.

— Comment ça, avec une gamine ? C'est impossible ! aboya Robert Mantini.

---

*Rollins Théodore Walter. L'un des grands saxophonistes ténor du jazz, au rythme et au phrasé uniques. A débuté dans le rythm and blues. En 1981, il a enregistré *Tatoo You* avec les Rolling Stones.

Jos Attal, son lieutenant, confirma. Les deux autres approuvaient de la tête.

— J'aurais tout entendu, vous vous êtes trompés !

— Si, si, Bob. Faut nous croire, insista Jos Attal.

Robert Mantini réfléchissait en agitant le verre qu'il tenait à la main. On entendit les glaçons tinter lorsque la musique cessa.

L'homme aux petits yeux fit craquer ses phalanges. Mantini, intrigué, mais aussi irrité par la nouvelle qu'il venait d'apprendre, ne supportait pas de le voir faire cela et encore moins d'entendre ce bruit. Il se tourna vers lui.

— Arrête ça ! Tu veux ? siffla-t-il entre ses dents, les mâchoires serrées, à deux doigts de faire partir son poing.

Betty attendait, Robert Mantini lui prêta enfin attention.

— Salut, Bob, dit-elle en l'embrassant sur la joue.

— Hum… Salut, Betty… Ça c'est bien passé au studio ?

— Oui, Bob.

— Alors tu vas passer à la radio, c'est vrai, Betty ?

— Oui, Bob, bientôt. Il faudra attendre un peu ; le temps de tout mettre au point ; faire la promotion auprès des radios… Enfin, tu vois bien, quoi !

— Bien, Betty. En attendant, mets-toi au boulot.

« Pauvre type », pensa Betty en lui tournant le dos. « Dans peu de temps, je ne verrai plus ta sale tête… Lui, mon impresario ? Puff, il peut toujours rêver… »

Jos Atall attendit que Betty s'éloignât. Il reprit la conversation avec Robert Mantini :

— Un couple de l'immeuble, nous a renseignés, Bob. Ce type vient tout juste d'aménager dans l'un des appartements réservés aux locataires un peu particuliers : du genre à réinsérer, par exemple. Leur plus grande crainte, c'est de tomber un jour sur un barjot... C'est forcément lui, Bob.

— Alors, d'où sort-il cette gamine ?

— Si tu veux bien, Bob, on peut s'en occuper de la gamine, hein ? suggéra l'homme aux petits yeux, avec un ricanement qui en disait long.

— Toi, tu la boucles, compris ?

— Une petite Asiatique, précisa Attal.

— Une Asiatique ?

— Ouais, Bob. Comme je te le dis !

Dans l'attente des premiers clients, les filles papotaient entre elles sur la mode vestimentaire. Betty approvisionnait le bar. Elle répartissait les bouteilles pleines dans les placards et rapportait les vides dans la réserve. À chacun de ses passages devant la table occupée par Mantini et son trio, elle saisissait des bribes de leur conversation. Une gamine ! avait-elle entendu. Que tramaient-ils encore ? Mêler un enfant à leurs histoires, c'était aller trop loin ! Betty les supportait de moins en moins.

Les musiciens, à leur tour, étaient arrivés. Comme d'habitude, avant leur prestation sur scène, ils étaient réunis au comptoir. Aujourd'hui, l'un d'eux faisait un brin de cour désespérée à une fille. Libre à lui, mais ces cœurs-là n'étaient pas à prendre ; ils papillonnaient… Ce n'était pas tout : il fallait aussi obtenir l'aval de Robert Mantini, et là… « Mélanger le travail aux sentiments, n'est jamais bon », se plaisait-il à dire lorsqu'il s'agissait de son personnel. Des histoires, il n'en voulait pas !

Robert Mantini n'arrivait toujours pas à comprendre : ce type accompagné d'une gamine, de surcroît asiatique, non ça ne collait pas. Puis l'idée chemina dans sa tête : la fillette avait sûrement une mère et, à n'en pas douter, cette dernière avait les mêmes origines qu'elle. Eh oui !

— Vous avez demandé au couple qui habite l'immeuble ?

— Demander quoi, Bob ?

— Si une femme asiatique loge aussi dans cet immeuble, bande d'in…

— Ben… non, Bob, répondit Jos Atall, semblant tomber des nues. On a aperçu le gars avec la gamine sur le pont Saint-Mihiel, mais après…

Robert Mantini s'emporta, les traitant d'incapables et d'abrutis. Il devait tout faire par lui-même ! Il leur ordonna de retourner sur place pour s'informer auprès du couple. Jos Atall rétorqua qu'à questionner sans cesse ces braves gens, ceux-ci finiraient par avoir des doutes. Mantini s'énerva de nouveau : il ne voulait rien savoir, à eux de se débrouiller ! Puis, après avoir bien réfléchi, il prit la décision de ne laisser aucune initiative à ses hommes. Il les somma de surveiller les entrées et les sorties des locataires de l'immeuble. Rien d'autre jusqu'à nouvel ordre !

— La mère… marmonna Robert Mantini.

— Quoi, la mère ? voulut savoir aussitôt Jos Atall.

— Devine, imbécile…

Perdu dans ses pensées, l'ébauche d'un sourire discret sur ses lèvres, Robert Mantini n'en dit pas plus. Il tenait peut-être une solution…

VII

Après avoir fait le tour du véhicule et vérifié son état général sous différents angles, Charly s'accroupit une fois encore pour palper la structure de l'un des pneus. Le quatrième, cette fois. Tous étaient corrects. Il se redressa, mit sa main en forme de visière sur son front et scruta l'intérieur de l'habitacle par la vitre fermée.

— J'ai les clés sur moi, lui dit le vendeur. Je vais vous ouvrir la portière, ainsi vous pourrez vous faire une meilleure idée.

Charly voulait bien.

— Comme vous le remarquez, l'ancien propriétaire était très soigneux. Pas une trace de rouille sur la carrosserie, la mécanique vérifiée périodiquement, les organes de sécurité également. C'est un véhicule en parfait état de fonctionnement.

Charly en convenait.

— Bien entendu, Nous effectuerons le contrôle technique obligatoire. Tenez, essayez-la ! proposa le vendeur en lui tendant les clés.

Charly s'installa au volant.

Il sortit la voiture du parc de stationnement, fit un

essai dans les environs, revint au point de départ. Il demanda à voir les dimensions du coffre.

— Nous avons d'autres modèles à vous présenter si vous le souhaitez. Cela dépend de votre budget.

Pour l'usage qu'il en ferait, cette voiture convenait parfaitement à Charly.

— À combien me la cédez-vous ? demanda-t-il.

Semblant tomber des nues, le vendeur émit un sourire étonné.

— Comment ça, à combien je vous la cède ?

Puis, reprenant très vite ses esprits, il confirma le prix affiché.

— Alors, c'est non ! exprima Charly de manière ferme mais calme.

Trop sûr de lui, croyant l'affaire bien engagée, le vendeur accusa ce refus par une pointe de dépit mal dissimulée.

Il ne s'attendait sûrement pas à une réponse aussi tranchée. Acculé, il assura à Charly qu'il ne trouverait pas mieux.

— Rien n'est moins certain, rétorqua Charly, les voitures d'occasion ne manquent pas.

Le vendeur ne voyait aucun inconvénient à faire un effort, malheureusement sa latitude de négociation était inexistante : cela ne dépendait pas de lui. Il sembla réfléchir. Après une hésitation feinte, il se dit tout de même prêt à endosser le sacrifice d'une petite remise, à condition qu'elle fût raisonnable bien évidemment.

— Pour ne rien vous cacher, je préfère les sommes arrondies, avança Charly.

— Et, je suppose, de préférence vers les chiffres inférieurs ? plaisanta le vendeur pour créer un climat de détente.

— Vous comprenez vite. Cinq cents euros en dessous du prix affiché me convient parfaitement. Et pour vous, à défaut de ne pas encaisser cette somme, la différence présente l'avantage du compte rond, plaisanta à son tour Charly. C'est mon unique proposition. Sinon, tant pis !

Le vendeur réagit à cette annonce en exprimant toute sa souffrance morale à travers une grimace.

— Aïe, aïe, aïe ! Vous êtes inflexible en affaires… Bon, bon, concéda-t-il, décidé d'en finir, je prends tout sur moi ! Il s'en tira par cette volte-face : je m'arrangerai avec mon patron… À moins qu'il ne me vire !

Charly refusait d'être le responsable d'un licenciement. Aussi préférait-il encore annuler son achat. Le vendeur l'en dissuada aussitôt : c'était une boutade ! Puis, il pria Charly de le suivre jusqu'à son bureau afin de remplir le bon de commande.

Charly eut tout juste le temps de faire un premier pas qu'il se rattrapa de justesse à la voiture… Un nouveau malaise le gagnait… Sa vue se brouillait. La douleur envahissait sa tête. Pour la première fois, il ressentait en même temps un état nauséeux. Il se mit à transpirer. D'instinct, il plongea sa main dans la poche de son pardessus à la recherche d'un sachet de papier. Il n'en avait pas.

— Monsieur ? Ça ne va pas, Monsieur ? Souhaitez-vous vous asseoir ? Je vais chercher un siège !

Charly agita sa main pour signifier au vendeur de ne rien faire. Ce n'était, tout au plus, qu'un étourdissement passager. Après quelques secondes, la transpiration apporta son bienfait. Charly sentit une onde de fraîcheur parcourir son corps et la douleur régresser jusqu'à sa totale disparition.

Le vendeur, décontenancé, le regardait avec inquiétude.

— Si vous le souhaitez, j'appelle un médecin, proposa-t-il.

Charly refusa.

Dans le tramway qui le ramenait au centre-ville, Charly songeait à ces malaises soudains. Leur répétition le préoccupait et il s'interrogeait sur le mal dont il était atteint. Était-ce simplement une carence en oligo-éléments, en vitamines ou alors les premiers signes d'une maladie plus grave ? Une seule certitude : les premiers symptômes s'étaient manifestés dès sa sortie de prison. Toutefois, il écarta très vite ce lien. Il était impossible qu'il y eût une corrélation entre ces étourdissements et sa remise en liberté. Tout bien réfléchi, Il y voyait plutôt une coïncidence. Ce mal, quelle que fût sa nature, couvait certainement depuis un moment, il n'était pas apparu aussi brusquement…

La rame était bondée. Leur journée de travail finie, les Nantais rentraient chez eux. Les uns, mutiques, accaparés par leurs pensées, les autres, animant l'espace de leurs conversations, ou encore l'œil rivé sur leur montre, pressés de rejoindre une correspondance, un train, un lieu de rendez-vous… Charly se sentait étranger à ce maelström. Lui, personne ne l'attendait. Et pour tout dire, personne ne l'avait jamais attendu. Une vie de solitude, faite de voyages à travers le monde pour un travail très singulier… Pour lui, tout cela était à présent terminé.

Charly faisait souvent ce rêve : finir ses jours loin d'ici, seul, quelque part dans le grand Nord, au milieu d'étendues blanches engourdies et silencieuses, avec la neige pour linceul. Mais en même temps, ne devait-il pas interpréter ce songe comme le souhait d'un repli sur soi, comme une lassitude à vivre dans une société devenue malveillante à son égard ?

Charly sentait comme un étau se resserrer sur lui. Il avait le pressentiment inexplicable d'un événement à venir et de surcroît inéluctable. Tout à coup, une étrange impression le saisit : celle d'un regard le fixant. Il ne devait surtout pas se retourner. Ce serait dévoiler ses soupçons. À l'annonce du prochain arrêt, Place Viarme, il se faufila entre les personnes pour se rapprocher d'une porte. La rame s'immobilisa, libérant ses passagers. D'autres embarquèrent. Charly se tenait face à la porte et, à l'instant où celle-ci se refermait, d'un bond, il se retrouva à l'extérieur.

Le tramway repartait. Sur le trottoir, les passagers s'étaient déjà dispersés, Charly se retrouva seul. Il s'interrogea très rapidement sur l'opportunité d'emprunter le prochain convoi. Il n'avait pu identifier son suiveur et ce dernier, après être descendu à la station suivante, pouvait raisonner de la même manière. Auquel cas, il avait une chance de retomber sur lui.

Il décida de repartir à pied vers le quartier Saint-Mihiel. Il longea les halles de Talensac, traversa le boulevard Bellamy, puis disparut dans les rues.

C'était plus qu'un pressentiment… Cette fois, quelque chose bougeait.

*

*   *

Le commandant Montaigne n'en revenait pas de s'être fait berner comme un débutant. Le bras levé, agrippé à la barre de maintien, coincé entre les passagers, il rageait de n'avoir su anticiper cette manœuvre. Il se traita de tous les noms. Une telle bourde relevait de l'amateurisme. Il en eut presque honte ! Si Cassel avait été là, c'était certain, celui-ci ne se serait pas privé de se payer sa tête. Il se questionna : quelle erreur avait-il commise et à quel moment ? Charles Caplan ne le connaissait pas, alors comment s'était-il rendu compte qu'il était observé ? La perception intuitive des événements et la façon de réagir de Charles Caplan n'étaient pas celles d'un individu à la vie ordinaire… Son comportement était celui d'un homme expérimenté, habitué au qui-vive permanent. Lorsque la rame s'arrêta à l'arrêt suivant, Montaigne ne descendit pas.

C'était inutile. Caplan ne tomberait pas dans ce piège grossier qui consistait à emprunter la rame suivante ou même à en laisser passer deux ou trois autres, non. Il avait carrément changé d'itinéraire. Il venait en quelque sorte de lui démontrer sa capacité à déjouer une filature… Charles Caplan était une énigme.

*
*   *

Li jouait avec une balle devant l'immeuble quand elle vit arriver Charly. Shan, une fois encore, avait été retardée.

— Eh bien, pourquoi n'es-tu pas montée chez tes deux voisins, ceux de l'étage au-dessus ? s'enquit Charly.

Li eut sa moue habituelle.

— Je ne sais pas, répondit-elle.

Charly réalisa tout à coup : une personne l'attendait ! Lui qui pensait être seul au monde…

— J'ai compris, dit-il. Suis-moi.

Li ne se le fit pas dire deux fois. Elle emboîta le pas de Charly.

— Dis, tu viens d'où, Charly ?

— Moi ? J'ai été acheté une voiture.

— Une voiture ? reprit Li, ébahie.

— Oui, une voiture.

— Et tu l'auras quand ?

— Demain, si je veux.

Charly retrouva ses anciens réflexes. Avant d'entrer chez lui, il examina la porte. Ne constatant rien d'anormal, il introduisit la clé dans la serrure.

Li s'installa aussitôt à table et sortit un cahier pour dessiner. Charly alluma sa radio. Les cuivres d'un orchestre échangeaient des riffs fortement rythmés, un solo de piano s'inséra pour créer une pause. Charly reconnut Count Basie et son Big Band.

— Tu aimes cette musique ? demanda Li.

— Oui, j'aime beaucoup le jazz, répondit Charly, après s'être posté à un coin de la fenêtre pour observer la rue.

— Djazz ! Djazz ! répéta Li en appuyant fortement sur la première consonne et partant d'un petit rire cristallin. C'est un drôle de nom ! Ça veut dire quoi ?

— C'est un mot inventé. On ne connaît pas vraiment son origine. Certains disent qu'il provient de la déformation du verbe jaser par les Créoles français de la Nouvelle-Orléans. Cette musique était jouée dans des bars peu recommandables. D'autres encore, prétendent qu'il vient du mot Jazz-belles*. Les Cajuns** appelaient ainsi les femmes de petite vertu.

---

*Expression satirique venant de Jezebel. Mais là non plus, rien n'est certain. Le mot jazz s'est aussi écrit jass par dérision, par les New-Yorkais, musique de trous du cul ! Jean Neveu, J-Christophe Averty, et Gérard Conte opteraient pour cette dernière version. De façon générale, les musiciens américains n'aimaient pas le mot jazz !

**Habitants ruraux et francophones de la Louisiane. Leur musique a beaucoup de particularités.

— Hum… Et c'est quoi, les femmes de petite vertu ?

La question de Li dérouta Charly.

— Ben… Les femmes qui ont plusieurs maris.

— Tu veux dire plusieurs hommes à la fois ?

— Oui… Enfin… oui, c'est un peu ça !

Charly, embarrassé, cessa son observation à la fenêtre. Pour la première fois, il avait à répondre à une petite fille sur un sujet délicat. Il se trouvait désarmé et s'en voulut presque de s'être fourvoyé sur ce terrain. Pour ne pas s'empêtrer davantage dans les explications, une diversion s'imposait. Très vite, il proposa un verre de jus de fruit à Li. Elle accepta.

Alors que Charly la servait, Li quitta la table. À son tour, elle alla à la fenêtre. Dressée sur la pointe de ses pieds, elle étirait le cou pour regarder à l'extérieur, se gardant bien de se mettre en évidence… Charly fut intrigué par son comportement.

— Que regardes-tu ?

Li se retourna vers lui, puis revint vers la table.

— Heu… rien, répondit-elle en haussant les épaules.

— Tu as certainement remarqué…

Charly n'eut pas le temps de finir sa phrase. On frappait à la porte.

— Maman ! s'écria Li, se précipitant pour ouvrir.

Shan se confondit en excuses.

*

*   *

Charly avait dîné sobrement. De temps à autre, d'un coin de la fenêtre de sa chambre plongée dans l'obscurité, il surveillait les abords de l'immeuble. Un bateau, feux allumés, glissait silencieux sur les eaux de l'Erdre. Il se dirigeait vers le pont Saint-Mihiel. Peut-être resterait-il amarré pour la nuit devant la préfecture pour emprunter, le lendemain, le tunnel débouchant sur le canal Saint-Félix…

Depuis sa libération, Charly était gagné par un sentiment de désœuvrement. Les soirées lui paraissaient une éternité. Pourtant, il en avait rêvé de ces moments-là ! Sa nouvelle vie, il se l'était imaginée sans une minute de répit, mais vraiment pas de la manière dont elle s'annonçait…

Cela lui fit prendre conscience qu'il existe toujours un décalage entre souhaits et réalité. Cette différence nous ramène souvent les pieds sur terre et parfois même de façon abrupte. Elle nous fait comprendre alors combien le rêve est éloigné de la vie. Après sa terrible épreuve, même s'il ne se laissait plus abuser par les illusions, cela ne l'avait pas empêché de nourrir des projets comme tout un chacun, mais l'idée de mener une vie normale afin de les réaliser s'éloignait de plus en plus. Il avait expié d'un crime ; or, semblait-il, pour certains, cela ne suffisait pas. Les premiers signaux d'alerte venaient de se déclencher.

Il ne connaissait personne à Nantes. Il pensait donc avoir repris sa liberté dans l'anonymat le plus complet. De toute évidence, il s'était trompé.

Il pensait que sa libération lui aurait apporté la clé du mystère de la nuit dramatique. Une résurgence liée à un fait, au hasard d'une rencontre ou, qui sait encore, un lieu auraient réveillé sa mémoire, peut-être même un événement aurait provoqué ce déclic chez lui ! Non seulement, rien de cela ne s'était encore produit, peut-être bien parce qu'il était encore trop tôt, mais des individus avaient apparemment décidé de ne pas le laisser tranquille. Charly se demandait quelles étaient leurs réelles intentions. Si celles-ci étaient guidées par la vengeance, pourquoi une telle précipitation ? Craignaient-ils de perdre sa trace du jour au lendemain ? En revanche, s'il était susceptible de détenir une vérité, il pouvait représenter un danger pour eux. Dans ce dernier cas, il comprenait mieux l'état d'urgence qui les animait.

La première possibilité l'inquiétait davantage. Si des proches de la victime avaient entrepris de faire justice eux-mêmes, cela l'amenait à considérer l'hypothèse la plus effroyable : lui, Charly, était certainement l'auteur du crime. Mais, avec cette maudite amnésie, comment s'assurer du contraire ? Chaque fois qu'il y pensait, cela le tourmentait un peu plus !

Lors du procès, la victime avait été reconnue comme un policier aux états de services brillants. Cette formule avait été avancée à plusieurs reprises par l'avocat de la partie civile. Le genre d'argument dont on use pour apitoyer les jurés, histoire d'enfoncer un peu plus l'accusé, perçu dès lors comme un monstre.

« Trop facile », pensait Charly. Quant à la reconnaissance professionnelle de la victime, oui, pourquoi pas ? Des policiers émérites, il en faut ! Mais pour autant, le problème n'était pas là : cet homme, il ne l'avait jamais rencontré auparavant ! Ou alors… Peut-être avait-il peuplé en compagnie d'autres personnages ces quelques heures d'une vie totalement oubliée… Il n'en savait rien.

Dans l'un des appartements situés aux étages supérieurs, des talons martelaient le parquet. On allait et venait… des cris… une porte claqua… des éclats de voix inaudibles… soudain, plus rien. Une dispute.

Une fois encore, il regarda ses mains. Gagné par une sorte de doute destructeur, il ne comprenait toujours pas. Ne devait-il pas renoncer à ses projets, recommencer sa vie ailleurs, vivre justement dans l'un de ces pays où la nature était faite d'étendues blanches, où tout était pur et silencieux… Ce dont il rêvait parfois…

Il saisit son poste de radio, l'alluma, s'allongea sur son lit, écouta la musique dans le noir…

*« Wake up this morning, with the blues own in my soul/My baby gone and let me got a heart as black as coal… »**

---

*Style de blues électrique urbain, né à partir des années trente de l'exode des Noirs vers des villes comme Chicago, Kansas City, Détroit… Parmi les plus célèbres représentants : BB King, Muddy Waters…

VIII

Tous les matins, Montaigne arpentait les couloirs du commissariat en suivant la même trajectoire, ponctuée de haltes, avant de parvenir à son bureau. Sur son passage, il saluait des hommes, n'hésitait pas à échanger deux ou trois mots avec eux, s'arrêtait au panneau d'affichage pour prendre connaissance des dernières informations, repartait, faisait une halte à la machine à café… Ce parcours semblait inscrit une fois pour toutes comme une observance à respecter avant de débuter sa journée.

Quand il déboula dans la pièce, il trouva Cassel assis derrière son bureau. Montaigne ne s'y attendait pas, il eut du mal à dissimuler son étonnement. Puis, prenant un ton détaché, il demanda au capitaine les raisons de sa présence : ce dernier n'était-il pas en arrêt maladie ? Cassel confirma et justifia : il préférait déposer lui-même le formulaire au secrétariat et, à l'occasion, remettre son nez dans le dossier de la fameuse nuit éprouvante, celle responsable de son arrêt de travail. Jusqu'à maintenant, il n'avait pu faire son rapport au patron. C'était l'affaire d'un quart d'heure, au plus, estima-t-il. À la suite de quoi, il repartait. Montaigne répliqua par une boutade : il ne le mettait pas à la porte ! Cela déclencha un petit rire chez Cassel et eut l'avantage d'apaiser le climat, jusqu'alors tendu, entre les deux hommes. Montaigne s'informa alors de la durée de l'absence de son collègue.

— Quinze jours, répondit Cassel.

— Quinze jours ? s'étonna Montaigne.

— Oui, quinze jours, répéta Cassel.

— Comment vais-je faire, seul, durant quinze jours ? s'interrogea Montaigne.

Bah, ça… dit Cassel d'un air évasif, il n'avait pas la réponse. Et par ailleurs, ce n'était pas son problème non plus, se crut-il obligé d'ajouter. Toutefois, il donna un conseil à Montaigne : tant qu'il ne ferait pas le siège du bureau du patron, ce dernier ne lui adjoindrait pas un nouvel équipier. Et il n'était pas exclu qu'il prolongeât ainsi jusqu'à la retraite, prétextant le spectre toujours possible d'une bavure. À deux mois de la quille, ainsi qu'il le rappelait à plaisir, il ne voulait pas prendre ce risque. La soirée mouvementée avait été le coup de semonce pour lui. Elle avait sonné comme l'avertissement d'une ligne à ne pas franchir et cela l'avait fait beaucoup réfléchir. Alors, pourquoi ne demandait-il pas à finir son temps dans un service plus tranquille ? lui suggéra Montaigne. Non, non ! s'était défendu Cassel. Il ne voulait pas finir sa carrière comme un rond-de-cuir, sa vie était sur le terrain, pas dans un bureau. Hélas, il avait donné plus qu'il n'en fallait pour ce métier. Aussi, désormais, le ministère se passerait-il de lui ! Son unique aspiration était de prendre sa canne à pêche et de suivre les cours d'eau afin d'y ferrer la truite. Il aimait ça : jouir de la vie paisible à la campagne, casser la croûte à l'heure de midi sous un arbre, au bord de la rivière, le tout arrosé d'un petit muscadet mis à rafraîchir dans l'eau vive, les oiseaux pour seuls témoins. Ça, oui, c'était la vraie vie ! Et l'une des raisons pour lesquelles il s'était mis en tête de tirer au flanc.

Ça, la vraie vie ? Non, Montaigne n'en revenait pas ! Jamais, il n'aurait cru Cassel capable de telles prétentions bucoliques. Il l'imaginait plutôt en flic teigneux, redresseur de torts, n'hésitant pas à franchir la frontière de l'illégalité quand cela l'arrangeait. « Comme quoi, on peut se tromper facilement sur les aspirations intimes des individus », pensait Montaigne. Et il ne se priva pas de livrer à Cassel le fond de sa réflexion.

— Bah ! finit par admettre celui-ci, je ne t'en veux pas. Tout le monde peut se tromper !

Et à propos de son rapport sur la fameuse nuit, qu'allait-il coucher sur le papier ? Ça lui était complètement égal, lui avait répondu Montaigne, devenu tout à coup plus conciliant. Puis il avait déclaré pour sa part l'incident de cette soirée clos et de manière définitive. Ils n'allaient tout de même pas se faire la tête pour des égarements verbaux un peu vifs, il en convenait, mais résultant d'un contexte bien particulier.

Cassel approuva par une mimique, lui aussi était d'accord.

Pour autant, le problème de Montaigne était loin d'être résolu : en l'absence de Cassel, comment allait-il se débrouiller, seul ?

— Tu veux le conseil d'un ancien ? proposa Cassel, si tu ne veux pas d'un nouvel équipier, fais ce que tu peux ! Le reste, hein, tu vois ce que je veux dire…

— Tu me vois gérer seul un problème comme celui de la prise d'otages par le voisin belliqueux défoncé au gros rouge ?

— Tu réalises mieux maintenant combien la trouille peut aussi nous faire déraper… voulut lui faire reconnaître Cassel, un demi-sourire désabusé aux coins des lèvres.

— Hum…

— Pas de nouvelles de Caplan ? s'informa Cassel, après un court instant de silence.

— Caplan ? reprit Montaigne, comme s'il n'avait jamais entendu ce nom. Je ne vois pas de qui tu parles…

— Mais si, souviens-toi, l'homme libéré après dix ans de taule, lui rappela Cassel.

— Ah oui, maintenant j'y suis ! s'exclama Montaigne. Non, aucune nouvelle. Par ailleurs, pourquoi en aurais-je ? À ce propos, tu m'avais dit quelque chose concernant ce type, je ne m'en souviens plus…

— Là aussi, laisse-moi te donner un conseil : tiens-toi à distance, tu ne t'en porteras que mieux !

Montaigne, étonné des propos de Cassel, lui demanda d'être plus clair. Cassel dit qu'il plaisantait. C'était seulement par allusion au crime horrible commis par Caplan. Si Montaigne ne souhaitait pas finir ses jours sous les coups de couteau, il devait éviter le personnage. C'était tout. Et, ironisant toujours, il ajouta :

— En revanche, si tu veux de la promotion, tu le provoques ! Si tu en réchappes, tu auras de bonnes raisons de le remettre en cabane.

Cassel partit d'un éclat de rire en voyant la tête faite par Montaigne, puis il ajouta :

— Après tout, ce type a quand même tué l'un des nôtres et, aujourd'hui, il jouit d'une liberté totale. Tu trouves ça normal ?

À cela, ils n'y pouvaient rien, tenta de le raisonner Montaigne. Mais Cassel ne supportait plus certaines des décisions des magistrats. Pour lui, Caplan avait certainement bénéficié d'une remise de peine grâce à une intervention. Sinon, il ne s'expliquait pas ce privilège. Et il s'enflamma : tout le mal venait d'une trop grande tolérance. Combien de fois des délinquants avaient été remis en liberté à la suite d'un vice de procédure ; des sursis, prononcés grâce à des avocats habiles ou encore des peines, bien souvent inappliquées… Alors, faire sortir Caplan après dix ans seulement, il avait beaucoup de mal à l'accepter ! Puis il répéta, une fois encore, avoir largement payé de sa personne pour le métier. Ceci afin de bien faire comprendre à Montaigne sa détermination à prendre du recul par rapport à leur travail, trop souvent remis en cause par les tribunaux. Alors, appuyant d'un petit sourire narquois, il souhaita à Montaigne une longue et heureuse carrière.

Cependant, il le mit en garde : si l'envie lui prenait de chatouiller Caplan, celui-ci n'avait rien à voir avec les petits dealers de came à la sauvette ; Caplan, c'était une autre pointure !

— Tu étais à Nantes, à l'époque des faits ? demanda insidieusement Montaigne.

— Ouais ! C'était l'été, Je m'en souviens très bien, j'étais en congé en Savoie. J'ai écourté mon séjour au grand dam de ma femme. Ça a fait du bruit dans la maison et c'est peu de le dire ! conclut Cassel, songeur.

Il regarda sa montre. Bon sang, l'heure tournait si vite ! Il avait encore ce foutu rapport à rédiger avant de partir.

Le téléphone sonna. Montaigne décrocha. Rouvres, le patron, souhaitait le voir.

Avant de quitter le bureau, Cassel lui glissa une dernière recommandation : en cas de problème, ou pour toute information, Montaigne ne devait surtout pas hésiter à le joindre. Il reviendrait travailler ou, du moins, serait présent quelques jours avant son départ…

*

*   *

Devant la porte fermée de la salle de bain, Shan fit un reproche à sa fille : sa toilette durait et la sienne restait encore à faire. Alors, si Li pouvait se presser un peu, cela l'arrangerait…

Li entrouvrit la porte de la salle de bain et leva des yeux noirs vers sa mère. Jamais le temps ! pesta-t-elle, accompagnant sa protestation d'un haussement rapide d'épaules, avant de disparaître dans sa chambre. Shan préféra ne rien dire. Un demi-sourire aux lèvres, elle remua la tête, puis s'engouffra à son tour dans la salle de bain.

Li s'empara de la poignée articulée pour remonter le volet de sa chambre. Ensuite, elle se posta à un angle de la fenêtre puis, écartant légèrement le rideau, elle épia la rue. Quelques secondes après, elle recommença l'opération, mais cette fois à partir de l'angle opposé. Enfin, elle cessa son observation, s'habilla tranquillement et prépara ses affaires pour se rendre à l'école.

Shan jaillit, paniquée, de la salle de bain. L'heure ! Elle n'avait pas vu passer l'heure, vite !

— Je souhaitais t'accompagner à l'école mais je ne le pourrai pas, Li ! dit-elle, affolée, courant en tous sens, saisissant ses affaires au vol.

— Pas grave, maman. J'ai l'habitude, la rassura Li.

Elles quittèrent ensemble l'appartement et tombèrent nez à nez avec Charly.

— Salut Charly ! lança Li, le plus sérieusement du monde.

Shan enjoignit sa fille plus de retenue puis, à son tour, salua Charly avec réserve. Elle se sauvait. Elle était en retard.

— À ce midi, Li ! rappela Shan, avant de dévaler l'escalier.

Elle se précipita dehors, courut en direction de la station de tram et ne remarqua pas une voiture stationnée près de l'immeuble. Celle-ci était garée de façon anormale ; elle n'aurait pas dû être là. Deux hommes en descendirent.

L'un, adoptant l'attitude du flâneur, les mains dans les poches, se dirigea vers le quai. Une balafre lui barrait la joue. L'autre, pressant le pas, gagna la station de tram. Son visage était anguleux ; ses yeux, petits, très mobiles. Des yeux exprimant la cruauté. La voiture démarra, puis disparut au coin de la rue de La Distillerie.

Shan monta dans le tramway en direction des facultés. L'homme aux petits yeux aussi…

Contrairement à Shan, Charly avait du temps devant lui. Il proposa à Li de l'accompagner jusqu'à son école. Li, bouche bée, resta le regarder avec des yeux étonnés. Elle était très contente mais, l'émotion la débordant, elle fut incapable d'exprimer son sentiment de joie. Sans dire un mot, elle emboîta le pas de Charly.

Parvenu dans le hall d'entrée de l'immeuble, Charly marqua un temps d'arrêt avant d'ouvrir la porte. Après avoir recommandé à Li d'attendre quelques secondes, il sortit le premier, inspecta les abords de l'immeuble, puis annonça à la fillette qu'elle pouvait sortir à son tour. Li lui demanda ce que signifiait cette précaution.

— Rien, dit Charly, c'est comme ça. On ne sait jamais !

— Oui, mais on ne sait jamais quoi ? insista Li.

— Ne me le demande pas, je ne sais pas moi-même, répondit Charly.

— Tu es drôle alors, pour faire ça ? s'étonna Li.

— Oui, admettons, je suis drôle. Mais je ressens des choses, voilà !

— Moi aussi, je sais des choses, ajouta Li.

— C'est normal, tu vas à l'école.

— Non, non, pas ces choses-là, d'autres ! soutint Li.

— Comment ça, d'autres choses ? l'interrogea Charly…

— Ben, Li hésitait.

— Ben quoi ? demanda alors Charly en se retournant vers la fillette…

— Ben, c'est pareil. Je ne sais pas moi-même, voilà ! finit-elle par admettre…

— Bon, bon, dit Charly, avec ça, on n'est pas plus avancés…

Le temps s'annonçait plutôt clément. Le soleil semblait avoir investi le ciel de manière durable. Cela n'était pas arrivé depuis un moment. Les Nantais commençaient à se lasser de ces journées en demi-teintes, quand elles n'étaient pas carrément pluvieuses. La surface de l'Erdre miroitait, troublée par l'étrave d'un bateau fendant les eaux chuintantes. L'onde formée par le sillage venait heurter la coque des péniches amarrées au quai.

Charly avait accompagné Li jusqu'à la porte de son école. Il revenait sur ses pas.

À un carrefour, il abandonna la chaussée sur laquelle il marchait pour bifurquer soudainement sur sa droite et disparaître dans une autre rue.

Il s'arrêta, laissa s'écouler quelques secondes. Enfin, il fit demi-tour en reprenant son itinéraire en sens inverse.

Quand il déboucha dans la rue, celle qu'il avait délaissée précédemment, il faillit se heurter à un homme. Celui-ci, surpris, opéra un écart pour l'éviter. Charly le dévisagea et retint ces détails : une cicatrice barrait sa joue gauche.

Il nota également un léger tic nerveux à la même joue… Charly ne releva aucune autre présence dans la rue. Là, il n'eut plus de doute : cet homme le suivait depuis un moment.

« Pour tomber dans un piège aussi grossier », se dit-il, « j'ai affaire à un petit voyou, sans plus. Méfiance tout de même : il n'en reste pas moins dangereux et imprévisible ! »

*

*   *

Assise dans le tramway, Shan ne sentait pas la menace peser sur elle. Son unique préoccupation du moment était ses cours. Elle consultait rapidement une série de documents. De temps à autre, son regard se portait sur les façades des maisons qui bordaient la ligne, mais elle ne les voyait pas, elle réfléchissait. Comment allait-elle aborder son nouveau groupe de travail, les élèves seraient-ils nombreux et seraient-ils aussi motivés que les précédents ? Autant d'inconnues. Elle n'avait pas été formée au métier d'enseignante et, par moments, il lui semblait perdre pied. Du moins, le croyait-elle. Bien qu'elle s'en sortît parfaitement aux dires de ses collègues. Depuis qu'elle était en France, de son côté, elle avait fait des progrès notables dans la maîtrise de la langue. En revanche, elle rencontrait des difficultés à transmettre les rudiments de l'écriture chinoise à ses étudiants français. Elle pensait aborder ce problème en leur enseignant les hexagrammes et les trigrammes, figures de six et trois signes, constituées de barres et demi-barres. Celles-ci étaient rassemblées dans un livre : le Yi-King*. Ainsi, le mot Li, symbolisé par deux demi-barres intercalées entre deux barres, signifiait le feu et le soleil. Cette flamme, cette lumière, était celle que lui apportait sa fille…

Li était l'être le plus cher qu'elle avait au monde. Et aussi, quelque part, sa raison d'être. Shan n'avait qu'une hantise : celle d'être elle-même victime d'un

*Ce livre remonte au VIIe siècle. Il contient 64 hexagrammes et huit trigrammes symbolisant par excellence le yin et le yang.

malheur. Loin des siens, qu'adviendrait-il alors de sa fille ? Celle-ci ne connaissait aucun membre de sa famille, ignorait tout de son pays de naissance. Néanmoins, Shan s'efforçait de lui transmettre les traditions marquant les fêtes calendaires chinoises. Mais cela ne semblait pas intéresser Li outre mesure…

L'arrêt Petit Port fut annoncé. Shan n'avait pas vu le temps passer. Elle rassembla ses documents à la hâte et se leva. Elle tourna alors la tête. Parmi les regards qu'elle croisa, l'un d'eux retint particulièrement son attention. Il la mit mal à l'aise. Bien vite, elle s'en détourna. Elle se prépara à descendre.

L'homme aux yeux cruels s'approcha, lui aussi, de la porte. Se laissant porter par le flot des étudiants, il quitta la rame puis accrocha ses pas à ceux de Shan tout en respectant une certaine distance. Suivre la silhouette longiligne et parfaite de la femme, lui suggéra même quelques jouissances perverses si l'occasion se présentait. Mantini ne les lui refuserait pas… Il fit demi-tour quand Shan parvint aux portes de la faculté des Lettres.

*

*   *

Dans la soirée, Charly rentra chez lui au volant de sa voiture.

Il avait perdu l'habitude de conduire. Cependant, il ne s'en sortait pas trop mal. La seule difficulté qu'il rencontrait c'était aux ronds-points. D'abord, il les trouvait nombreux, ensuite il hésitait sur la manière de les aborder. Était-il prioritaire ou pas ? Visiblement, certains automobilistes ne se posaient même pas cette question…

Il gara sa voiture non loin de son immeuble et, inévitablement, tomba sur Li, assise côté quai, devant l'Erdre.

Charly s'assit près d'elle pour lui annoncer la nouvelle. Était-elle belle au moins, cette voiture ? s'enquit Li aussitôt. Bof, répondit-il. Tout dépendait de ce qu'elle entendait par belle…

— Je ne sais pas, dit-elle…

— Ah, tu vois bien ! Elle peut me plaire à moi et pas à toi, ou le contraire.

Et c'est une grosse voiture ? voulut-elle encore savoir.

— Non, normale, estima Charly. Les grosses voitures polluent. C'est mauvais pour les bronches des petits oiseaux.

— Ah oui ? s'étonna Li.

— Bien sûr, affirma Charly. Alors tu les imagines en train de tousser dans un arbre au lieu de gazouiller ? Ce serait plus qu'infernal !

Li laissa éclater son rire cristallin.

Ensuite, elle insista : elle souhaitait quand même la voir, cette fameuse voiture. Le mieux n'était-il encore de faire un tour avec… proposa Charly.

— Oui ! s'exclama Li.

Bien, dans ce cas, projeta Charly, ils remonteraient

jusqu'au pont de la Motte Rouge, le franchiraient et redescendraient sur l'autre rive pour revenir par le pont Saint-Mihiel. Cela convenait-il à Li ? Oui, elle était d'accord.

Environ une heure après, le véhicule retrouvait sa place.

Dans la soirée, Charly connut un nouveau malaise. Inquiet, il prit la décision d'un rendez-vous chez un médecin. Il aurait besoin de tous ses réflexes… Il tendit son bras, écarta ses doigts et les observa. Non, sa main ne tremblait pas. Mais cela ne le rassura pas totalement.

Par deux fois, il avait été suivi, il ignorait si c'était le même homme mais la menace devenait sérieuse. À l'heure du dîner, par manque d'appétit, il se contenta de grignoter des restes. Il alluma son poste de radio, chercha une fréquence où l'on diffusait du jazz. Il en trouva une. Il reconnut le saxophoniste ténor Stan Getz* dans un rythme de bossa-nova. Puis ce fut Duke Ellington. À l'instant d'un solo de batterie, on frappa à sa porte. Dans la seconde, Charly reconnut la manière de faire : celle de Li. Il ouvrit. Elle lui tendait un gâteau.

— Entre, lui intima-t-il. C'est pour moi ?

— Oui. C'est maman, elle a fait un yuebing pour toi !

*Stan Getz a donné un concert à Nantes le 18 mars 1981 à l'auditorium du Cercle Nantais du Jazz.

— Un quoi ?

— Youebing, prononça Li, appuyant toujours sur la première syllabe d'un mouvement de la tête en faisant bouger ses deux couettes.

— Ah bon ? Je suis gêné. On ne me fait pas souvent de cadeau. Et pour tout dire, jamais. Mais je ne vais pas le manger seul. Alors, tu invites ta maman de ma part.

Li courut chercher sa mère et revint avec celle-ci. Le gâteau, c'était pour remercier Charly. Pendant ses absences, il s'occupait de sa fille, alors c'était normal.

— Entrez, les pria Charly. Nous allons le goûter ensemble…

Il les invita à prendre place à table. D'abord, il s'extasia sur la pâtisserie et dit les apprécier en général, mais en revanche, il s'avoua totalement ignare sur les spécialités chinoises. On parla des différences entre pâtisseries orientales et occidentales, on compara. Bref, au bout d'un moment on se trouva un peu ridicule à parler de cela, alors qu'ils avaient sous les yeux un gâteau prometteur qui n'attendait qu'à être dévoré. On en rit de bon cœur.

Un couteau était nécessaire pour couper les parts. Charly ouvrit le tiroir du meuble contenant les couverts. Hélas, tous semblaient bien petits pour un aussi gros gâteau. Eh bien, tant pis, il se débrouillerait !

— Non, attends ! Je vais en chercher un grand chez nous, proposa Li, ravie d'offrir ses services.

Avant qu'elle ne disparût, Shan lui recommanda

d'être prudente. Elle ne devait pas courir en tenant un couteau de cette taille. Entre-temps, elle donna cette explication à Charly :

— Yueling en chinois signifie gâteau de lune. Nous le mangeons de préférence vers le milieu du mois d'août pour célébrer une victoire militaire.

Li revint aussi vite qu'elle était partie. Elle posa le couteau sur la table. Un grand couteau de cuisine. Impatiente, elle reprit sa place à côté de sa mère.

La vue du couteau troubla Charly. S'en saisissant, il tenta de chasser toute la répulsion provoquée par cet objet en parlant de n'importe quoi. Pour autant, il ne parvenait pas vraiment à s'en libérer l'esprit. Aussi retarda-t-il le moment de la coupe, cette fois en s'informant sur les différents ingrédients utilisés par Shan pour la préparation du gâteau, sur le temps de cuisson nécessaire… Arriva enfin la question cruciale : combien de parts devait-il couper ? Shan hésitait à répondre. Elle ne savait pas exactement. Un petit morceau était bien suffisant pour elle. Quant à Li, impatiente, elle dévorait déjà des yeux la pâtisserie, il était donc inutile de lui demander si elle souhaitait un petit morceau comme sa mère. Puis, mine de rien, Charly continua : Shan avait-elle pétri la pâte longtemps et, ne pouvant plus échapper à l'instant fatidique, dans le même temps, il fit pénétrer la lame dans le gâteau. L'inévitable se produisit. Gagné par une sensation étrange, Charly revint dix années en arrière. Il se sentait mal à l'aise d'être là, tenant ce grand couteau dans sa main, se méfiant de lui-même tout en s'efforçant de donner l'image contraire. Tout chavira brusquement dans l'horreur quand il se vit brandir le couteau d'une main et se ruer sur ses deux invitées, incapable de se contrôler, la lame s'enfonçant dans leur chair, les cris, le sang giclant des corps… « Non, pas ça ! » hurla-t-il dans sa tête et il lâcha tout à coup l'ustensile. Celui-ci tomba sur le sol et heurta le carrelage en emplissant la pièce d'un bruit métallique.

La réaction étrange de Charly n'avait pas échappé à Shan. Elle avait relevé son geste équivoque, très fugace. Cet homme aurait voulu se débarrasser du couteau en le rejetant, tel un objet indésirable, qu'il ne s'y serait pas mieux pris ! Elle ne comprenait pas. Ce geste malheureux n'était-il qu'une simple maladresse qu'elle avait mal interprétée ou celui-ci avait-il une signification plus profonde, comme celle d'un acte refoulé ? Partagée, Shan hésitait.

Charly se sentait ridicule. Évidemment, supposa-t-il aussitôt en s'en prenant à lui-même, son geste, bien que contenu, n'avait pas échappé à Shan ! Il avait bien vu une expression de surprise dans ses yeux, même si celle-ci avait été tout juste perceptible. Il s'en voulait de sa réaction, de n'avoir pas su la surmonter à cause de ce doute sournois toujours tapi au fond de lui. Sans compter qu'à présent, il tardait à le ramasser, ce foutu couteau, donnant à cette scène un caractère encore plus troublant. Il ne s'était même pas excusé ! Il se devait de le faire pour sauver un tant soit peu la face. C'est ainsi qu'il bafouilla quelque chose d'incompréhensible, alors que Li quittait déjà sa chaise pour récupérer le couteau. Et ce fut elle qui jeta aussi la bouée dont il avait tant besoin pour se tirer de cette situation gênante. Inquiète, elle lui demanda de sa petite voix s'il était à nouveau malade. Il s'acquitta par un mensonge.

— Oui, répondit-il à la fillette, un nouvel étourdissement.

Et dans ces moments-là, il n'avait pas forcément conscience de ce qu'il faisait. Jusqu'à ne pas maîtriser parfois ses gestes.

C'était donc cela ! Shan, en partie rassurée, poussa un soupir intérieur de soulagement. Toutefois, elle donna un conseil à Charly : celui de se soigner. Ce n'était peut-être pas grand-chose.

Arborant un sourire, elle réclama le couteau à Li avant d'annoncer qu'elle se chargeait de couper le gâteau en parts égales.

Plus tard, quand il se retrouva seul, Charly s'allongea sur son lit. Où était cette part de vérité manquante, celle qu'il s'efforçait de mettre au jour et qui le disculperait définitivement d'une atrocité dont il se demandait sans cesse s'il était réellement l'auteur ? Rien ne semblait vouloir la faire apparaître. Il se culpabilisa une fois encore : et si cet individu dangereux tant décrié au cours du procès, c'était bien lui, perdu à tout jamais !

Ce soir, ça n'allait pas fort. Il avait le cafard. Un de

ces maudits blues à vous noircir l'âme comme du charbon…

Dans la pénombre, pour qui l'aurait surpris ainsi, il aurait été difficile de s'en rendre compte, mais les yeux de Charly étaient humides. Une larme s'en échappa, coula dans le sillon d'une ride.

IX

Cet objet précieux, ce sésame du succès, Betty le tenait serré contre son cœur. Comme quoi, lorsqu'on s'y attend le moins, la vie réserve parfois des surprises ! Pour elle, c'était tout à fait ça. Elle s'était toujours imaginée être la réincarnation d'un field holler* chantant son désespoir. Oui, mais elle, on l'avait entendue ! Son œuvre était désormais gravée sur ce petit disque. Bientôt, elle serait diffusée ! La tête emplie de rêves, elle n'en était pas moins consciente : dans la vie, rien n'est jamais acquis. Et, mieux que quiconque, elle le savait pour l'avoir vérifié côté cœur. Lui n'était plus là pour partager ce bonheur avec elle, cela n'avait plus la même importance car, se disait-elle, il entendrait sa voix à la radio et verrait sa photo partout. C'était sa revanche à elle ! Et, comme pour le narguer par ondes interposées, elle exploserait de nouveau dans le rythme du be-bop, son corps se balancerait, swinguerait, trépiderait, elle serait la grande Betty, celle dont il était soi-disant follement amoureux. Non, mieux encore, elle serait celle d'avant, celle qu'il n'avait pas connue !

---

*Crieur des champs : esclave noir des plantations du sud de l'Amérique, à l'origine du blues.

— Ouais, Betty. Mais faudrait quand même pas que ça te monte trop à la tête, ton truc. Occupe-toi d'abord des filles. Tu veux bien ? lui rappela Mantini. Je repasserai demain.

— D'accord, Bob.

Mantini passa derrière le comptoir, ouvrit le tiroir-caisse et préleva des billets qu'il glissa dans la poche intérieure de sa veste. Il claqua les doigts. Ses deux séides se détournèrent des filles pour le suivre.

« Rabat-joie, pauvre type », fulminait intérieurement Betty. « Tu me regretteras bien assez quand je serai partie ! »

Mantini sortit, accompagné de Jos Atall et de ses deux affidés. L'homme à la balafre referma la porte du cabaret derrière lui.

— Allez, les filles, au boulot ! cria Betty en tapant ses mains l'une contre l'autre. Sophia n'est pas encore arrivée ?

— Non, Betty. Elle vient de téléphoner, son môme est malade et elle n'a trouvé personne pour le garder.

— Mantini va finir par la virer. Je lui avais dit, à Bob, de ne pas embaucher de mère de famille pour faire ce boulot. Les enfants, c'est sacré. Bon, les filles, dressez les tables ; moi, j'approvisionne le bar !

La piste de danse était éclairée par une lumière bleutée provenant du sol, la salle était plongée dans une semi-obscurité permanente. Les alcôves donnaient un caractère encore plus intime. La scène, elle, était davantage exposée à la lumière.

Deux musiciens s'entraînaient. Le bassiste répétait inlassablement les mêmes accords pour soutenir l'improvisation d'un saxophoniste. C'est toujours ainsi. Le fa – le bassiste – situe l'action : c'est le matin, l'après-midi, il fait chaud, froid, c'est selon. Il plante aussi le décor, gai, triste, normal… Le sol – le saxophoniste – lui, raconte l'histoire en autant de scènes nécessaires. Les notes jouent leur rôle comme les acteurs et c'est la mélodie !

Betty appréciait ce jeune saxophoniste. Il avait intégré l'orchestre le temps d'un *gig**, pas plus.

« Il ira loin », pensait-elle. « Son intonation dans les registres supérieurs sonne juste. Son doigté dans les glissés d'octaves est sans pareil. Il les exécute avec une facilité incroyable. Quant au fa dièse, sans cette clé sur son vieil instrument, c'est du grand art, il passe par les harmoniques et là, ça demande du souffle, de la technique. Un crack, ce gamin ! », reconnaissait Betty, tandis que le rythme gagnait son corps, le faisait balancer de manière érotique. « *Rock me, baby, rock and roll me all night long !* »

« Et Raymond, le pianiste, peut pas s'en empêcher, celui-là », soupira-t-elle. « Toujours au bar avec une fille. Cela finira mal. Faut pas mélanger les histoires de cœur avec le travail. Et puis, il s'imagine quoi avec cette fille… hein ? »

— Ray ! l'interpella-t-elle, va plutôt tripoter ton clavier !

---

*Engagement d'un soir pour un musicien. On dit aussi : une affaire.

— Qui, moi ?

— Oui, toi, qui veux-tu d'autre ?

— Ah bon, pourquoi ?

— Tu le sais, Ray !

— À cause de Mantini, Betty ?

— Oui, Ray, à cause de Mantini !

— Mantini, je l'emmerde !

— Ça, Ray, ce n'est pas nouveau…

C'était toujours pareil, il fallait tout surveiller, contrôler. Mantini n'admettait aucune aventure amoureuse avec les hôtesses. Rien de pis pour créer des embrouilles dans le personnel, disait-il. De ce côté-là, il n'avait pas tort.

Et voilà le batteur qui arrivait enfin. Une panne de voiture. Ben voyons, pourquoi pas ! Si ce n'était pas la voiture, c'était autre chose. Il ne lui avait pas encore servi le coup de l'enterrement de sa grand-mère, mais cela arriverait bien un jour !

— Si, Betty, je te l'assure.

— À l'avenir, chaque retardataire sera mis à l'amende. Ray Charles n'hésitait pas à le faire avec ses musiciens !

— Alors, Betty, les nouvelles vont vite, tu sais… Ton succès, tu le noies quand dans les bulles ?

— Écoute, coco, pour le moment va battre tes peaux sur la scène. Les premiers clients ne vont pas tarder.

L'ambition de Betty aurait été de faire de ce cabaret le lieu à la mode du jazz. Un club pour les initiés, genre Blue Note*. Hélas, son ambition avait été brisée par deux fois. L'une, par celui qu'elle croyait être l'homme de sa vie et l'autre, par Mantini, mélomane de clique de quartier ne jurant que par les bars à hôtesses. Betty le soupçonnait même de desseins plus coupables, comme celui de se lancer dans la prostitution hôtelière. À l'étage, au-dessus du cabaret, des chambres étaient toujours disponibles. Elles attendaient !

Le vieux, lui, ne s'était pas embarrassé pour franchir le pas de la prostitution de luxe. Cela avait duré un temps. L'argent affluait ; ça marchait plutôt bien, jusqu'à la fameuse nuit, bien sûr. Là, tout s'était interrompu. Dix ans déjà, le temps passe vite. Depuis, concernant ses grands projets de club, Betty avait un peu réduit la voilure mais elle n'en démordait pas : la voie à prendre était celle de la création d'un lieu convivial où les clients viendraient écouter et partager le plaisir de la musique. Rien à faire de tout ça ! rétorquait à chaque fois Mantini. Lui suivait aussi son idée avec entêtement, remettant en quelque sorte ses pas dans ceux du vieux. Betty le voyait bien. Ah ouais ? se disait-elle dans ces moments-là, eh bien, si c'est comme ça, ce sera sans moi ! Fort heureusement, à présent, le succès l'appelait ailleurs.

Une heure après, deux filles dansaient sur la piste, étreintes par des clients. Elles laissaient faire et eux

*Nom de plusieurs clubs de jazz aux États-Unis, en Europe et au Japon.

s'y croyaient déjà. Voyant cela, Betty se dit qu'après tout, Bob avait peut-être raison pour l'occupation des chambres. Et puis, c'était son affaire, il pouvait faire ce qu'il voulait, elle n'avait pas à intervenir.

Les musiciens jouaient maintenant dans un tempo largo. Chacun dans son coin, comme plongé dans l'ennui le plus total. Normal, c'était le début. La mise en train. Le batteur passait en cadence le balai sur sa caisse claire, exécutait des cha-bada*, remuait légèrement la tête sur la rythmique jusqu'à ce qu'il se mît à rire, son corps agité de petits soubresauts, à la suite d'un bon mot glissé à son oreille par le bassiste. Ce dernier, fier de sa sortie, en ricanait. Un plaisantin, celui-là. Ne faisant qu'un avec sa contrebasse, la serrant contre lui, il semblait étreindre une agréable compagne. Quand le tempo était plus soutenu, et aux reprises en solo du pianiste, il faisait pivoter son instrument sur lui-même comme il l'aurait fait, là aussi, avec une partenaire dans une figure de rock'n'roll !

Le jeune saxophoniste, assis sur les marches, au pied de la scène, buvait une bière au goulot tout en rythmant la mesure de son pied.

Avant d'entrer en scène, Betty laissait toujours les musiciens s'échauffer, le temps d'exécuter quelques mélodies. Puis, après son tour de chant, elle leur demandait d'enchaîner allegro sur un boogie-woogie,

---

*Onomatopée des musiciens français pour décrire la rythmique ternaire de base utilisée par les batteurs. Cha en temps 1 et 2, le da en temps 3 et 4 le ba entre les temps.

histoire de faire monter l'ambiance et de pousser les clients à la consommation. Ces derniers auraient bien assez tôt le blues à la vue de leur portefeuille vide.

L'absence de Sophia pesait sur l'organisation. Betty le ressentait. Ce soir, ça n'allait pas. Non, pas plus que ça. Et puis, elle en avait assez de ces hommes seuls. Elle aurait aimé accueillir aussi des couples venus apprécier la musique… et sa voix, bien naturellement. Ben, oui, quoi !

Deux clients entrèrent simultanément dans le cabaret.

L'un d'eux, après un coup d'œil rapide sur la salle et une courte hésitation, avait jeté son dévolu sur une table au bord de la piste de danse. L'autre était venu directement au comptoir. Betty s'interrogea aussitôt. Curieux, se dit-elle. Sur le coup, elle ne savait pourquoi elle était sur ses gardes. Ce n'était pas tant que l'un des deux hommes se fût attablé et l'autre dirigé au comptoir, non. Leur entrée de concert n'était que pure coïncidence. Ah ! voilà, son trouble venait de l'homme qui s'était attablé et uniquement de lui. Son comportement n'était pas celui d'un client habitué à ces lieux. Betty entendait par là de façon générale. Elle possédait ce sens aigu d'anticiper les situations délicates. Et dans ce domaine, rares étaient les fois où elle avait été mise en défaut. Faire passer discrètement le message auprès des filles lui apparut comme la priorité absolue. Et vite !

Elle coupa brusquement le courant alimentant la

scène. L'instant de surprise passé, des onomatopées de déception se firent entendre, des sifflets même. L'orchestre, désorganisé, cessa de jouer dans la cacophonie. Betty réenclencha le commutateur rapidement. Ah ! Oui ! Ce furent aussitôt des cris de soulagement. Elle se précipita sur scène et s'excusa au nom du cabaret pour ce fâcheux incident. Tout était rentré dans l'ordre !

— Et à présent, un bon blues du Mississippi pour vous faire oublier tout ça ! annonça-t-elle dans le micro.

Les clients applaudirent. Les filles avaient compris : un intrus, à la manière du cheval de Troie, était dans la place. Betty entama son blues… *Don't you see my heart on fire, burning with a strange desire**.

Le jeune saxophoniste avait troqué son alto pour un harmonica. Ses mains enserrant le micro, il opérait des distorsions de son. Betty, elle, n'était déjà plus là. Les yeux fermés, elle chantait, se rêvait en compagnie de femmes et d'hommes au corps d'ébène, au cœur d'un hameau de cabanes en bois et aux toits de tôles surchauffées, baignant dans la moiteur du soir non loin des champs de coton…

Un frappé de cymbale, associé au vibrato de l'harmonica, conclut la fin du morceau. Betty revint à la

---

*On retrouve ici le double langage du blues dans le souci de cacher au maître le vrai sens des paroles : « Ne vois-tu pas mon cœur en feu qui brûle d'un étrange désir », signifie plutôt que la personne à une autre partie de son corps en feu…

réalité. Il lui fallait toujours un peu de temps avant de reprendre ses esprits, de revenir les pieds sur terre, mais, là, l'urgence commandait. Au lieu de regagner sa place au bar, elle se présenta directement à la table de l'homme.

— Félicitations ! dit celui-ci de prime abord.

— Merci, lâcha simplement Betty qui en avait entendu d'autres.

— Vous chantez très bien, enchérit-il.

— Je fais de mon mieux, répliqua-t-elle du tac au tac, d'un air désabusé. Je vous sers quelque chose ?

— Volontiers, un whisky ! commanda l'homme.

— Nature, on the rocks, eau pétillante, plate ? énuméra Betty.

— Double et on the rocks, merci !

Betty regagna le bar. L'homme appréciait la silhouette sinuant de façon lascive sur des talons hauts.

Une fille était déjà au comptoir. Grimpée sur un tabouret, elle exhibait en partie une poitrine généreuse et deux magnifiques longues jambes bien dessinées. Betty lui murmura :

— Le type, table cinq.

La fille resta impassible. Elle glissa à son tour :

— Je m'en occupe.

Elle alla s'asseoir très près de l'homme, versant sur lui un regard plein de convoitise pour créer d'emblée une ambiance intime. Quand elle croisa les jambes, sa jupe remonta plus qu'il ne fallait, découvrant ainsi largement ses cuisses.

L'orchestre jouait fort. Elle se pencha pour se faire entendre. Sa tête prête à toucher celle du client, elle susurra :

— Tu es seul, chéri ?

— Hum… Te fatigue pas, j'ai envie de l'être, répondit-il, tel un mufle.

— Ah ? Ma compagnie ne te fait pas plaisir ?

— J'ai celle de ma solitude.

— Hum, hum, philosophe avec ça…

Betty revint, posa sur la table le double whisky dans lequel flottaient des glaçons, puis annonça le prix. Alors qu'elle repartait en accentuant sa démarche suggestive, le plateau pendant au bout de son bras, l'homme brandit son verre à sa santé.

— J'ai compris, tu en pinces pour elle, pas vrai ? déduisit la fille.

— Je lève mon verre à son talent.

— Tu peux. Betty, c'est une artiste. Une vraie ! Elle enregistre, elle passe à la radio…

— Ah…

— Et toi, mon poulet, tu fais quoi dans la vie ? s'informa la fille.

— Si je te dis que je trais les vaches, tu ne vas pas me croire…

— Oh ben alors, dit-elle d'un air ingénu, tu débordes d'humour, toi !

— Hum. Et si tu me pousses à bout, je peux même te faire rire. Mais ce n'est ni le lieu ni le moment. Vu ?

— Holala, Monsieur a ses humeurs ? Ça va, j'ai compris. Si c'est comme ça, j'te laisse en compagnie de ta solitude.

La fille retrouva le client qu'elle avait délaissé. Entre-temps, Betty avait fait circuler l'information. Le personnel était prévenu.

Une vingtaine de minutes au plus s'était écoulée quand l'homme but sa dernière gorgée. Il se leva, tira deux billets froissés de sa poche et en laissa un sur la table. Il sortit du cabaret.

Dehors, le commandant Montaigne eut l'impression d'être agressé par l'air frais. Il se tassa sur lui-même, remonta le col de son blouson, puis se fondit dans la nuit…

La fille avait rejoint Betty. Toutes deux s'interrogeaient.

— Un flic ? s'enquit la fille.

Pour Betty, le comportement de cet homme était étrange. Un flic, oui, pourquoi pas ? Il en avait l'allure. Cependant, elle hésitait à l'affirmer d'une façon catégorique. Non seulement elle n'avait pas vu de policiers depuis longtemps, mais encore, lorsque ces derniers leur rendaient une visite, qualifiée par eux-mêmes de routine, ils étaient toujours à deux. Et ça, c'était à l'époque du vieux. Betty ne savait dire si cette période était celle du bon temps, mais au moins, il existait un consensus dans les contacts avec la police. Tout se passait bien.

Puis, immergeant des verres dans le bac à plonge,

elle s'interrogea : quelles raisons avaient poussé ce policier, si c'en était un, à s'aventurer seul dans un milieu qui, par principe, lui était hostile ? Il n'était certainement pas en service. Pas plus qu'il n'avait profité du privilège de sa fonction pour se faire offrir son verre, comme cela se faisait avec d'autres par le passé, toujours par souci d'entretenir de bonnes relations. Non, cet homme n'était pas venu ici par hasard. Il cherchait quelque chose.

Betty était inquiète, tout le laissait à penser : un événement se préparait. Elle s'y attendait un peu. La teneur des dernières conversations entre Mantini et ses hommes de main, leur nervosité aussi, et maintenant cet homme… Autant d'indications qui attestaient que tous les composants d'un drame se mettaient en place, mais sans qu'elle entrevît pour l'instant la moindre cohérence dans le déroulement des faits. Et cela la déroutait.

Elle s'empara du téléphone pour appeler le bar voisin. Quand la communication fut établie, elle rencontra beaucoup de difficultés pour dialoguer. De son côté, l'orchestre du cabaret entamait *Greensleeves**, et de l'autre, régnait une ambiance survoltée également sur fond de musique, un ton trop fort et à laquelle s'ajoutaient des cris et des éclats de rire sans retenue.

---

*Chanson anglaise du XVIe siècle, qui serait attribuée à Henry VIII, interprétée par beaucoup de musiciens de jazz dont John Coltrane, Paul Desmond…

Elle donna le signalement de l'homme. Hein, comment ? Un grand type ? Oui, il était bien là, lui répondit-on. Il venait tout juste d'arriver. Hein, qu'est-ce qu'elle disait ? Oui, oui, il était attablé devant une eau gazeuse. Autant le dire : le genre de client pas intéressant et qu'on avait hâte de voir déguerpir. Betty fit part de sa méfiance. Peut-être était-ce un policier ou encore un agent du fisc, allez savoir ! Bref, peu importait. En tout cas, le genre de zèbre à vous chercher des ennuis s'il le décidait. Chez les voisins, on n'y croyait pas beaucoup ; elle se trompait, Betty. Flics ou polyvalents, ceux-ci débarquaient toujours en force, jamais seuls ! Bien sûr, les reprit-elle, elle savait tout cela ; ils ne lui apprenaient rien ! Mais là, elle avait un doute sérieux ! On soutenait qu'elle se faisait des idées, on plaisanta, allant même jusqu'à se moquer d'elle gentiment. Betty finit par s'énerver : Après tout, c'était à eux de voir ! Elle avait fait ce que bon lui semblait. Bonsoir !

Et elle leur raccrocha sèchement au nez. Une vague de colère montait en elle. « Il en est toujours ainsi : certains se croient plus malins que les autres ! » se dit-elle, outrée.

X

Charly se dirigeait vers le centre de radiologie. Il avait en poche une prescription pour un IRM* se rapportant à ses maux de tête et ses vertiges. Le médecin généraliste, un homme efficace, souhaitait en avoir le cœur net. Et le plus vite possible ! Selon sa propre expression : il ne fallait pas rester jouer avec ça !

Charly entra dans la clinique, se présenta à l'accueil et se prêta de bonne grâce au questionnaire habituel de la secrétaire avant toute prise en charge.

Maintenant, il pouvait s'asseoir dans la salle d'attente, lui dit-elle, après avoir noté les renseignements le concernant.

Gagné par l'appréhension d'apprendre le pire à la suite de cet examen, Charly n'en menait pas large. Et en même temps, il gardait en lui un fond d'optimisme.

Une femme en blouse blanche se présenta à lui et le pria de la suivre. Excentrique à souhait, elle chaussait des lunettes rondes cerclées de plastique jaune fluo. Sa coiffure courte et hérissée tirait sur le rouge. L'échancrure de sa blouse laissait entrevoir un pull

---

*Imagerie par Résonance Magnétique.

rayé jaune et bleu. Charly la compara à un poisson exotique. Il la suivit jusqu'à une salle faiblement éclairée. Là, il fut impressionné par un énorme appareil.

— Déshabillez-vous ! ordonna-t-elle avant de disparaître dans une pièce équipée d'une baie vitrée.

La salle de commande de l'appareil, supposa Charly, observant la femme à travers la vitre. Celle-ci s'affairait devant des écrans et un énorme clavier. Cinq minutes après, il se retrouva en caleçon, penaud et décontenancé en présence de la femme qui, revenue entre-temps de l'autre pièce, lui expliquait le pourquoi du comment de cette technologie. Elle s'activait à la préparation des différentes tâches précédant l'examen comme s'il s'était tenu devant elle en costume-cravate.

— Dans un premier temps, nous allons soumettre votre corps à un champ magnétique trente mille fois plus puisant que celui de la terre afin d'orienter tous vos protons dans le même sens. Il s'agit des protons des atomes d'hydrogène, ceux-ci sont les plus sensibles au magnétisme. Aucune inquiétude à avoir : c'est sans danger !

« Reste encore à voir, tout ça ! », se dit Charly. « Moi, je suis là, à moitié à poil, à t'écouter. Mais bon, tu cherches à me rassurer ; c'est gentil de ta part. »

— Ensuite, nous excitons ces protons à l'aide d'ondes radio pour modifier leur orientation, puis nous interrompons brutalement cette stimulation. Et voilà comment l'appareil recueille les ondes dites de résonance magnétique.

« Somme toute, c'est simple comme un bonjour. Il suffisait d'y penser », ironisa-t-il pour lui-même.

— Enfin, reprit la femme, l'ordinateur fera la synthèse de tout et nous produira une image beaucoup plus contrastée que celle obtenue avec l'aide d'un scanner ! conclut-elle à bout de souffle et avec un sourire.

« Ah, tout de même, elle a daigné me sourire. Pour me rassurer, elle aurait dû commencer par là ! » constata Charly.

— Allongez-vous !

Charly aurait apprécié se l'entendre dire d'une voix plus susurrante et pour d'autres circonstances, mais bon, il s'exécuta. Il monta sur une table et s'allongea sur le dos, les bras le long du corps, tel un gisant. La femme activa une commande électrique et Charly, emporté par la table, disparut jusqu'au tronc à l'intérieur d'une sorte de tunnel.

Il entendit encore la voix de la femme lui intimer de ne plus bouger. Elle l'avisa alors qu'elle regagnait la pièce à la baie vitrée.

Trente minutes après, l'examen était terminé. Après être redescendu de la table, Charly s'y cramponna pour parer à un vertige. Tout tanguait autour de lui. Il attendit que cela passe et retrouva l'équilibre.

— C'est ainsi à chaque fois ? s'enquit la femme.

Charly acquiesça.

— Hum, fit-elle, laissant percer sa préoccupation.

— Que disent les clichés ? lui demanda Charly.

— Comment dire… Ce n'est pas très… Enfin, il est trop tôt pour le savoir. Nous communiquerons les résultats à votre médecin traitant. Vous verrez cela avec lui. Voilà, c'est terminé, à présent vous pouvez vous rhabiller. N'oubliez pas de passer par le secrétariat avant de sortir. Au revoir, Monsieur !

Elle tourna les talons pour regagner la pièce à la baie vitrée.

Rien n'avait échappé à Charly : ni la pointe d'hésitation ni la rétractation subite de la femme et surtout, son empressement à mettre un terme à la conversation, évitant ainsi une autre question dérangeante. Cela suffit à éveiller aussitôt des soupçons chez lui. Les clichés n'étaient pas quoi… « très encourageants… » craignait-elle d'avouer, préférant léguer à un confrère le soin de lui annoncer la mauvaise nouvelle ? Elle se défaussait en quelque sorte. Oui, il s'agissait bien de cela : son état de santé, était alarmant et elle n'avait osé le lui dire ! Il ne pouvait en être autrement. Il accusa le coup comme la confirmation d'une chose grave, pourtant pressentie, mais dont on rejette l'idée même de son existence jusqu'à ce que l'on soit mis devant le fait accompli.

L'esprit en déliquescence, Charly se rhabillait. Il en était à l'instant crucial et brutal de la prise de conscience soudaine d'un mal incurable, même si le diagnostic n'avait pas été clairement exprimé pour le moment.

Après avoir quitté le centre de radiologie, ignorant le chaos urbain, il marchait, sonné par ce sous-entendu lourd de sens, peut-être encore plus terrible que des mots.

La vie lui infligeait un nouvel affront, une nouvelle épreuve. S'il avait surmonté la première, celle-ci ne lui laisserait aucune chance. En même temps, et il ne le niait pas, il ne s'était jamais fait à l'idée de finir ses jours dans la peau d'un vieillard.

Cela le ramena à son travail, celui qu'il exerçait avant sa condamnation à la prison. Il était très risqué. La mort, il la côtoyait en permanence, il était toujours sur le fil du rasoir, alors oui, il s'était habitué à elle. Mais quand même, le choc était rude. Sa vie d'homme solitaire lui avait appris à ne pas compter sur les autres ; uniquement sur lui-même. Comme à l'instant. D'autres auraient certainement éprouvé le souhait de partager leur malheur afin de se libérer d'une part de leur souffrance, pas lui ! Était-ce un bien, un mal ? N'ayant jamais eu d'autre choix, il ne le savait pas. Il gardait tout en lui. Se plaindre, étaler ses états d'âme, il ne savait pas ce que c'était ! Jamais, il n'avait imaginé son existence ainsi, mais aucune vie n'est tracée d'avance. Les destins prennent parfois d'étranges chemins auxquels on ne s'attend pas pour se perdre, se briser parfois. Alors, peut-être bien, qu'il était parvenu au bout de sa route, prêt à passer sur l'autre rive, et il devait l'accepter.

Envahi par une immense lassitude, il se dit que le paradis blanc dont il rêvait l'attendait de l'autre côté. Mais dans combien de temps ? Il ne le savait pas. Ce fichu temps lui manquerait peut-être pour connaître ce qui s'était passé au cours d'une nuit.

Pareille à une ode à la nature, le printemps laissait exploser sa floraison. Un cycle nouveau s'annonçait. Cela lui renvoyait l'image de la pérennité de la vie ; éternelle et éphémère à la fois. Charly se dit que l'existence des humains était également soumise à ces quatre cycles saisonniers. Lui n'aborderait probablement pas le dernier…

Il éprouvait l'impérative nécessité de marcher pour fuir son angoisse. Celle de ne pas avoir le temps d'élucider le mystère d'une nuit. Comme si une course contre la montre était déjà engagée…

*

*   *

Le capitaine Cassel était bien décidé à reprendre son travail. Non pas qu'il en eût assez de remonter les cours d'eau pour ferrer la truite, cela bien sûr n'avait jamais existé, et Montaigne l'avait cru, mais il ne supportait plus de rester chez lui, face à sa femme qui, elle-même, ne tolérait plus la présence de son mari à la maison, à tourner en rond, à ne rien faire. Cassel ne s'était pas privé de le dire à son épouse : si c'était comme ça, sa retraite s'annonçait catastrophique pour leur couple. Et il préférait encore jouer les prolongations plutôt que d'avoir à la subir, elle et son sale caractère !

— Fais-le, ne te gêne surtout pas, lui avait-elle répondu, ce n'est pas moi qui vais te retenir !

C'était donc sur ce fond d'ambiance familiale exécrable, duquel émergeait tout de même une pointe de satisfaction d'avoir trouvé un prétexte pour fuir la maison, qu'il roulait dans sa voiture en direction du commissariat. En réalité, Cassel trépignait, n'aspirait qu'à reprendre du service. Et son épouse était des plus charmantes. Mais il avait fini par la pousser à bout à cause de sa mauvaise humeur accumulée, à se retrouver chez lui, oisif à temps complet. Et ceci de son propre fait. Il s'en voulait un peu de s'être mis sur la touche lui-même, à la suite du piteux spectacle qu'il avait donné de sa personne à Montaigne. Il fallait dire aussi : ce jeune prétentieux avait le don de l'agacer, pointant sans complaisance et sans cesse du doigt les prétendues dérives dans son travail ! Montaigne l'apprendrait : sans concession, il était difficile d'exercer le métier. À moins de se prendre pour un chevalier blanc. Ce qui, par ailleurs, n'était pas non plus exempt de conséquences. Toutefois, les discordances avec son collègue semblaient s'être apaisées, alors il verrait. Et puis ce n'était pas aux vieux de faire des concessions, mais plutôt aux jeunes !

Mais Cassel était préoccupé aussi par un autre problème, celui de connaître les véritables raisons de sa hiérarchie, le divisionnaire Rouvres, qui lui avait collé ce jeune commandant sur le dos, à une poignée de jours de la retraite ! Non seulement sa différence d'âge par rapport à Montaigne l'indisposait, mais aussi son grade. Il était son subordonné. Tout ceci favorisait le climat délétère de leur relation. Cassel le ressentait ainsi et avait beaucoup de mal à accepter cette situation.

Il traversa le pont de la Motte Rouge, bifurqua sur la droite, contourna la place où se bâtissait le nouveau commissariat, puis chercha à se garer là où c'était possible.

Dans les couloirs, il croisa des collègues, étonnés de le voir, parla avec eux, justifia son retour impromptu.

Quand il remit les pieds dans son bureau, la première personne qu'il vît fut évidemment Montaigne. Le téléphone collé à l'oreille, le commandant ouvrit de grands yeux ronds pour exprimer, lui aussi, son étonnement. Oui, Monsieur le juge, formulait-il à l'appareil tandis qu'il se penchait sur le côté pour serrer la main tendue par Cassel.

Cassel gagna son fauteuil et s'y cala. Il laissa aller à son terme la conversation téléphonique de son collègue.

Quelques instants plus tard, non sans avoir salué le magistrat, Montaigne raccrocha. Ignorant Cassel, il semblait réfléchir à la conversation qu'il venait d'avoir. Puis, tout à coup, paraissant prendre conscience de la présence du capitaine, il exprima sa satisfaction de le revoir. Ce dernier n'en revenait pas d'un tel accueil.

— Alors, dis-moi, combien de truites ? s'enquit aussitôt Montaigne.

— Quelles truites ? De quoi parles-tu ? s'étonna Cassel avant de prendre conscience de sa bourde. Hein, euh, les truites ? Bah, ne m'en parle pas ! Non, c'est ma femme !

— Quoi, ta femme ?

— Elle m'emmerde, voilà !

— Ah, ça… exprima Montaigne, marquant par là, son incapacité à résoudre ce problème personnel.

— Ben oui, tu imagines un peu ce que c'est, non ?

Eh bien, non, Montaigne ne voyait pas. Avec la sienne, tout se passait bien.

— C'est infernal ! affirma Cassel.

— Oh, à ce point ?

— Oui, et c'est peu de le dire !

— Ben, mince alors ! dit Montaigne, de plus en plus étonné.

— À choisir, je me suis dit qu'il était encore préférable de te supporter, plaisanta Cassel.

Éclats de rire.

Cassel reprit son souffle.

— Alors, quoi de nouveau ? s'enquit-il.

— Eh bien, rien.

— Et le juge alors, c'était pourquoi ?

— Le juge, c'était pour Caplan.

— Caplan ?

— Oui, Caplan !

— Il refait parler de lui, ça, j'en étais sûr !

— Non, non, pas vraiment.

— Alors pourquoi ? s'étonna Cassel.

— Parce qu'il me subjugue.

— Tiens donc, rien que ça !

— Oui, aussi ai-je demandé des renseignements au juge, mais je ne les ai pas obtenus.

— M'étonne pas, dit Cassel. Faut croire qu'avant son crime, ce type n'avait pas d'existence.

— Si, il en avait une, mais personne n'y a accès, pas même le parquet. Enfin, c'est ce que les magistrats avancent, précisa Montaigne.

— Je le savais, reprit Cassel, tu aurais dû me le demander, c'est pour cela que je t'ai dit qu'il a surgi de nulle part et que tu te heurtes à un mur lorsque tu t'intéresses à sa vie…

— Un café ? Désires-tu un café ?

— Ah oui, c'est une bonne idée, j'en prendrais bien un !

Muet, devant le distributeur, chacun semblait chercher l'inspiration au fond de son gobelet, touillait le liquide comme une exigence absolue, portait la petite spatule de plastique à la bouche pour la sucer d'un air songeur avant d'avaler une gorgée.

Ce fut Montaigne qui, le premier, rompit le silence entre eux :

— Et… si on le provoquait ?

— Provoquer qui ? s'étonna Cassel.

— Ben, Caplan, pardi !

L'autre le regarda d'un air pour le moins stupéfait.

— Et peux-tu me dire dans quel but ? voulut savoir Cassel, de plus en plus surpris.

— En faut-il vraiment un ? dit Montaigne. La personnalité de ce type me fascine et cela me suffit. Je souhaiterais connaître les raisons qui l'ont poussé à commettre un tel crime.

— Là, je n'en reviens pas ! rétorqua Cassel. Venant de toi, je ne l'aurais jamais pensé !

— Ah bon ?

— Ben oui, souviens-toi, tu l'as dit toi-même : Caplan a purgé sa peine et il est normal de le laisser en paix !

— Bien sûr, mais j'ai changé d'avis, avoua Montaigne.

— Écoute, dit Cassel, il me reste, disons à peu près une quarantaine de jours à tirer ; sincèrement, tu me crois capable de me coller dans un tel merdier ?

— Alors là, je n'en reviens pas ! s'exclama Montaigne. Pour le coup, c'est toi qui changes d'avis. Tu n'étais pourtant pas le dernier à contester sa remise en liberté, la jugeant même prématurée, oui ou non ?

— Ou… Oui… admit Cassel du bout des lèvres.

— Eh bien, alors !

— Bon, bon, d'accord, et on gagne quoi à ton petit jeu ? demanda Cassel après avoir réfléchi.

— Rien, concéda Montaigne.

— C'est déjà beaucoup, ironisa Cassel.

Un long silence s'installa.

Cassel broya son gobelet vide puis le lança vers la

poubelle. Celui-ci atterrit sur le sol. Montaigne l'imita sans s'en rendre compte. Perdu dans ses pensées, il attarda son regard sur le grand sac-poubelle noir, débordant de toutes parts. Cassel jouait avec sa spatule de plastique, la faisait vibrer entre ses dents comme la lame d'une guimbarde.

— Ne restons pas ici, finit-il par dire, regagnons le bureau.

— Non, avant, je file voir le patron, l'avisa Montaigne.

— Rouvres ?

— Oui, Rouvres.

— Et pourquoi Rouvres ?

— Pour lui demander l'autorisation d'approcher Caplan.

— Mais tu déconnes à plein tube ou quoi ? se révolta Cassel.

Montaigne éclata de rire.

— Mais non, rassure-toi, ce sont les nouvelles consignes mises en place depuis ton arrêt de travail. Celles-ci ne te concernent plus, puisque tu nous quittes. Te rends-tu compte au moins à quoi tu échappes ?

— Ouais et sans regret !

— Ah, ah, entre deux maux, tu préfères souffrir le martyre avec ta femme ?

Montaigne réapparut une demi-heure plus tard dans le bureau. Cassel reprenait une affaire en main. Il rédigeait un rapport à l'ordinateur. Il délaissa son travail et s'adressa à Montaigne :

— Ça s'est bien passé avec Rouvres ?

— Bof, il tient à être informé de tout, au jour le jour. Chacun de nous doit faire rapidement une synthèse de son travail.

— Il aurait pu me prévenir, s'indigna Cassel.

— Bah, ne t'en plains pas, il n'aura pas voulu t'infliger ça. Tu es déjà réfractaire au rapport écrit, alors, hein…

— J'ai réfléchi à ton affaire, dit Cassel.

— Laquelle ? demanda Montaigne.

— Caplan, lâcha Cassel.

— Ben quoi, Caplan ?

— Je veux bien te donner un coup de main, mais je ne tiens pas à être directement impliqué.

— Comme tu veux…

— Tu comprends pourquoi, Montaigne ?

— Parce que tu as peur que ça dérape, c'est ça, hein ?

— Oui, je tiens à profiter de ma retraite et si j'ai un bon conseil à te donner : laisse tomber…

XI

À la suite de son examen médical, Charly avait revu son médecin traitant. Le diagnostic était extrêmement préoccupant. L'ablation d'une tumeur cérébrale s'avérait indispensable. Cependant, c'était loin d'être sans conséquences... Le médecin avait mis en garde Charly. Les chirurgiens étaient parfois obligés de retirer une partie des tissus. Et le risque d'une altération des fonctions organiques correspondant à la partie lésée du cerveau n'était pas à exclure. Cette pathologie pouvait aussi se traduire par l'accélération de la dégénérescence des neurones et entraîner des troubles psychologiques graves. Mais en ne tentant rien, c'était la mort assurée à plus ou moins brève échéance.

Une dizaine de jours s'était écoulée depuis cette terrible nouvelle. Charly, lui, n'y pensait plus vraiment. Comme s'il avait fini par accepter l'idée même de l'existence de son mal et sans qu'il pût en infléchir l'évolution. Face à ce que l'on pouvait appeler sa résignation, la maladie progressait et, à terme, la souffrance et la mort étaient inéluctables. Il en avait pleinement conscience. Cependant, au fond de lui, une force le poussait à défier le temps restant pour accomplir un dernier acte avant de quitter cette terre. Or, pour cela, il avait besoin de toutes ses facultés mentales et une opération était loin de lui apporter cette garantie.

Charly se posta à un angle de sa fenêtre. Aujourd'hui, le piquet de surveillance avait été levé. Du moins, en apparence. Cette phase d'observation n'allait pas durer. On ne surveillait pas ses allées et venues sans raison. Il allait se passer quelque chose et il ne devait pas attendre le dernier moment, sinon il se retrouverait démuni face au danger.

Il sortit de sa chambre et vint dans la cuisine pour prendre un café. Il alluma son poste de radio, but sa tasse en écoutant un flash d'information : tout allait mal !

« Ce n'est pas nouveau », se dit Charly. « La détresse humaine est un fonds de commerce et l'on est en droit de se demander ce que les médias auraient à rapporter si tout allait bien ! »

Il se mit à la recherche d'une autre station. Le petit poste grésillait, craquait, chantait, chuintait, tandis que l'aiguille rouge défilait sur le cadran. Charly désirait écouter de la musique, du jazz de préférence, bien évidemment. Ainsi, par le plus grand des hasards, il tomba sur *Take Five*, interprété par Paul Desmond* avec Dave Brubeck, Il augmenta le son et, laissant toutes les portes ouvertes pour entendre, il disparut dans la salle de bain.

---

*Saxophoniste alto, il a collaboré avec le pianiste Dave Brubeck au sein d'un quartette.

Il étala de la crème à raser sur son visage et saisit son rasoir.

– Et maintenant retour aux sources avec le jazz Dixieland*, annonça-t-on à la radio.

Charly aimait bien entendre le banjo mêlé aux cuivres. Le rythme dynamique du style jazz band aussi.

La lame du rasoir glissait sur son visage, laissant réapparaître petit à petit la peau, plus lisse. Quand Charly eut terminé, il enduit de nouveau ses joues et son cou d'une autre couche de crème pour un deuxième passage du rasoir.

– Une nouvelle étoile du blues est née, cette étoile est nantaise, on n'a pas fini d'entendre parler d'elle ! Retenez bien son nom, pour vous, voici Betty !

L'orchestre attaquait les premières notes, en harmonie douze barres blues*.

« Une étoile nantaise, rien que ça ! Comment s'appelle-t-elle ? Je n'ai pas bien entendu... Bah, tant pis ! » se dit Charly, attaquant le deuxième rasage, celui de la finition.

Au premier coup de lame, sa main se figea... « Mais ! » marmonna-t-il, surpris. Tenant le rasoir près de sa joue, il se retourna lentement. De la porte ouverte de la salle de bain, il fixait sur la table de la cuisine

*Dans ce registre, ce fut le premier enregistrement d'un orchestre de jazz, en 1917, par un groupe de musiciens blancs : The Original Dixieland Jazz Band.

*Cadence traditionnelle du blues : trois accords qui se répètent sur douze mesures.

le petit poste de radio d'où la voix mélancolique de Betty s'échappait…

« Cette voix ! Cette voix ne m'est pas inconnue… Cette voix me dit quelque chose… » se répétait Charly tout en tendant l'oreille. De plus en plus intrigué, sans quitter le poste des yeux, il rinça son rasoir d'un geste machinal dans l'eau du lavabo, s'essuya les mains dans la serviette jetée sur son épaule, puis se précipita pour se saisir du poste. Le nom de cette chanteuse ! Son nom allait être de nouveau annoncé à la fin du morceau, comme cela se faisait, et cette fois, il devait à tout prix l'entendre. Vite !

Il surgit dans la cuisine. Alors qu'il s'apprêtait à saisir le poste, il perdit l'équilibre. Tout se mit à tourner. Il trébucha, sa main heurta la radio, l'envoya valser, entraînant aussi son couvert à petit-déjeuner. Il entendit le bol se fracasser sur le carrelage. Charly évita lui-même la chute en se rattrapant de justesse à la chaise. Il s'assit, attendant de retrouver ses esprits.

Il rouvrit lentement les yeux. La crise était finie.

« Franchement, je suis stupide d'avoir réagi de cette façon au timbre de cette voix ! » se dit-il après coup, le front en appui sur sa main. « Et puis, peut-être pas… », corrigea-t-il. « Il doit y avoir une raison… »

On frappa à sa porte. Par la façon de faire, Charly identifia Li.

— Oui, entre ! cria-t-il.

Li le regardait, assis sur sa chaise, vêtu d'un pantalon de pyjama, le torse nu, le visage recouvert de crème à raser. Le poste et le bol éparpillé en morceaux sur le carrelage.

— N'aie pas peur, ce n'est pas le Père Noël, c'est bien moi qui suis sous la mousse, lui dit-il.

— Ben, j'ai bien vu quand même… Qu'est-ce qu'il t'arrive, Charly ?

— Rien… Peux-tu ramasser le poste de radio, s'il te plaît.

Li le tendit à Charly. Extérieurement, celui-ci n'avait pas souffert du choc. Il le porta à son oreille, le secoua. Aucun son n'en sortait. Il s'en voulait de s'être précipité pour arriver à ce résultat : son poste ne fonctionnait plus !

Il en était attristé. Ce n'était pas tant à cause de la valeur marchande de l'objet mais surtout à cause de l'attachement qu'il lui portait.

— Foutu ! finit par convenir Charly.

— Les piles, suggéra Li.

— Quoi, les piles ?

— Ben, elles ne sont peut-être plus à leur place, supposa Li.

— Peut-être bien, admit Charly en ôtant le couvercle du logement des piles. Tu as raison Li, bravo ! Dis-moi, tu connais beaucoup de choses !

— Oui. Il faut me les demander, c'est tout, formula-t-elle avec une pointe de fierté.

— Ah… Et que sais-tu d'autre ?

— Ben… que…

Li alla à la fenêtre.

— Aujourd'hui, ils ne sont pas là, annonça-t-elle en se retournant vers Charly.

Charly fut stupéfait par l'acuité de Li.

— De qui parles-tu et comment le sais-tu ?

Li lui donna la réponse : depuis un temps déjà, elle avait repéré des hommes. Ils n'étaient pas du quartier. Ils avaient une voiture. Parfois, celle-ci était garée non loin de l'immeuble.

Charly remit les piles en place et le poste fonctionna de nouveau. Il avait approximativement en tête la dernière position de l'indicateur des fréquences, il eut beau la chercher, mais il ne la retrouva pas sur le moment. Il verrait cela plus tard. Maintenant, cette voix était là, entêtante, comme ressurgie des méandres de son cerveau. Il se leva, prit un balai et une pelle pour ramasser les débris du bol. Enfin, il s'adressa à la fillette :

— Je suis d'accord avec toi : ces hommes surveillent l'immeuble.

Li apporta une précision : un homme lui avait même demandé si elle habitait bien ici. Charly lui demanda de le décrire.

— Grand comme toi !

— Comme moi, tu en es certaine ?

— Hum, hum, acquiesça Li.

— Un nouveau alors…

— Hum, hum, agréa-t-elle une seconde fois.

— Tiens, tiens, releva Charly, ils sont donc quatre maintenant ?

Li remua la tête de droite à gauche, agitant ses deux couettes pour signifier qu'il n'en était rien. Elle présenta trois doigts d'une main avant de la faire disparaître dans son dos. Ensuite, elle montra un seul doigt de l'autre main.

— Bon, ils sont bien quatre mais pas ensemble, déduisit Charly.

— Tu vois, quand je te dis que je sais des choses ! ajouta Li d'un petit air suffisant.

— Oui, en effet, je vois bien…

Il s'interrogeait tout de même sur la présence de ce quatrième homme et la raison pour laquelle celui-ci avait échappé à sa vigilance. Et là, Charly trouvait que ça faisait quand même beaucoup de monde à s'intéresser à lui.

Sans réaction de sa part, il était prêt à parier qu'ils chercheraient à le provoquer. Ils attendaient le moment propice ou peut-être même simplement un ordre qui ne venait pas.

Il prévint Li : il finissait de se raser. Après, il sortait.

Elle lui demanda de l'accompagner.

— Tu n'as pas d'école ?

— Non, répondit Li.

C'était jour de grève. Alors Charly voulait bien, à la condition qu'elle obtînt l'autorisation de sa mère.

*

*   *

— Voici votre numéro d'identification, annonça le gérant du cybercentre. Celui-ci est valable un mois. Vous le composez sur le clavier et ainsi, chaque fois, vous avez directement accès sur le Net.

— Très bien, dit Charly, saisissant la carte sur laquelle était inscrit le numéro.

— La salle est derrière vous !

Li le suivait, regardant autour d'elle comme si elle pénétrait dans un univers étrange.

Au vu du lieu, le nom de l'enseigne, Cyber Planète, donnait dans l'emphase ! La salle ne détonnait pas de l'accueil. C'est-à-dire qu'elle était aussi peu avenante. Une tenture, accrochée devant la vitrine de cet ancien commerce de prêt-à-porter féminin, plongeait la pièce dans la pénombre. Sur les murs étaient encore épinglées des photos de mannequins, jaunies par le temps et surtout par la nicotine. Une odeur de tabac froid régnait malgré l'interdiction de fumer. Cette odeur tenace imprégnait le papier peint au motif décoloré ainsi qu'une moquette crasseuse dont l'usure laissait entrevoir la trame par endroits. « Déprimant », se dit Charly en découvrant la pièce. Les internautes, le nez rivé sur leur écran, ignorèrent leur arrivée. Il s'installa devant un poste libre. Li le regarda faire.

Il se connecta et sélectionna sous la rubrique armes de poing un site bien particulier. Apparut alors à l'écran un répertoire de numéros. Chacun d'eux représentait la première partie d'un code. La seconde était détenue par l'internaute. L'addition des chiffres pairs de la première partie, celle affichée à l'écran, donnait un nombre à deux chiffres, ceux-ci devaient correspondre aux deux premiers chiffres du code en possession de l'internaute. En juxtaposant les deux nombres, on accédait alors à une messagerie cryptée.

Charly entama la longue et fastidieuse addition des chiffres avant de tomber sur le bon, puis laissa son message. La commande d'un revolver. Dans la liste proposée, Charly avait porté son dévolu sur un Manhurin 73, canon customisé de cinq pouces, encombrant mais plus précis et efficace dans la vitesse de tir. Et aussi des boîtes de balles, calibre 357. Il laissa son numéro de téléphone, codé lui aussi.

Cette manière d'opérer, il la détenait d'un ami. Ce dernier purgeait toujours sa peine et, avant que Charly ne fût libéré, il lui avait transmis son propre code.

— Sait-on jamais, lui avait conseillé cet ami. Tu n'en auras peut-être pas la nécessité mais, dans la vie, on n'est jamais trop prudent. Crois-moi, Charly, c'est moi qui te le dis ! J'ai encore trois piges à tirer, quand je sors, tu me refiles l'arme. Je te fais confiance. Enfin, c'est toi qui vois, mais moi, à ta place, je n'hésiterai pas !

Charly lui avait fait comprendre à sa sortie de prison : l'utilité d'une arme n'était certainement pas une priorité dans la longue liste des équipements dont il aurait besoin. Puis, il avait fini par se laisser convaincre : après tout, oui, pourquoi pas… Mais, comme ça, sans trop y croire. Il avait donc mémorisé le code et le cryptage des messages. Bien lui en avait pris. Pris de frénésie, Charly se connecta ensuite à de nombreux sites, sans thème précis, à part ceux qui lui venaient immédiatement à l'esprit et sans s'attarder sur aucun.

Durant ce temps, Li prenait son mal en patience. Captivée par le déferlement d'images violentes de guerre sur les écrans des joueurs en ligne, elle s'était postée derrière l'un d'eux. Quand Charly eut terminé, il se leva et l'appela.

Dehors, le soleil avait décidé de régner en maître incontesté sur cette journée.

*

*   *

Montaigne attendait non loin du Cyber Planète. Quand il vit Charly et la fillette s'en éloigner, il entra à son tour. Il montra sa carte de service. Le gérant du centre afficha la mine de celui qui se demande à quel moment il a enfreint la loi. Montaigne ne fit rien pour le rassurer. Il souhaitait obtenir rapidement des renseignements. À savoir le code d'un client. Et aussi l'ordinateur que celui-ci avait utilisé. L'homme venait tout juste de partir.

— La personne accompagnée d'une petite fille, c'est ça ?

— C'est ça, répondit Montaigne.

— Le six, annonça le gérant, après avoir consulté son propre écran derrière le guichet.

— Quel site a-t-il consulté ?

— Je l'ignore.

— Aucun moyen de le savoir ?

— Si.

— Et comment ?

— En interrogeant tout simplement l'ordinateur, avança le gérant. Mais si le client connaît la procédure d'effacement des sites sur lesquels il s'est connecté, rien n'est moins sûr.

— Sinon ?

— Sinon, seul, un spécialiste peut faire parler la machine. Voulez-vous que je fasse une première vérification ? proposa le gérant.

— D'accord.

L'ordinateur était déjà entre les mains d'un nouveau client. Le gérant demanda à l'internaute combien de sites il avait visités depuis son arrivée. Trois, lui avait-il répondu. Il fut prié de libérer l'ordinateur. Le temps d'un contrôle, avait prétexté le gérant.

Très vite, ce dernier se rendit à l'évidence. Même en remontant à partir du quatrième site, cela ne donnerait rien. Outre le fait de connaître la procédure d'effacement, le client précédent avait pu recourir aussi au brouillage, ce qui compliquait sérieusement la recherche. Celle-ci pouvait s'avérer assez fastidieuse. Il n'avait pas que cela à faire !

Montaigne, hors du cadre d'une expertise judiciaire, n'avait aucun moyen pour contraindre le gérant. Il capitula.

— Alors, par précaution, relevez le numéro de série de l'unité centrale et donnez-moi la référence, exigea-t-il.

*

*   *

Li et Charly se dirigeaient maintenant vers l'îlot des aubettes de la TAN*, à la gare centrale Commerce, de la ligne 1 du Tramway, quand Charly tomba soudainement en arrêt devant le bus "569" stationné sous les platanes.

— Mais c'est le fameux bus !

Li resta bouche bée face à la décoration graphique du véhicule de transport. Puis elle demanda à Charly qui était cet homme à lunettes portant une casquette de militaire, dont le portrait était affiché en grand au niveau de la porte centrale.

— Jim Europe, un chef d'orchestre de jazz, lui apprit Charly. Son vrai nom c'est James Reese.

— Ah bon ? s'étonna Li, sans trop comprendre.

— Oui, bien sûr, tout cela ne te dit rien. Puis il ajouta : le malheureux est mort à Boston, poignardé par l'un de ses musiciens** c'est tout de même incroyable, non ?

Tout à coup, il fit le rapprochement entre ce crime

*Transports de l'Agglomération Nantaise.

**Par le batteur Herbert Wright, le 9 mai 1919. Environ 15 mois après le concert donné à Nantes par James Reese.

et celui le concernant. Il reçut cette pensée comme une gifle. Encore que l'assassin de James Reese ne fût pas sans méconnaître son geste, lui ! De plus, il avait probablement fini ses jours sur la chaise électrique, « mais bon ! », soupira-t-il pour lui-même, « chaque crime a son histoire et aucune ne se ressemblera jamais. »

— Allons voir le bus de plus près, proposa-t-il à Li.

Le chauffeur faisait sa pause dehors, près de la porte. Charly lui demanda s'il pouvait monter à bord accompagné de Li, comme ça, juste pour voir comment c'était à l'intérieur.

— Mais bien sûr, allez-y ! les encouragea-t-il.

Charly fut accueilli par de la musique de jazz et trouva cela très original. Il détailla l'iconographie accompagnée de textes, apposée sur les voussures tout autour du bus. Puis, par l'une des vitres, il porta son attention sur le trottoir opposé. Beaucoup de piétons s'attardaient sur la décoration du véhicule. Parmi eux, Charly reconnut l'homme balafré. Se sentant à son tour épié, celui-ci se retourna…

XII

Une semaine plus tard, à la suite d'un aller-retour à Paris au cours d'une même journée, Charly débarquait sur le quai de la gare de Nantes.

Il se faisait tard. Le flot des voyageurs s'éparpillait dans la nuit vers les parkings proches, les taxis en attente ou encore vers la station du tramway. Charly, lui, partit à pied.

Sans se presser, il rejoignait le cours Saint-Pierre en prenant un raccourci par le quartier historique des rues Saint-François et Malherbe. Sous la bruine, il foulait les pavés luisants sur lesquels se reflétait la lumière terne des réverbères. Il marchait dans les rues désertées, seul, comme il l'avait toujours été. Il n'en éprouvait aucune amertume. Quelques regrets tout au plus de n'avoir pu partager les meilleurs moments de son existence avec un amour complice. La vie, formulait-il volontiers, n'est qu'un théâtre dramatique dont le premier acte commence par un cri et le dernier finit dans un râle. Entre les deux, des scènes de bonheur et de malheur. Rien d'autre.

Au bout de son bras pendait une mallette. C'était la raison de son voyage à Paris. Elle contenait le revolver Manurhin, une arme orpheline*, commandé sur le Net et aussi des munitions en quantité suffisante. Dans un premier temps, un entraînement s'imposerait dans un lieu discret à la campagne, juste pour reprendre la main. Il n'avait pas tenu une arme depuis plus de dix ans, mais pour le professionnel qu'il avait été, cela ne poserait aucun problème. Les réflexes reviendraient vite…

Il franchit le pont Saint-Mihiel. Sa silhouette se découpait comme une ombre fantomatique dans la lumière diffuse des lampadaires. Parvenu aux abords de l'immeuble, il redoubla de vigilance. Avançant de manière furtive, il longea les façades des habitations, prêt à s'embusquer dans le recoin sombre d'une entrée dès le premier signe d'une présence indésirable. Combien de fois au cours de sa carrière n'avait-il pas recouru à ce stratagème et, de ce fait, eu la vie sauve…

Ce soir tout paraissait calme, aucune surveillance n'avait été mise en place. Avaient-ils été informés de son absence ou alors le temps médiocre les en avait-il dissuadés ? Toujours était-il que la voie était libre. Pour autant, avant d'ouvrir la porte de son appartement, il s'assura de la serrure. Là encore, plus d'une fois ce réflexe lui avait été salutaire. Ainsi, dans aucun des logements ou des hôtels qu'il avait fréquentés par le passé, il n'avait eu la désagréable surprise d'être

---

*Arme non répertoriée, ne portant pas de numéro de série.

accueilli par le froid de l'acier d'une arme collée sur sa nuque, tandis qu'il refermait la porte.

Non, côté serrure, il ne releva rien d'anormal. Deux précautions valant mieux qu'une, il colla son oreille à la porte. Décidément, ce soir c'était relâche. Un calme relatif, annonciateur de la tempête, pensa-t-il. Il entra chez lui, referma la porte, puis cette fois regarda par l'œilleton. Il ne vit personne non plus redescendre de l'étage supérieur…

Il se délesta de la mallette en la jetant sur son lit. Ensuite, il se rendit dans la salle de bain afin de se dévêtir de son pardessus humide et se sécher les cheveux.

Face à la fenêtre, sans appétit, il dîna du contenu réchauffé d'une boîte de conserve. Dehors, la pluie fine tombait sans discontinuer, étendant son voile opaque sur la ville endormie.

Il alluma son poste de radio. L'animatrice annonça une interprétation du saxophoniste norvégien Jan Garbarek, au phrasé alternant silence et lenteur et au swing à peine suggéré. Puis ce fut le duo Petrucciani* et Eddy Louiss**.

Entre-temps, Charly était venu dans sa chambre prendre la mallette. Après avoir examiné, puis effleuré

---

*Pianiste, compositeur, s'est produit avec Aldo Romano à l'auditorium du Club Nantais du Jazz le 7 juin 1982.

**Organiste, pianiste, trompettiste, percussionniste, chanteur et chef d'orchestre. A mené durant treize ans une double carrière de jazz et de variétés avec Claude Nougaro.

l'arme du bout des doigts comme pour l'apprivoiser, il la soupesa dans sa main, chercha le point d'équilibre. Quand il la brandit brusquement au bout de son bras, la résurrection était là ! Il renouvela ce geste à plusieurs reprises.

« Main ferme et poignet souple, celui-ci doit être toujours bien droit dans le prolongement du bras ! » se répétait-il pour lui-même, comme l'une des règles fondamentales à respecter.

Il cherchait le bon mouvement, retrouvait les automatismes, les améliorait, sa main redevenait sûre. C'était plutôt bon signe. Demain, il s'entraînerait avec les balles…

La fatigue du voyage le gagna. Non pas qu'il eût envie de dormir mais sa résistance physique déclinait. Il le sentait bien, ce n'était plus comme avant. Dix ans d'inactivité et le mal dont il souffrait n'y étaient pas étrangers.

Il rangea l'arme dans la mallette.

Il prit son poste de radio, alla dans sa chambre, le posa sur la table de chevet et s'allongea. L'émission "Jazz en nocturne" se poursuivait avec le célèbre concert à Cologne du pianiste Keith Jarret*.

Il repensa à ses années de prison et aux idées paradoxales qu'elles faisaient naître par moments en lui, au point quelquefois de ne plus savoir si la dépendance

*Une hérésie pour quelques puristes ! En imaginant une partition, l'artiste mélange à souhait improvisations de jazz et classique. Le résultat est pourtant riche et puissant.

aliénante de sa cellule n'était pas encore préférable à cette liberté sans avenir.

« Et maintenant, voici venue notre heure consacrée au blues… Nous débutons avec Etta Jones* », annonça une voix féminine, à la radio.

Depuis la nuit fatidique, c'était à croire qu'il portait le germe de son propre malheur. Cette fois, il était bien décidé à régler ses comptes puisque, d'une manière ou d'une autre, on le poussait en quelque sorte à le faire. « Tant pis pour eux », se dit-il. Quant à lui, il n'avait rien à perdre. Même plus la vie…

À l'un des étages supérieurs, une nouvelle dispute éclata. Probablement toujours chez les mêmes personnes. Charly entendait des éclats de voix, accompagnés de bruits divers rappelant des meubles que l'on racle sur le plancher. Des chaises sans doute. C'était à croire que les malheureux déchargeaient leur tension accumulée au cours de la journée. Il repensa à l'assistante sociale. Elle lui avait décrit le petit immeuble comme un havre de paix. Peut-être bien, mais tout dépendait de l'idée qu'elle se faisait du mot paix…

Comme pour conclure de manière définitive cette scène de ménage, une porte fut claquée avec fracas. Deux ou trois cris suivirent encore. Puis, des pas rapides résonnèrent dans l'escalier. La porte d'entrée de l'immeuble fut, elle aussi, refermée sans ménagement. Dehors, dans la rue, des claquements de talons, ceux

---

*Chanteuse décédée en 2001, proche du style de Billie Holiday et Dinah Washingtown et à la voix parfois nostalgique et mélancolique.

d'une femme, s'éloignèrent peu à peu... Enfin, le calme reprit son droit.

Charly tomba alors dans une sorte de sommeil hypnotique, sur un fond musical de rythm'n'blues, porté par la voix rocailleuse et nasillarde d'un homme dont le nom lui avait échappé. À cause de la dispute, bien sûr.

Il se releva pour boire de l'eau. Assis sur le bord de son lit, il fut pris d'un léger tournis, mais s'étendre lui avait permis de récupérer de sa fatigue. Il prit la bouteille de plastique du réfrigérateur et, au goulot, avala d'un trait un quart de son contenu. Jamais il ne buvait d'alcool. Forcément, dans son métier, cela ne pardonnait pas. Sa main devait être sûre...

Il retourna dans sa chambre et se rallongea. Il n'avait toujours pas envie de dormir. Les mains croisées derrière la tête, les yeux ouverts dans le noir, il continuait à écouter la radio. Il ne faisait rien de plus dans sa cellule tous les soirs à la même heure. Son esprit vagabondant, il vint à penser à Li et à sa manière de saisir les événements inhabituels qui affectaient la vie de son quartier. Elle donnait l'impression d'une certaine indifférence alors que, bien au contraire, rien ne lui échappait...

« Une nouvelle voix du blues est née, elle est nantaise, voici Betty et son tout dernier enregistrement réalisé aux studios de l'Atlantique... »

« *My love just walked by, also, I'm alone tonight, my heart is...* »

D'un bond, Charly se redressa dans son lit.

— La voix ! lâcha-t-il tout haut. C'est la fameuse voix ! Vite, je dois noter tout ça ! Le nom : Betty… Chanteuse de blues… Studios de l'Atlantique ne cessait-il de répéter afin de ne pas oublier…

Il se précipita pour prendre un stylo dans sa veste, saisit au passage un journal puis écrivit ces informations sur un coin de page.

Il revint dans la chambre ; à la radio, Betty chantait toujours.

Cette voix, si particulière, d'où la connaissait-il ? Où l'avait-il entendue ? Ah, ça alors. Rien à faire, il explorait en vain sa mémoire, s'en prenait à lui-même…

*

*　　*

Au même moment, au Blue Paradise, Mantini abattait son poing sur la table.

— Demain, tu lui règles vite fait son compte. Je ne veux plus entendre parler de cette histoire, compris ?

— Oui, Bob, répondit Jos Attal, docile.

— Betty, sers-nous à boire, tu veux bien ? Et dépêche-toi ! râla Mantini.

Betty le défia du regard. Elle n'aimait pas le ton employé par Mantini. Ses manières de rustre devenaient de plus en plus insupportables. Le vieux avait au moins ça pour lui : loin d'être un saint, il restait tout de même correct avec le personnel ! Que lui prenait-il à Bob ? Depuis quelque temps, un rien lui montait à la tête !

Angoissée, elle se demandait si cela ne venait pas d'elle ; si son attitude ne la trahissait pas. « Mon Dieu, faites qu'il n'en soit rien ! » se dit-elle, paniquée à cette perspective. Si le plan échouait, elle risquait gros. Et là, elle passerait un sale moment entre les mains de l'autre sadique aux petits yeux, avant de finir dans la Loire. Et avec un bon lest pour rester au fond. Cette autre pensée lui donna des sueurs froides, elle ne sentait plus ses jambes.

Elle se raisonna : encore eût-il fallu que l'on remontât jusqu'à elle et, de ce côté, on lui avait donné l'assurance du contraire. Oui, mais elle ne maîtrisait rien !

— Presse-toi, Betty. Je n'aime pas attendre. Tu le sais, pourtant ! lui rappela Mantini.

Le mieux était encore qu'elle restât naturelle, voire à la lisière de la provocation, comme elle savait si bien le faire dans certaines circonstances. Car après tout, c'était peut-être elle qui, par sa façon d'être, risquait de tout compromettre. Elle ne devait pas se démonter. Elle verrait bien…

— Tu permets, Bob, je fais ce que je peux. J'ai encore le bar à approvisionner.

— Fais-toi aider des filles. Elles sont là à ne rien faire… Et les musicos, ils ont des ampoules au bout des doigts ? Dis-leur de jouer !

Betty arriva à la table avec son plateau garni de cocktails.

— Tu m'as l'air de mauvaise humeur ce soir, Bob, dit-elle en déposant les verres.

— M'en parle pas, Betty, demain j'ai une réunion de famille à Paris.

— La famille, c'est ce qu'il y a de plus sacré, Bob.

— Ah ouais ? Tu sais, le sacré, ils n'en ont rien à faire. Surtout quand il s'agit de faire les comptes avec un chiffre d'affaires à la baisse. À cause de la vie difficile, les clients n'ont plus de fric pour s'amuser avec les filles, y a du chômage partout, le pouvoir d'achat qui chute, et tout et tout. Enfin, tu vois bien, quoi ! Alors forcément, les petites entreprises du secteur du loisirs comme la nôtre sont les premières à en souffrir. Mais pour nous, hein, pas question de prime à l'embauche, de subventions européennes ou de délocalisation dans les pays émergents, non, non ! dit-il, tapotant fortement la table de son index boudiné.

— Arrête de t'énerver, Bob ! Tu te fais du mal pour rien.

— Je ne vois qu'une solution, avança-t-il, à la manière d'un grand visionnaire : rouvrir les chambres à l'étage. Faire quelques travaux de rénovation par-ci par-là et le tour est joué. J'ai ma petite idée sur la déco, ouais !

— Somme toute, refaire ce que faisait le vieux… C'est-à-dire du divertissement haut de gamme pour une clientèle à l'abri du besoin !

— C'est exactement ça, Betty !

— Alors, pourquoi avoir tout arrêté ?

— Ah, ça…

Mantini arrêta là ses explications. Il se contenta d'exprimer la suite de sa pensée d'un geste vague de la main, reléguant ainsi cette affaire à un passé qu'il n'était pas bon d'évoquer de crainte de le réveiller. Betty avait compris.

— Soit, ça ne me regarde pas. Mais l'erreur aura été de regrouper toutes les affaires après la mort du vieux. Ne crois-tu pas ?

— Non, d'un point de vue fiscal, c'est mieux. C'est ce que l'on m'a conseillé. Et puis nous vivons à l'heure des concentrations, des alliances entre les multinationales, si, Betty… La façon de faire du vieux, c'est du passé, m'a-t-on dit ! Il faut s'adapter au temps présent. Il dévia le sujet. Mais parlons plutôt de toi : le show-biz, ça marche ?

— Trop tôt pour le dire, Bob. Mais les types sont réguliers, je passe sur les ondes, comme ils l'avaient promis.

— Écoutez-la : sur les ondes, releva Mantini, un petit sourire en coin. Comme tu y vas, Betty !

— Ben, passer à la radio, tu appelles ça comment, toi ?

— J'appelle ça : passer à la radio, dit-il satisfait de sa sortie, prenant ses hommes à témoins !

Pas contrariant, ceux-ci ricanèrent en approuvant de la tête.

Cette logique affligeante ne trouva pas d'écho chez Betty ; elle tourna les talons et revint au bar. Mantini ne se doutait de rien et c'était là l'essentiel. Cependant, une autre inquiétude la minait : ne l'avait-elle pas entendu intimer à ses trois larbins l'ordre de régler son compte à une personne… De qui s'agissait-il ? « Je me méfie », se dit-elle, « il ne faudrait pas qu'il s'en prenne à cette gamine ou encore à sa mère, comme je les ai entendus dire, il n'y a pas si longtemps. » Ça, elle ne le supporterait pas ! En même temps, elle n'avait aucun moyen d'agir et, autant le dire, était carrément démunie. On l'avait bien prévenue : elle devait se tenir à l'écart de tout, et ce quoi qu'il arrivât, sinon elle mettait sa vie en danger. Laisser faire les autres, peut-être bien, mais s'il s'agissait d'une femme, et surtout d'une fillette, alors non, elle ne resterait pas indifférente ! « Oui mais, je suis là à m'énerver toute seule dans mon coin, or, je ne connais même pas cette gamine ni sa mère », reconnut-elle. « De plus, j'ignore tout de leurs identités. Et des mères de famille avec une fillette, ce n'est pas cela qui manque à Nantes ! On ne me prendra pas au sérieux. Ah, zut, où ai-je la tête ! Eh voilà, je range les bouteilles de rhum avec celles de champagne, maintenant. »

Courbée pour faire son rangement, Betty sentit une présence derrière elle.

Elle se retourna et reconnut les chaussures de Mantini. Elle se redressa.

Sa main plongée dans le tiroir-caisse, celui-ci en

soustrayait quelques billets, puis les glissait dans la poche intérieure de sa veste.

« Et après ça, la famille se plaindra des mauvais résultats. Le vieux vivant, jamais il n'aurait osé le faire ! », pensa Betty.

*

*   *

La voiture roulait à allure réduite. Une Renault grise d'un modèle courant et à la carrosserie enfoncée par endroits. Deux enjoliveurs manquaient aussi, conséquences de courses-poursuites mouvementées. La radio en sourdine grésillait par moments, transmettait quelquefois des messages hachés par le parasitage des ondes. Cassel conduisait, Montaigne était à son côté.

Ils patrouillaient du côté des nouveaux commerces du quai des Antilles : bars, cabarets, restaurants, aménagés dans les anciens hangars à bananes. À l'extrémité du quai, ils effectuèrent un demi-tour sur le parking. À travers le pare-brise, balayé par les essuie-glaces, ils virent défiler successivement les lueurs éparses du petit village de Trentemoult sur la rive droite, le fleuve d'encre se confondant avec la nuit et, toujours sur la même rive, plus loin dans l'opacité bruineuse, les halos des feux d'un cargo à quai, face à Chantenay, enfin au loin les clartés nébuleuses de la ville. Longeant la voix ferrée, ils regagnaient à présent le centre-ville.

— Quel temps pourri ! soupira Cassel, ça n'arrête pas de tomber.

— Tiens, tiens, regarde, là, devant ! prévint Montaigne, mets pleins phares !

Dans les faisceaux, une femme leur apparut de dos. En l'absence de trottoir, elle côtoyait le bord de la route d'une démarche mal assurée sur ses talons hauts. Elle maintenait son sac à main au-dessus de sa tête pour se protéger de la pluie.

— Arrête-toi ! lança Montaigne. C'est anormal qu'elle soit là, toute seule, à cette heure.

Cassel accéléra et pila quelques mètres plus loin après avoir dépassé la jeune femme. Surprise par la manœuvre, celle-ci marqua un temps d'arrêt, prête à faire demi-tour en courant. Montaigne avait déjà jailli de la voiture.

— N'ayez pas peur, Police ! cria-t-il.

La femme, néanmoins pas plus rassurée, avança prudemment vers lui. Visiblement, elle était en larmes.

— Vous avez été agressée ?

— Non, dit-elle entre deux hoquets.

— Ben alors, que se passe-t-il ?

— Rien.

— Vous en êtes sûre ?

— Hum, hum, assura-t-elle de la tête.

— Non, non, vous n'allez pas me faire croire que tout va bien, c'est si dur de le dire ? Ne restez pas sous la pluie, montez dans la voiture !

La fille se glissa sur le siège arrière.

Montaigne reprit sa place à l'avant, puis se tourna vers elle.

— Alors, dites-nous réellement ce qui se passe.

— Il m'a laissé tomber !

— Ce n'est que ça ?

— Oui.

— Je vois, supposa Montaigne, vous étiez venue en boîte avec lui et il a rencontré une autre fille et, comme vous l'avez mal pris, il vous a dit de rentrer à pied…

— Oui, c'est ça.

— Ben, voyons… On va vous reconduire jusqu'à une station de tram. Quai de la Fosse, ça vous ira ?

— Oui.

Cassel redémarra, parcourut en partie le boulevard de la Prairie aux Ducs, puis bifurqua sur sa gauche en direction du pont Anne de Bretagne. Après s'être assurés que tout irait bien pour la jeune femme, ils la débarquèrent à la station Chantiers Navals.

Balayant du regard le quai de la Fosse, Montaigne interrogea Cassel :

— Tu connais tous ces bars à hôtesses ?

— Hum, ouais, plus ou moins, répondit Cassel, évasif.

— Oui ou non ? Merde ! le harcela Montaigne.

— Oh, oh, du calme ! Non, franchement non ! répliqua Cassel.

— Tiens, tu vois, là, le Blue Paradise…

— Oui, et alors ? demanda Cassel sans cacher son irritation.

— Et alors, l'autre soir, j'y suis allé prendre un pot, avoua Montaigne. J'avais décidé d'aligner tous les bars, comme ça, histoire de me faire mon opinion. Eh bien, au Blue Paradise, lorsque tu prends une consommation, on ne te donne pas de ticket de caisse.

— Pfff, mais qu'est-ce que tu vas chercher, soupira Cassel avec un fond d'exaspération. C'est le boulot du fisc, pas le nôtre !

— Attends, attends, tu trouves ça normal, toi ?

— Je ne te dis pas le contraire, Montaigne, mais qu'est-ce qu'on en a à faire d'un ticket de caisse ? Tu ne crois pas qu'on a suffisamment de travail comme ça, hein ?

— Si, si, bien sûr, mais laisse-moi te dire ceci : ce serait bien que, toi et moi, nous organisions une descente un de ces soirs.

— À deux ? s'étonna Cassel. Tu sais, tu es grave comme mec. Si tu continues comme ça, tu ne vas pas faire long feu dans le métier. Et dans les autres bars, ils t'ont donné un ticket ?

— Oui, tous !

— Et tu sais pourquoi, je suppose…

— Ben, non.

— Bon sang, d'entendre une chose pareille de ta part, c'est incroyable ! Tu as bien débuté ta virée par le Blue Paradise, m'as-tu dis ?

— C'est exact.

— Eh bien, tu n'as pas échappé à la règle : le premier d'entre eux qui suspecte un client le signale aux autres. Un moyen de se protéger des indésirables en tous genres, y compris des flics ! La plupart de ces bars appartiennent au même propriétaire : Robert Mantini. La femme a commis certainement une erreur en ne te donnant pas de ticket de caisse, mais elle t'a vu venir de loin. Le téléphone a fonctionné à merveille !

Cassel n'en revenait pas de la crédulité de son équipier. Il ne se gêna pas pour le lui dire, lui demandant même s'il ne forçait pas un peu trop sur ce trait de naïveté qui semblait si bien le caractériser. En réponse, Montaigne éclata de rire, puis fit cette remarque :

— En revanche, toi, tu t'en tires plutôt bien sur les usages d'un milieu que tu prétends ne pas connaître !

— Je ne tiens pas à te vexer, rétorqua Cassel, mais dans le métier n'importe quel poussin aurait pigé ça tout de suite.

— Excuse-moi de ne pas être un vieux poulet comme toi, reprit Montaigne. Mais en dehors de cet oubli de ticket, je lui tire mon chapeau à la chanteuse du Blue Paradise ! Elle possède une de ces voix ! Quant à son corps, possédé par le rythme, il dégage quelque chose de si sensuel…

— À ce point-là ! ironisa Cassel.

— Si, si, insista Montaigne. Bref : cette femme a tout pour elle. J'ai passé un agréable moment. Pour ça, on pourrait aller au Blue Paradise et l'écouter chanter tout en prenant un verre, histoire de nous changer les idées. Qu'en penses-tu, Cassel ?

— Non, je regrette, ça n'a rien à voir avec notre mission de ce soir. Venant de ta part, cela m'étonne beaucoup, releva Cassel. Mais vas-y, toi, comme ça, tu pourras réclamer ton ticket de caisse. Tu sais, celui qu'elle ne t'a pas donné !

— T'es trop con ! répliqua Montaigne.

Cassel fut secoué par un petit rire avant d'ajouter qu'il n'empêchait pas son collègue de mettre les pieds dans le cabaret, mais ce serait sans lui. Il préférait attendre dans la voiture.

— Bon, bon, se résigna Montaigne, ça va, j'ai compris : tu ne tiens pas à commettre un impair à quelques jours de la retraite. Rentrons alors ! Mais sincèrement, s'octroyer une petite pause pendant le service, personne n'en aurait rien su…

Tandis qu'ils roulaient, et après un moment de silence, Cassel livra le fruit de sa réflexion à Montaigne :

— En même temps, quelque chose ne colle pas dans ce que tu viens de me dire.

— Ah, et quoi donc ?

Sans qu'il ne le laissât paraître, le détail du ticket de caisse travaillait Cassel. Pour lui, il n'y avait aucun doute à avoir : la chanteuse avait prévenu les autres bars, tout au moins l'un d'entre eux, puis celui-ci s'était chargé de transmettre le message à un autre et ainsi de suite, donc cela prouvait bien qu'elle s'était méfiée de Montaigne, alors pour quelle raison ne lui avait-elle pas donné de ticket de caisse ?

XIII

Shan entra dans la chambre de Li.

— Debout Mad'moiselle ! Les vacances approchent, encore un petit effort !

Li ouvrit un œil et le referma bien vite.

Shan frappa des mains.

— Allez, allez, un peu de courage, Li !

Après un bâillement à n'en plus finir, Li s'étira. À présent éveillée, les yeux fixes, elle semblait poursuivre son rêve. Elle resta ainsi durant un moment. Puis, comme saisie d'une prise de conscience soudaine, elle émergea définitivement de sa nuit. Shan, entre-temps, avait vaqué à des tâches ménagères, elle revenait jeter un coup d'œil par la porte entrouverte. Elle fut rassurée. Sa fille se levait.

Le premier geste qui vint à l'esprit de Li, fut de remonter le volet de sa chambre afin de se livrer au rituel de la surveillance des abords de l'immeuble.

Ce matin ressemblait ni plus ni moins à un matin comme les autres ; elle ne releva rien d'anormal, si ce n'était, une fois de plus, le temps particulièrement maussade. La nuit avait été pluvieuse, Li le voyait bien à la chaussée mouillée. Puis, cherchant le responsable de toute cette humidité, elle leva ses yeux vers le ciel. Chassés par un vent soutenu, de lourds nuages gris défilaient, menaçants. « Il pleut toujours, y a plus de soleil », pensa-t-elle avec un fond de mélancolie, avant de poser à nouveau son regard sur la rue. Des personnes s'amassaient sous l'abri de l'arrêt du tramway. D'autres, col relevé, dos courbé, poursuivaient leur chemin en direction du pont Saint-Mihiel ou, à l'inverse, vers celui de La Motte Rouge. C'était selon. Des employés reprenaient leur travail sur les péniches aménagées en bureaux. Un cycliste, arc-bouté, luttant contre le vent, forçait sur ses pédales tandis qu'un cyclomotoriste le dépassait, droit comme un i sur sa machine. Sur l'autre rive, Quai Barbusse, les voitures donnaient l'impression de filer à vive allure. Li se détacha de ces scènes de rues pour rejoindre sa mère dans la cuisine.

Comme à son habitude, Shan attendait sa fille devant son bol de thé et, lorsque celle-ci apparut, elle se leva pour chauffer son lait. Pour elle, ce moment était privilégié ; ce tête-à-tête, propice à un échange de propos en apparence anodins, lui révélait bien souvent les préoccupations de sa fille, aussi pouvait-elle mieux répondre à ses attentes. Malheureusement, Li écourtait de plus en plus le temps de cette relation parce qu'elle éprouvait des difficultés à se lever.

Li était assise à sa place, le coude en appui sur la table, la tête reposant dans la main, les yeux mi-clos.

Shan allait la servir, elle lui recommanda de mieux se tenir.

— S'il te plaît, Li, veux-tu bien…

On sonna à la porte.

Shan, surprise, en aurait presque sursauté. Elle ne s'attendait à aucune visite, surtout à une heure aussi matinale.

— Qui c'est, maman ? demanda Li, tout aussi étonnée.

— Je ne sais pas, Li, lui répondit Shan, qui se demandait si elle devait ouvrir sa porte ou pas, alors qu'elle devait s'occuper de Li.

On sonna de nouveau.

Reposant la casserole de lait sur la gazinière, Shan se décida. Elle libéra le verrou intérieur, tourna la clé dans la serrure.

Quand elle ouvrit, un homme se tenait devant elle. Un homme portant une cicatrice à la joue et affligé d'un tic…

— Bonjour. L'agence de location m'a chargé de dresser la liste des problèmes que vous pourriez rencontrer. Fuite d'eau, humidité, prises électriques défectueuses ou autres…

Li avait déjà rejoint sa mère. Elle se tenait contre elle et dévisageait l'homme.

— Je ne comprends pas, dit Shan, d'habitude l'agence nous annonce la visite des hommes chargés de l'entretien et des réparations par un avis affiché dans le hall de l'immeuble…

— C'est que, voyez-vous… Enfin, l'agence a omis de le faire.

— Et puis, à cette heure, je ne peux pas vous recevoir. Je dois m'occuper de ma fille.

— Eh bien, je repasserai plus tard.

— C'est préférable.

Troublée, Shan referma pour ainsi dire la porte au nez de l'homme et resta là, à réfléchir. Cette manière de procéder de l'agence lui paraissait anormale, du moins pas conforme à son habitude. Et que dire de cet individu ? Visiblement, il ne possédait même pas un document sur lequel il aurait pu consigner les éventuels travaux de réfection. Son allure aussi, Shan la trouvait inadaptée à celle d'un homme de la profession. Pour en avoir le cœur net, elle téléphonerait à l'agence dans la matinée.

Elle rejoignit Li dans la cuisine.

— Bien, ce n'est pas tout, dépêchons-nous à présent.

— Je connais ce monsieur, affirma Li en étalant de la confiture sur une tartine.

— On le sait, Li, tu connais tout le monde ! répliqua Shan sur le ton de la plaisanterie.

Sa mère ne la croyait jamais. Dépitée, Li haussa les épaules et prit son air boudeur. Voyant cela, Shan se prêta au jeu de bonne grâce.

— Bon d'accord, et qui est-il alors ? voulut-elle savoir.

— Il est souvent dans le quartier.

— Comment ça, souvent dans le…

— Si ! Et même, des fois, ils sont trois.

Qu'il arrivât à sa fille de fabuler parce qu'elle débordait d'imagination, Shan ne le contestait pas ; à son âge, c'était normal. Mais là, à la suite de cette visite pour le moins étrange, sa curiosité prit le dessus. Elle exigea plus d'explications. Li lui fit part de ses observations.

— Eh bien, je ne vais pas téléphoner à l'agence, mais à la police ! trancha Shan, cette fois un brin inquiète.

Elle pourrait facilement décrire cet homme avec sa balafre et son tic désagréable qui lui fermait à moitié l'œil par intermittence.

*

*   *

Alors qu'il passait devant la porte d'entrée de son appartement pour se rendre dans la cuisine, Charly avait entendu sonner chez ses voisines. Par l'œilleton, il avait observé la scène et reconnu l'individu qui l'avait suivi alors qu'il revenait de l'école après y avoir accompagné Li et qu'il avait vu près du bus “569”.

Shan avait refermé sa porte. Hésitant, le visiteur était resté un instant sur le palier à se demander s'il allait partir ou, au contraire, insister davantage. On le voyait bien, il était tiraillé par ce dilemme. Peut-être bien cherchait-il un nouveau prétexte pour s'introduire dans l'appartement… Semblant se raviser, il avait fini par partir. Charly aurait préféré le voir poursuive sa première idée.

« Ce n'est pas important », se dit-il, « les conditions n'étaient pas des plus favorables : le lieu ne s'y prêtait pas… »

Il était bon de revivre les expériences d'avant ! Le danger en permanence, une arme toujours à portée de main. Cet homme ne savait pas à quoi il venait d'échapper. Et encore, aurait-il eu seulement le temps de réaliser ce qui lui arrivait ? Mais patience… Pour la première fois, depuis bien longtemps, Charly venait d'esquisser un sourire. En trois bonds, il se rendit à la fenêtre de sa chambre. Longeant les habitations, l'homme s'en allait vers la rue de La Distillerie.

Puis Charly s'interrogea. Il jaugea l'individu : taille moyenne, tenue vestimentaire passe-partout, plus brièvement, plutôt quelconque. En revanche, la suite l'interpellait ! Signe distinctif : une balafre sur la joue. On pouvait même ajouter que cette dernière était légèrement convulsée. Et là, ça ne collait plus du tout. Pourquoi envoyer en éclaireur un homme identifiable par une imperfection physique aussi manifeste ! C'était une ineptie ou alors, il avait face à lui une bande d'amateurs. Ce qu'il ne pensait pas non plus vraiment. Il chercha les raisons d'un tel choix durant un moment. N'en trouvant pas, il finit par laisser tomber. « Cette fois, ils vont trop loin, beaucoup trop loin », se dit-il…

Bientôt, ils regretteraient d'avoir réveillé en lui ses vieux démons.

Charly se sentait gagné par une sorte de fébrilité, l'impression d'être un fauve affamé dans l'attente d'une proie.

*

* *

— Seriez-vous en mesure de le reconnaître ? demanda le policier à Shan.

— Oui, bien sûr.

— Bien, alors je vais noter son signalement.

Après avoir accompagné sa fille à l'école, Shan s'était rendue directement au commissariat pour signaler l'incident du faux employé, non sans avoir pris, auparavant, des renseignements auprès de l'agence. Aucun personnel n'avait été dépêché pour dénombrer des pannes, lui avait-on répondu.

Le policier semblait avoir un doute.

— Votre fille aurait remarqué aussi la présence de trois autres personnes aux allures suspectes, dites-vous ?

— Oui.

— Hum… Vous êtes certaine qu'elle ne raconte pas d'histoires ? Vous savez, les enf…

— Non, non, insista Shan. Je connais bien ma fille !

Elle demanda alors au policier comment celui-ci

expliquait la visite du faux technicien. Celle-là n'était pas sujette à réserve puisqu'elle en avait été témoin !

— Hum... Soit, finit-il par admettre.

Mais quand bien même, quatre hommes au total lui paraissait excessif. Shan se trouva embarrassée. Effectivement, vu comme ça, quatre hommes, cela semblait exagéré.

Elle fut traversée par un doute. Li se serait-elle trompée ?

— Vous rendez-vous compte, reprit le policier, quatre hommes, ça commence à faire du monde quand même ! Et, à votre avis, pour quelles raisons surveillent-ils l'immeuble ? ajouta-t-il.

Shan n'en revenait pas. C'était le monde à l'envers ! Maintenant, il lui revenait de le justifier ?

— Je n'en sais rien, répondit-elle, désemparée, c'est plutôt à vous de me le dire !

— Hum... Quatre, ça fait un certain nombre tout de même ! insista-t-il, dubitatif.

— Oui, ça fait quatre, confirma Shan, sur un ton légèrement excédé.

— Hum... Avez-vous des ennemis, quelqu'un pourrait-il vous en vouloir ?

— Non ! se retint-elle de crier, exaspérée par l'obstination du policier à s'efforcer de mettre à tout prix sa parole en doute et par là même de voir la situation se retourner à son désavantage.

Elle était venue signaler un incident qui l'inquiétait et cela prenait une tournure absurde !

Elle se demandait si le policier ne la considérait pas comme une affabulatrice, une folle, peut-être même…

— Hum… rien ne prouve non plus que vous soyez directement visée. Probablement, cherchent-ils autre chose dans cet immeuble…

Puis il finit par rassurer Shan : il enverrait des hommes patrouiller dans le quartier. Sait-on jamais…

Avant tout, elle devait lui donner le signalement de l'individu qui s'était présenté à son domicile.

— Hum… Allons-y, je vous écoute, dit-il, prêt à pianoter son clavier.

— Vraiment pas beau, dit Shan. Il a une barre sur la joue, là, dit-elle en pointant son index au niveau de sa pommette.

— Hum… Vous voulez dire une cicatrice ?

Shan confirma.

— Et puis il fait des clins d'œil tout le temps, ajouta-t-elle.

— Des clins d'œil tout le temps ? reprit le policier avec un demi-sourire en coin.

Ah, eh bien voilà ! Il tenait là l'explication : cet homme était simplement amou… Non, non ! Elle s'était trompée, ce n'était pas le mot exact.

— Hum, Aaah ouiii ! Ça y est, je vois ce dont vous voulez parler : ce sont des tics. Des tics comme ça ? proposa-t-il alors en mimant des spasmes de la joue.

— C'est ça, des tics, confirma Shan, se retenant cette fois d'éclater de rire.

*

*   *

Après avoir garé sa voiture sur le parking, Charly se dirigea vers l'entrée du bâtiment. Ce qu'il redoutait le plus, les vertiges en conduisant, ne s'était pas produit. Il regarda la plaque de cuivre apposée sur la façade, près de la porte : Studios de l'Atlantique. C'était bien là. Il appuya sur le bouton de la sonnerie. Un grésillement lui signala le libre accès à l'entrée.

Dans le vaste hall, il gagna la banque d'accueil derrière laquelle travaillait une secrétaire. Il était venu demander un renseignement. Un simple renseignement. Lequel ? s'enquit-on en affichant un sourire radieux. « Des sourires comme ça », pensa Charly, « c'est un coup à accélérer la fonte de la banquise. »

Betty, la chanteuse Betty, où se produisait-elle ? demanda-t-il. Elle l'ignorait, elle allait le demander à monsieur Novelly. Ah, elle était désolée, il était au téléphone et cela risquait de durer un certain temps ! Et qui était monsieur Novelly ? voulut savoir Charly. Le patron, lui répondit la secrétaire. Dès qu'il raccrocherait, elle le préviendrait, puis elle proposa à Charly le confort moelleux de l'un des sièges alignés près d'un ficus atteignant presque le plafond.

Au bout d'une dizaine de minutes qui parurent interminables à Charly, monsieur Novelly fit son apparition. Jaillissant comme un beau diable d'une porte à double battant, il en évita habilement le retour dans son dos en fonçant droit sur la banque d'accueil. La cinquantaine, c'était un petit homme bedonnant, campé sur les talons de ses santiags, portant gilet fantaisie sur chemise blanche et jeans, lunettes remontées sur son front, queue-de-cheval grisonnante en cache-misère d'une calvitie naissante à l'arrière du crâne. Houpala ! se dit Charly, je vois le genre : artiste raté, reconverti dans l'organisation de concerts et le show-biz local. Après tout, pourquoi pas.

Tenant un conciliabule avec sa secrétaire, monsieur Novelly jetait de temps à autre des regards en biais en direction de Charly qui le guignait également du coin de l'œil en feuilletant machinalement un magazine.

Monsieur Novelly se présenta enfin :

— James Novelly, que puis-je pour vous ? demanda-t-il à Charly sur le ton de l'homme surmené dont chaque minute est considérée précieuse.

« Tout ça sonne creux », estima Charly. « Jean Novelly, en toute simplicité, aurait été aussi bien. Mais passons, nous sommes dans le show-biz. »

À son tour, il déclina son identité et donna la raison de sa visite :

— Charles Caplan. Je souhaiterais rencontrer Betty, la chanteuse de blues.

L'autre, suspicieux, handicapé par sa petite taille, le toisa d'en dessous.

— Comment ça, la rencontrer ? demanda-t-il d'un ton rogue, laissant présager des difficultés pour obtenir les renseignements dont Charly avait besoin.

— Je me suis mal exprimé. Je voulais dire : la voir sur scène !

— Vous êtes du métier ?

— Pas du tout !

— Passons dans mon bureau, voulez-vous ? dit-il de façon autoritaire.

Emboîtant le pas du petit homme, Charly franchit de justesse la porte battante dont il sentit le souffle dans son dos. Après avoir suivi James Novelly dans un long couloir, il entra dans une pièce. Les murs étaient recouverts de photos de célébrités. Quelques-unes étaient dédicacées. De la musique s'échappait d'un poste de radio posé sur le bureau et perdu au milieu d'un tas de dossiers.

Disparaissant dans son fauteuil, beaucoup trop imposant pour sa taille, James Novelly prévint : il laissait le poste radio allumé afin de savoir si les stations faisaient bien la promotion de Betty sur leurs ondes.

— C'est un milieu de requins. Je me méfie de tout, comprenez-vous, se justifia-t-il à Charly. C'est la raison pour laquelle je vous ai demandé si vous étiez du métier. Le débauchage d'artistes par les majors n'est pas rare. Surtout, lorsqu'il s'agit d'une étoile montante comme Betty. Alors, là, croyez-moi, ils n'hésitent pas à mettre ce qu'il faut sur la table. Il frotta son pouce contre son index : vous devinez ce à quoi je fais allusion, bien sûr. Et ils ont les moyens ! Maintenant, parlons de vous, qui êtes-vous, monsieur Caplan ?

— Je vous l'ai dit : un admirateur de Betty.

James Novelly eut une petite pointe d'agacement et fit claquer sa langue pour le manifester.

— Oui, bon… Ou peut-être bien envoyé par un de ces majors, hein ?

Abasourdi par cette suspicion, Charly n'en revenait pas.

— Moi, vous espionner ?

— Eh ben, oui, pourquoi pas ? se défendit James Novelly.

— Vous souffrez certainement de paranoïa ! Ces gens-là ont d'autres moyens pour contacter une future star. Je peux aussi m'en aller si vous le souhaitez.

— Non, je ne vous chasse pas. Mais comprenez-moi, Betty est une perle rare et je tiens à la garder.

— En somme, et si j'ai bien compris, vous êtes un dénicheur de talents…

— C'est ça, flattez-moi pour mieux me poignarder par la suite !

— Mais ma parole, vous nagez en plein drame shakespearien !

— C'est possible. Bon, où en étions-nous ? Ah oui, à cette chère Betty. Pour quelles raisons souhaitez-vous la voir, au juste ?

Charly relata dans quelles conditions il l'avait entendue à la radio – James Novelly était ravi de l'apprendre – et séduit par sa voix, il souhaitait la voir sur scène. Il n'était rien de plus qu'un admirateur !

Le producteur parut embarrassé, sembla s'enliser dans des faux-fuyants et finit par avouer :

— Betty ne fait pas de scène, du moins pas encore.

Puis, il se ravisa :

— Enfin si, elle se produit bien en public, c'est ainsi que je l'ai connue, mais dans un contexte un peu particulier…

Dans l'attente d'une réponse nette, Charly bouillait d'impatience.

La seule personne capable de le mettre en relation avec cette voix, était cet homme, assis devant lui, qui tergiversait et qui allait finir par se prendre une bonne…

— Monsieur ? Monsieur Caplan ! Ça ne va pas ?

Les yeux fermés, Charly se tenait la tête entre les mains.

La douleur irradiait à l'intérieur de son crâne. Une onde de chaleur submergea son corps. Il se mit à transpirer.

— Monsieur Caplan ? Je vais vous…

« Qu'il se taise, mon Dieu ! Ne plus entendre sa voix serait déjà un soulagement », pensait Charly en agitant son index pour signifier à James Novelly qu'il n'y avait rien à faire, sinon attendre.

Comparée aux précédentes, cette crise dura un peu plus longtemps.

« Cela ne peut qu'empirer », admit Charly en retrouvant ses esprits.

— Vous m'avez fait peur, monsieur Caplan ! Désirez-vous boire quelque chose, un verre d'eau peut-être ?

Charly accepta tout en se tapotant le visage à l'aide d'un mouchoir. James Novelly ouvrit un réfrigérateur dissimulé à l'intérieur d'un meuble de bureau. Il en sortit une bouteille d'eau fraîche. Il servit Charly, lui proposa même un cachet d'aspirine mais obtint un refus, conseilla alors une visite chez le médecin sans trop tarder, fit aussi le tour de ses connaissances pour citer des cas identiques et aux conséquences invalidantes, voire graves. Enfin, la conversation put reprendre.

— C'est que, voyez-vous, monsieur Caplan, Betty fréquente pour le moment le milieu peu recommandable du cabaret. Tous ne sont pas ainsi, heureusement. Elle-même l'avoue volontiers, son seul souhait est d'en sortir. Et par ailleurs, si nous la propulsons sur le devant de la scène, une évidence se présentera à nous. Vis-à-vis du public, nous serons dans l'obligation de faire abstraction de ce passé… bah, disons-le, sulfureux… et devrons lui inventer des origines plus convenables. Tiens, pourquoi pas religieuses, comme chanteuse d'église par exemple…

— Betty est une femme noire ? s'informa Charly.

— Non, bien sûr que non, mais où est le problème ? demanda James Novelly.

— Je ne connais rien à votre métier, mais franchement, monsieur Novelly, croyez-vous le public assez naïf pour avaler tout ça : une femme blanche, ex-chanteuse de gospels dans une église, de surcroît en France ? Vous avez déjà vu ça, vous ?

— Oui, bon, d'accord. En France, je ne dis pas, mais aux States, si !

— Ah ! Si c'est aux States, dans ce cas-là…

— Là-bas, ils chantent sans complexe dans les églises et ce n'est pas une question de couleur de peau. Regardez les évangélistes ! La voix est le premier des instruments de musique, monsieur Caplan. Écoutez une chorale et vous comprendrez. Concernant Betty, il suffit de lui créer un passé américain, et le tour sera joué…

— Refaites-lui une virginité de nonne si vous y tenez, mais en attendant, quel est ce cabaret où je peux l'entendre chanter ?

— Je compte sur votre discrétion, monsieur Caplan. Voici ma carte. Si cela ne vous ennuie pas, passez-moi un coup de fil pour me dire ce que vous pensez d'elle, après l'avoir vue.

— Je n'y manquerai pas !

— Vous pouvez l'entendre au…

Le téléphone sonna.

— S'cusez-moi, je vous demande deux minutes. Oui ? Passez-le-moi… Allô, Jean-Louis ? Oui, Je te demande deux minutes !

James Novelly plaqua sa main sur le combiné, se pencha vers Charly et livra sur le ton de la complicité :

— Vous la trouverez au Blue Paradise, Quai de la Fosse… À bientôt, monsieur Caplan !

Charly se leva et quitta discrètement le bureau,

laissant James Novelly à sa conversation téléphonique avec Jean-Louis.

« N'importe quoi », se dit-il, « et pourquoi pas James-Louiss. » En repassant par le hall, il adressa un petit signe de la main à la secrétaire, puis sortit du bâtiment.

XIV

Le ciel rougeoyait dans le jour déclinant. Du côté du quai Saint-Louis, de nombreux véhicules de police et de secours délimitaient un périmètre à ne pas franchir. Ils formaient un écran de protection afin de dissuader les curieux. Un pêcheur à la ligne avait découvert un homme mort.

Le malheureux n'en revenait toujours pas d'avoir passé de si longues heures à pêcher non loin d'un cadavre, tout juste dissimulé derrière un bâtiment abritant des entreprises, où personne ne mettait jamais les pieds. À son arrivée sur les lieux, trop pressé de jeter sa ligne à l'eau, il n'avait rien remarqué.

Avant de s'en aller, il s'était retourné, comme ça, sans plus. Là, son attention avait été attirée par une masse, étendue à terre, à l'extrémité du bâtiment. Peut-être était-ce un clochard pris d'un malaise ? Voulant s'en assurer, il s'en était approché. S'il avait su…

Depuis on ne le lâchait plus. On le pressait de questions : de ce qu'il avait fait, de ce qu'il avait pu voir, d'horaires, aussi. Comme s'il avait prêté une attention particulière à toutes ces choses ! Bien sûr que non, grand Dieu ! C'était tout juste si sa partie de pêche ne portait pas à suspicion ! Mais quelle idée avait-il eu de faire son curieux. Tiens ! Il aurait mieux fait de plier sa gaule, d'enfourcher sa mobylette et de filer sans rien dire. Eh bien, non, allez savoir pourquoi, à la place, il avait fait tout le contraire. À présent, assis dans le fourgon de police, il s'en mordait bien les doigts !

L'ordre d'évacuer le cadavre vers l'institut médico-légal était attendu. Les premiers relevés topographiques se faisaient, les premiers clichés aussi. Le diagnostic du médecin était sans réserve. Cassel et Montaigne étaient là, également penchés sur le corps de la victime, leurs regards focalisés sur une plaie au milieu du front. Un point d'impact, très net, ne laissant aucune incertitude sur son origine. Cassel enfila des gants de latex et s'accroupit. Soulevant, l'un après l'autre, les pans de la veste du cadavre, il glissa sa main dans les poches intérieures : vides. Palpa celles du pantalon : même résultat.

Soit, il n'a pas jugé utile de prendre ses papiers, soit, quelqu'un nous a devancés pour lui faire les poches, commenta le capitaine. Je penche pour la deuxième supposition, exprima pour sa part Montaigne. Puis, s'accroupissant à son tour, il examina de plus près la cicatrice barrant la joue gauche du mort. C'était un indice précieux d'identification. Le commandant se redressa sur ses jambes, resta ainsi à réfléchir. Enfin, contournant le cadavre, il se plaça face aux pieds de celui-ci et s'accroupit de nouveau. Un détail retint son attention. Toutefois, il garda sa découverte pour lui. Levant la tête vers Cassel, il lui demanda :

— Un homme portant une balafre, ça ne te dit rien ?

— Non, comment le saurais-je ? répondit le capitaine.

— Par ton expérience de vieux poulet, lui rappela Montaigne.

Cassel voyait surtout des tracas en perspectives.

— Tu vas voir, annonça-t-il, on va me demander de jouer les prolongations, eh bien, je ne serai pas d'accord !

— Une fois pour toutes, à toi de savoir ce que tu veux, rétorqua Montaigne. Tu écourtes un arrêt maladie pour fuir ta femme et, en même temps, tu…

— Non, non, se défendit Cassel, il ne s'agit ni d'arrêt maladie ni de ma femme, laissons de côté ces histoires. Je tiens à achever tranquillement ma carrière et je me retrouve avec cette affaire sur les bras. Reconnais-le : il y a de quoi être amer, non ? De plus, ça sent le règlement de compte à plein nez. Et je me dis qu'on n'a pas fini ! Rien ne t'interpelle dans tout ça, Montaigne ?

— Pour le moment, j'essaie de comprendre, avoua celui-ci en toute simplicité.

D'après Cassel, le tueur ne s'embarrassait d'aucun scrupule. Une balle logée en plein front, cela relevait de l'exécution sommaire ; un acte accompli froidement. Quant à ne pas prendre la précaution de faire disparaître le cadavre, en le jetant par exemple dans la Loire très proche, cela montrait un mépris de tout et un comportement provocateur.

— Pour provoquer qui ? voulut savoir Montaigne.

— Ah, ça ! Va savoir. Quoi qu'il en soit, il refroidit ce type et il l'abandonne, là, sur place, sans se soucier si l'on va découvrir son cadavre dans les dix minutes ou dans les trois jours qui suivent !

— Vingt-quatre heures, intervint le médecin, qui avait suivi leur conversation.

— Pardon ? s'étonna Cassel en se retournant vers lui.

— Oui, le décès remonte environ à vingt-quatre heures, répéta le médecin.

— Donc hier soir, déduisit Montaigne et il ajouta : avant de nous intéresser à la psychologie du tueur, nous devons avant tout identifier la victime. Nous en apprendrons peut-être plus de ce côté-là. Vous avez terminé, Docteur ?

— Oui, avec ce qu'il s'est pris dans le crâne, ça m'étonnerait que tout ça se remette à fonctionner un jour. Puis il entérina le décès, ordonna de protéger le cadavre d'une housse et autorisa son transport vers l'institut médico-légal pour une autopsie.

Cassel et Montaigne restèrent encore un moment sur les lieux, pour tenter de comprendre. Tous deux étaient d'accord : le crime d'un rôdeur était à écarter. Tout portait à le croire. D'abord l'endroit. Pas vraiment idéal pour une promenade, surtout derrière un bâtiment abritant des entreprises en bord de fleuve. L'heure aussi. Même si celle-ci n'était pour le moment qu'approximative – l'autopsie apporterait plus de précisions. Enfin, et surtout, le mode opératoire.

— Les entreprises sont fermées, pas de témoins ; la détonation de l'arme a été plus ou moins couverte par les bruits de la circulation du boulevard. Personne n'y aura prêté attention, échafauda Montaigne en jetant un regard circulaire sur les environs. Papiers ou pas, il reste la cicatrice. Et si l'assassin n'a pas fait disparaître le corps cela fait partie d'une stratégie.

Cassel ne releva pas.

Puis, à leur tour, ils rejoignirent le commissariat.

*

*   *

La nouvelle du meurtre avait déjà fait le tour du petit monde des bars de nuit. Au cabaret, ils n'étaient plus que trois autour de la table. Jos Attal bien sûr comptait parmi eux. Quant à l'homme aux petits yeux, pour alimenter ses fantasmes, il promenait son regard dans la salle, à la recherche de la silhouette ondulante de Betty. Robert Mantini, lui, se voulait rassurant.

L'homme à la balafre n'avait pas de famille. Ainsi personne ne viendrait mettre son nez dans cette histoire. Quant aux flics, ils pouvaient venir au cabaret, ils ne trouveraient pas d'armes. À part, bien sûr, le vieux pistolet d'alarme de Betty.

— Sinon, on se tient tranquilles, on fait du business correct, non ?

— Ouais, Bob, de ce côté-là, y a rien à redire, reconnut Jos Attal.

— Alors, à ton avis pourquoi a-t-il été refroidi, Jos ?

Jos Attal appréhendait lorsque Mantini s'attribuait une sorte de bilan irréprochable de ses activités, pour ensuite poser des questions dont il connaissait parfaitement les réponses. Mais il le faisait quand même. Une sorte de jeu cruel pour mieux rabaisser et appuyer là où ça faisait mal ; sa façon à lui d'amener les autres à avouer leurs propres erreurs. Cela ne tarda pas.

— Alors je te demande pourquoi ? insista Mantini.

— Ben…

— Ben quoi, Jos, si tu le sais, dis-le-moi…

— C'est que…

— Tu veux un peu d'aide, Jos ? Tu veux le savoir ? Vous vous êtes comportés comme des crétins. Caplan vous a repérés, et le premier avertissement est tombé.

— Laisse-moi lui régler son compte, Bob, dit l'homme aux petits yeux.

Mantini demanda à ce dernier s'il possédait encore une once d'intelligence en tapotant son crâne de son index.

— Réfléchis un peu avant de dire des conneries, veux-tu ? Fais-le et ça se retournera contre nous !

Ce dernier ne comprenait toujours pas. Mantini se fit plus explicite. La police l'apprendrait assez vite :

l'homme à la balafre évoluait dans la sphère du Blue Paridise et, qui sait, peut-être l'avait-on aperçu ces derniers temps rôdant du côté de chez Caplan ? Donc, en éliminant ce dernier, elle chercherait à faire le lien entre ces deux affaires. À n'en pas douter, ce serait le début des ennuis. C'était indubitable !

— Et ça suffit comme ça ! rajouta Mantini en abattant son poing sur la table. Je n'ai pas envie d'avoir les flics sur le dos ni d'endosser le passif du vieux !

Cela attira les regards dans sa direction.

Une autre raison, et pas la moindre, faisait dire aussi à Mantini qu'il n'était pas non plus judicieux de provoquer Caplan directement. Depuis sa libération, celui-ci n'avait porté aucun intérêt au cabaret et c'était plutôt bon signe pour eux. Mantini avait une bien meilleure idée : impliquer Caplan dans une sombre histoire pour lui attirer de nouveaux ennuis. Faire en sorte qu'il retournât d'où il venait. Et cette fois pour le restant de ses jours. C'était la manière la plus sage de se débarrasser de lui…

L'homme aux petits yeux proposa de remplacer le balafré par un ami à lui.

— Si tu veux, concéda Mantini.

Du comptoir, Betty avait entendu Mantini donner de la voix et taper du poing sur la table comme une brute.

Ils avaient l'air désemparés tous les trois. Un de moins ! jubilait-elle intérieurement.

Mantini se leva et s'approcha d'elle.

— Betty, tu tiens la boutique. C'est pas bon pour nous de rester là. Si les flics débarquent, tu me tiens au courant, n'est-ce pas ?

Il préleva quelques billets du tiroir-caisse…

*
*   *

Charly regarda sa montre : deux heures. Dans l'attente de ressortir de chez lui, il s'était seulement assoupi.

Il se leva et alla à la salle de bain.

Les mains jointes sous le robinet, il recueillit un peu d'eau froide. La tête penchée au-dessus du lavabo, il s'aspergea le visage pour mieux se réveiller. Il renouvela l'opération trois fois, puis saisit une serviette de toilette. Ensuite, il enfila une chemise fraîche, son costume et son manteau, prit son arme et la glissa dans la poche de son pardessus après s'être assuré que le cran de sécurité était enclenché.

Faisant le moins de bruit possible, il referma la porte de son appartement, dévala les marches de l'escalier et se retrouva dehors, dans la nuit noire. Il marcha pour rejoindre sa voiture garée plus loin, au bout d'une rue déserte.

Quelques minutes plus tard, il roulait en direction du quai de la Fosse où, dans l'après-midi, après sa visite chez Novelly, il avait effectué quelques repérages. Vingt heures : c'était l'horaire d'ouverture affiché sur la porte du cabaret. Quant à celui de la fermeture, il n'en était pas fait mention. Probablement jusqu'à plus tard ! À l'heure où les êtres à la dérive, venus se consoler de leurs désillusions auprès des filles du cabaret, assommés par l'alcool, n'avaient qu'une hâte : rentrer, l'âme plombée par ce maudit blues, puis dormir pour oublier leur naufrage.

Charly poursuivit sa route jusqu'au rond-point de la gare maritime où il opéra un demi-tour pour venir se garer sur le quai, face au Blue Paradise. L'enseigne du cabaret clignotait de son néon bleuté dans la nuit…

Après avoir traversé le boulevard, Charly saisit la poignée de la porte de l'établissement. Il entra…

Occupée à la préparation d'un cocktail, souriant à un client, Betty secouait un shaker. Elle tourna la tête vers la porte d'entrée. Son sourire s'effaça brusquement. Un homme se tenait là, grand, mince, bien charpenté, son visage émacié assombri d'une barbe naissante. Ses yeux étaient insondables, lointains, le nez légèrement busqué et la bouche bien dessinée. Il dégageait une sorte d'animalité sauvage et sensuelle à la fois. Cet homme, Betty en aurait mis sa main à couper, elle l'avait déjà vu. Celui-ci balaya la salle de son regard.

Charly saisit l'effet musical qui emplissait la salle et dans lequel se diluaient les conversations, parfois les rires.

Des musiciens jouaient sur la scène. Le pianiste, dos voûté, penché sur son clavier, avait délaissé depuis bien longtemps la posture académique. Le contrebassiste semblait cramponné à son instrument, il réprimait un bâillement, les yeux perdus vers le plafond. Ceux du batteur fixaient le plancher. Le guitariste à l'accompagnement grattait ses cordes sans conviction. Quant au trompettiste, il recherchait des effets growl* en s'aidant de la sourdine de son instrument.

« La fatigue », estima Charly. « L'ennui aussi. »

Il repéra une table libre sur le pourtour de la piste de danse. Il s'y dirigea.

Betty n'en revenait pas ! Jamais elle n'avait ressenti une telle impression en présence d'un homme. Si, un autre avant, mais n'en parlons plus, il était parti ! Lui, c'était encore différent. Il avait quelque chose en plus. C'était, comment le dire ? Elle ne trouvait pas les mots. C'était inexplicable, voilà tout ! Il l'impressionnait. Il portait un mystère en lui, une part d'ombre… Pas comme les autres clients qui venaient s'échouer ici. Et Betty devinait ces choses-là !

Une fille s'avançait déjà vers la table à laquelle s'était assis l'homme. D'un geste, Betty lui fit comprendre de s'occuper de ce qui la regardait. De ne pas se mêler de ça !

Le petit signe fait à l'hôtesse par la femme blonde, n'avait pas échappé à Charly. Maintenant, cette dernière délaissait son comptoir pour venir vers lui. Il

---

*« Grognements ». Timbres plaintifs et rugueux imitant la voix humaine et obtenus par les trombonistes et les trompettistes à l'aide d'une embouchure sur le pavillon de leur instrument.

remarqua sa silhouette élancée, gainée dans une longue jupe de velours bleu à paillettes, laissant apparaître le galbe de sa cuisse au gré de la démarche.

— Vous souhaitez boire quelque chose ? demanda Betty de sa voix suave, la main en appui sur sa hanche.

Elle se traita aussitôt d'idiote. Il n'était certainement pas venu ici pour la beauté du paysage, enfin, que diable ! Maintenant, elle n'arrivait plus à se détacher de cet homme. Elle était au bord d'un gouffre, comme aspirée par l'abîme insondable de ses yeux d'un vert très clair. Betty perdait toute contenance devant eux. À ce point-là, elle ne se reconnaissait plus. Elle se comportait comme une gamine !

— Un jus de fruits, commanda Charly.

— Un jus de fruits ? s'étonna Betty.

— Oui, un jus de fruits. Ce que vous avez me conviendra, je ne bois jamais d'alcool, précisa-t-il.

— Orange, pomme, poire, égraina Betty.

— Pomme ou poire mais sans *scoobeedoo** ! ironisa Charly, contenant un sourire.

Betty partit d'un petit rire. Cela faisait bien longtemps que cela ne lui était pas arrivé. Oh, ce n'était pas à cause de cette réplique amusante… Non, c'était une accumulation de petites choses indéfinissables et puis, il y avait comme de l'électricité qui flottait dans l'air… Oui, la physionomie de cet homme ne lui était

*Forme syllabique de scat ayant donné son nom au fameux scoubidou français.

pas totalement inconnue. Une impression de l'avoir déjà vu. Mais bon, elle côtoyait tant de monde…

— Confiez-moi votre pardessus, proposa-t-elle, vous devez avoir chaud avec !

— Oui, vous avez raison, mais je le garde près de moi. Voilà, je le pose sur la chaise d'à côté.

— Faites comme bon vous semble !

— Je souhaiterais entendre Betty, est-ce possible ?

— Vous l'avez en face de vous. Mais, comment me connaissez-vous ? demanda-t-elle, surprise.

— Par la radio, répondit Charly.

— Il se fait tard, dit Betty, mais puisque vous êtes venu pour ça, eh bien, je vais monter sur scène. Avant, je vous sers votre jus de scoobeedoo, oh pardon ! s'excusa-t-elle d'un petit air malicieux en tournant les talons.

L'instant d'après, elle montait sur scène. Après une brève concertation avec les musiciens, elle leur donna le titre du morceau à jouer.

— Un boogie-woogie ? reprirent-ils ensemble, complètement ahuris. Mais Betty, que t'arrive-t-il ?

— Rien, il ne m'arrive rien, les gars, j'ai juste envie de chanter un boogie-woogie, c'est tout !

— Si, si, Betty, il t'arrive quelque chose, tu es tombée sur la tête ou quelque chose comme ça !

— Mais non, idiot !

— T'es amoureuse alors ?

— Hey, les mecs, je n'en reviens pas ! s'écria le bassiste.

— Allez, on y va sans plus attendre, leur ordonna Betty en claquant des doigts, à chaque nombre pair, pour donner la mesure. Un, deux, un, deux, trois, quatre, c'est parti !

Tandis que sa voix était happée par le son endiablé des instruments, son corps cherchait le rythme, il le saisit très vite. Elle retrouvait cette petite pointe d'excitation dans son ventre ; pour elle, c'était l'instant magique, le fameux groove. Elle s'approcha du micro et libéra toute son énergie.

Les clients, étonnés, écoutaient cette femme transportée par l'ivresse de chanter. Les musiciens ne cachaient pas non plus leur joie de retrouver la Betty d'avant, ils jouaient avec enthousiasme. Gagnées par ce vent de folie, les filles invitèrent les clients à venir danser sur la piste. Les corps exultaient. C'était l'explosion au Blue Paradise !

Betty reprit même deux couplets supplémentaires. Essoufflée, elle quitta la scène. Quant aux musiciens, ils poursuivirent pour ne pas rompre le charme trop brutalement.

Éblouie par les projecteurs de la scène, elle se tint à l'écart quelques secondes. Le temps nécessaire de se défaire de l'impression rétinienne des spots avant de revoir cet homme. Quand sa vue s'accoutuma de nouveau à la pénombre, sa déception fut totale. Elle n'osait le croire, elle en aurait même pleuré. La table était vide ! Il était parti, déçu par sa voix, sans doute. Sa façon de chanter, peut-être… Elle n'était pas à la hauteur. Tout juste capable de pousser la chansonnette pour quelques poivrots dans un honky tonk*...

Charly avait regagné sa voiture. Musique forte, trop de bruit, trop chaud et trop de monde. La crainte d'un étourdissement l'avait poussé à la prudence ; il avait préféré quitter le cabaret. À peine s'était-il assis derrière le volant, ce qu'il avait tant redouté s'était produit. Il avait bien fait ! La crise l'avait fortement secoué.

Depuis sa voiture, il était là, à attendre, à épier. Un moment déjà qu'il ne quittait plus des yeux la porte du cabaret. L'établissement se vidait petit à petit de ses clients. Ces derniers s'en retournaient à la banalité de leur quotidien. Ce fut ensuite le tour les hôtesses. Deux ou trois mots échangés, petits signes de la main pour se souhaiter à plus tard et elles se dispersaient. La silhouette de Betty apparut enfin. Elle fermait à clé après elle. Charly la laissa prendre de l'avance avant de mettre le contact.

Il la suivit à distance. Elle se dirigeait vers la place du Commerce. Parvenu à l'île Gloriette, il rencontra des difficultés à poursuivre sa filature en voiture. Il dut abandonner son véhicule sur le parking. Il pressa le pas, courut même pour combler son retard, crut un moment avoir perdu Betty de vue, quand enfin, Cours Roosevelt, il repéra de nouveau la chevelure blonde filant comme une comète dans la nuit. Mais jusqu'où

*Tripot, dancing bruyant de basse catégorie.

l'entraînait-elle comme ça ? À présent, elle traversait le cours des Cinquante Otages pour le remonter aussitôt sur la droite. Pas une seule fois, elle ne s'était retournée. Fatiguée de sa nuit, elle était certainement pressée de rejoindre son domicile.

Charly n'était pas loin de Betty, quand elle ralentit sa marche. Il la vit ouvrir son sac à main, elle semblait y chercher quelque chose. Ses clés, peut-être ? C'était le signe qu'elle habitait tout près de là. Oui c'était bien ça ! À présent, elle introduisait la clé dans la porte d'un immeuble et elle disparut à l'intérieur.

Pour Charly, c'était le moment !

En deux bonds, il rejoignit à son tour l'entrée de l'immeuble, bloqua la porte à l'aide de son pied juste avant que celle-ci ne se refermât complètement. Quand il entra à son tour, elle disparaissait déjà au détour de la première volée des marches et, ne se méfiant toujours pas, elle continuait sa progression dans le grand escalier de chêne. Charly la suivait furtivement quand il entendit le cliquetis des clés d'un trousseau que l'on agite pour libérer une serrure. Il sut qu'elle était arrivée à son appartement. Il accéléra son ascension en gravissant cette fois les marches par deux, toujours aussi silencieux.

Betty ne se doutait de rien, l'esprit trop occupé par le souvenir cuisant de cette soirée. Elle repensait à l'humiliation que lui avait infligée cet homme. La blessure était terrible pour elle. Elle perdait pied, doutait maintenant de la suite de sa carrière de chanteuse.

En même temps, elle ne comprenait pas pourquoi il s'était déplacé jusqu'au cabaret alors qu'il l'avait entendue à la radio. Si sa façon de chanter ne lui plaisait pas, eh bien, il n'aurait pas dû venir ! De plus, celui-ci l'avait envoûtée, séduite, en quelques secondes. Oui, elle reconnaissait volontiers avoir succombé un peu vite comme une idiote. Mais ces sentiments-là ne se contrôlent pas ! Il n'avait même pas daigné l'écouter chanter jusqu'au bout et cela lui faisait d'autant plus mal. Qu'il l'eût considérée comme une moins que rien, cela n'eût pas été pire…

Elle le savait : sa vie était sans avenir. Alors, que lui avait-il pris tout à coup de se remettre à espérer, de se mettre des idées stupides en tête ? Du fond de sa détresse, après s'être glissée dans son grand lit froid, elle le savait, elle ne pourrait plus contenir ses larmes.

Le cœur lourd, elle poussait la porte de son appartement, quand elle ressentit un effet étrange dans son dos. Une présence ? Elle voulut se retourner pour s'en rendre compte, mais n'eut pas le temps…

En un éclair, une main ferme venue par l'arrière la bâillonna, en même temps, elle fut plaquée sans ménagement, face au mur de la cage d'escalier, une arme braquée sur sa tempe. Sur le coup, elle tressaillit, puis crut défaillir quand une voix d'homme, chuchotant à son oreille, lui demanda si elle vivait seule. La peur au ventre, sans même réfléchir, elle remua la tête pour signifier oui. Elle n'aurait pas dû, elle s'en voulait, mais c'était trop tard ! Un bras puissant l'enserra à hauteur de la taille tout en bloquant ses bras, la fit décoller du sol comme une poupée de chiffon et la contraint cette fois à entrer dans son appartement.

Le petit vestibule donnait directement sur une pièce où, de la fenêtre, pénétrait une lueur pâle et diffuse. Juste ce qu'il fallait pour ne pas se heurter aux meubles et aux objets.

D'un coup de talon, Charly repoussa la porte d'entrée pour la refermer. Maîtrisant toujours la femme, il l'obligea à avancer. Morte de peur, elle se laissait faire et ne lui opposait aucune résistance. Dans la pénombre, enlacés l'un à l'autre et leurs pas désordonnés, on aurait pu croire à un couple exécutant maladroitement une danse. Dès son premier contact avec la femme, il avait senti le corps de celle-ci se raidir brusquement contre le sien, mais bien vite, l'effet de la frayeur passé, la résignation l'avait fait se relâcher. L'abandon du désespoir, s'était dit Charly.

Sa main toujours plaquée sur la bouche de la femme, il murmura de sa voix rauque :

— Comprenez bien, je ne vous veux aucun mal. Seulement parler avec vous. Vous êtes la seule à pouvoir m'aider. Votre voix m'a guidé vers vous… Tout se passera bien si vous vous tenez tranquille…

Betty n'avait toujours pas vu son agresseur de face. « Un fou », pensait-elle, « je suis tombé sur un détraqué. Un impuissant qui éprouve le besoin de parler à une femme uniquement pour se libérer de son malheur. Jusqu'où peut-il aller dans son délire ? Il est armé. Je ne dois pas le brusquer ni le contrarier et surtout ne pas… Mais ? » En une seconde, une pensée fulgurante lui traversa l'esprit. Elle eut une révélation. Elle venait de comprendre. De tout comprendre ! Lui ?

Charly conseilla à la femme de ne rien tenter et de garder son calme, sinon il serait contraint de recourir à d'autres méthodes, sans toutefois souhaiter en arriver là. Betty s'engagea d'un signe de la tête. Lentement, l'étreinte se desserra et elle retrouva enfin l'entière liberté de ses mouvements.

Charly lui demanda d'allumer la lumière.

Reconnaissant aussitôt son agresseur, sidérée, Betty porta ses mains à sa bouche :

— Mon Dieu ! Oui, c'est bien vous ! dit-elle. Au cabaret, je ne m'en étais pas rendu compte… Seulement à l'instant…

— Cela vous ramène dix ans en arrière, n'est-ce pas ? Votre voix est restée gravée dans ma mémoire. C'est le seul souvenir qui m'est resté de cette nuit tragique…

XV

L'animation habituelle du matin régnait dans les couloirs du commissariat : claquements de portes, ordres, contre-ordres, sonneries de téléphones, bruits de pas… Cassel et Montaigne s'étaient retranchés dans leur bureau, à l'écart de toute cette agitation.

Tenant le rapport du médecin légiste de sa main gauche, Montaigne pianotait de la droite le dessus de son bureau. Ce bruitage inutile agaçait Cassel. Cependant, il se gardait bien d'en faire la remarque, sachant à l'avance qu'elle serait très mal reçue.

— Un Manhurin 73, calibre neuf, canon trois pouces de longueur, arme courante, lâcha Montaigne, cessant dans le même temps ses gammes.

— On n'est guère plus avancés, estima Cassel, soulagé de ne plus entendre les doigts heurter le bureau.

Hormis la police, les licenciés des clubs de tirs utilisaient également ce calibre. Ces derniers avaient l'obligation de se déclarer à la préfecture. Aussi les deux policiers n'attendaient-ils rien de probant de ce milieu. Même s'ils étaient tenus d'effectuer un contrôle de routine par pur formalisme. Il restait, bien sûr, les possesseurs d'armes en provenance des marchés illégaux. Là, c'était le brouillard absolu ! Montaigne dit une fois encore attendre davantage de la cicatrice. Une telle marque sur un visage n'était certainement pas passée inaperçue. Il interrogea son collègue pour savoir si, éventuellement, celui-ci ne connaissait pas un indic susceptible de les mettre sur une piste.

— Comme tu y vas, rétorqua Cassel. Non, là, comme ça, je n'en ai pas sous la main !

— Comment ? s'étonna Montaigne. Tu veux me faire croire qu'un vieux flic de terrain comme toi n'a pas ses propres sources de renseignements ?

— Si, convint le capitaine, mais il est décédé.

— C'est vraiment pas de pot ! ironisa Montaigne.

— Et même de maladie, rajouta Cassel.

— Inutile de le justifier, on s'en balance complètement, il est mort, point ! conclut Montaigne, irrité par le manque de bonne volonté de Cassel.

Ce dernier lança un regard de travers au commandant.

— Tu commences sérieusement à me courir ! Que cherches-tu, à la fin ? se rebiffa-t-il.

— Je cherche un début de piste, voilà tout ! Je vais demander aux services de l'anthropométrie de prendre un cliché de la victime et de le rendre acceptable pour la presse, proposa Montaigne.

— Un appel à témoin, tu veux faire un appel à témoin, c'est ça ? répéta Cassel.

— C'est exactement ça !

Le silence retrouvé, chacun chercha le début d'une orientation à donner à l'enquête.

Au bout d'un moment, Montaigne fut le premier à livrer ses impressions.

— Ce meurtre me paraît curieux. Je veux dire : il arrive dans un contexte surprenant.

— Lequel ? voulut savoir Cassel.

Montaigne eut quelques réticences à exprimer le fond de sa pensée. Il l'admettait, son idée ne reposait sur rien de tangible. Tout au plus, n'était-elle qu'une supposition parmi d'autres. Mais qu'elle fût pertinente ou pas, il n'en savait rien. Elle lui était venue à l'esprit, comme ça.

— Dis toujours, l'incita Cassel.

— Caplan ! finit par lâcher Montaigne.

— Que vient-il faire là ? répliqua Cassel, surpris.

Montaigne le reconnaissait volontiers, et il ne l'avait pas caché, sa proposition n'était rationnelle en rien. C'était une intuition. Il voyait entre la libération de Caplan et ce meurtre, une concomitance troublante. Uniquement cela. Et, puisqu'ils cherchaient une voie à leur enquête, il ne leur en coûterait rien de procéder à une vérification de l'emploi du temps de Caplan. De plus, cela lui procurait une raison valable d'approcher cet homme énigmatique. Cassel n'avait aucune objection à émettre, sinon qu'il réitérerait son souhait : se tenir en dehors de tout ça. Et quoi qu'il arrivât avec Caplan, il dégageait sa responsabilité. Montaigne trouvait cela normal.

Toutefois, Cassel émit des doutes quant à l'implication de Caplan dans le meurtre du quai Saint-Louis.

Dix ans auparavant, il avait utilisé une arme blanche pour commettre son crime, et non une arme à feu, comme c'était là le cas. L'un n'empêche pas l'autre, estima Montaigne.

Cassel était d'un avis contraire : les deux meurtres perpétrés étaient dissemblables à tout point de vue.

Montaigne reprocha à Cassel son illogisme. Ne tenait-il pas un discours inverse à l'encontre de Caplan, voyant toujours en lui un criminel potentiel au moment de sa libération. Il alla même plus loin dans son raisonnement. Le crime du quai Saint-Louis, ne serait-ce pas non plus l'occasion offerte, et rêvée par Cassel, de ramener Caplan une fois pour toutes derrière les barreaux…

— Tu ferais ça, toi ? demanda Cassel.

Montaigne émit une mimique laissant croire qu'il n'y était pas opposé, dans la mesure où Cassel était lui-même d'accord.

— Oui, mais voilà, on retombe toujours sur le même problème, insista Cassel. Si Caplan ne possède pas une arme à feu, il sera difficile de lui imputer le crime du quai Saint-Louis.

— Cassel, tu me traites de poussin, mais parfois, toi aussi, tu me fais l'effet d'un poulet débutant. Caplan peut s'être débarrassé de son arme en la jetant dans la Loire… suggéra Montaigne. En lui mettant la pression, il avouera l'avoir fait. Tu vois où je veux en venir ?

— Extorquer de faux aveux sous la contrainte… Hum… dit Cassel, songeur.

— Il existe aussi une autre méthode, enchaîna Montaigne.

Celui-ci ouvrit le tiroir de son bureau, sortit un pistolet et le plaça sur son bureau.

— Et ça, à ton avis, qu'est-ce que c'est ?

Cassel émit un petit sifflement admiratif.

— T'es un p'tit malin, toi ! D'où détiens-tu cette arme ?

— La récup'.

— Mais c'est un…

— Manurhin, calibre 357 Magnum*, canon de trois pouces. On peut, pourquoi pas, la retrouver au domicile de Caplan au cours d'une perquisition, évoqua Montaigne d'un air entendu.

— Pas mal vu, admit Cassel.

Puis, semblant mesurer le risque d'une telle entreprise, Montaigne revint sur ses propos. Cela ne lui paraissait pas raisonnable, surtout concernant Cassel. N'avait-il pas, cinq minutes auparavant, émis le souhait de ne pas être mêlé de près ni de loin à une affaire concernant Caplan ? Effectivement, avait reconnu celui-ci. Mais Montaigne lui avait amené l'affaire d'une manière telle qu'il s'était dit : pourquoi pas ?

— Oui, mais imagine que l'on arrête un autre coupable, le vrai, après la parution de la photo de la

*Le diamètre réel est de 9 mm 06. Couramment désigné par calibre 9.

victime dans la presse ? On aurait l'air de quoi si ce n'est pas Caplan, hein, Cassel ?

— Bien, bien, répliqua celui-ci, contrarié, alors laissons tomber cette idée et n'en parlons plus. N'empêche, elle était séduisante !

— Le coup du flingue retrouvé chez lui, je le reconnais, c'est un peu vicieux. En revanche, la vérification de son emploi du temps peut s'avérer utile, estima néanmoins Montaigne. Nous pouvons commencer par là. Personne ne nous le reprochera.

*

*   *

Charly se retourna dans le lit, sentit le corps tiède de Betty contre le sien. Amants d'infortune ou amants maudits ? Si on le lui avait demandé, il n'aurait su répondre.

À la suite d'une longue conversation, Betty s'était abandonnée dans ses bras. Peut-être bien était-ce pour lui donner un peu de son amour en retour. Toujours est-il que lui aussi avait cru lire dans son regard suppliant : dis, nous n'allons pas en rester là, nous quitter comme ça ? À ce moment-là, il aurait dû partir. Il le regrettait déjà.

Elle dormait paisiblement, son corps comblé par l'amour, sa tête libérée d'une histoire remontant à dix ans. Elle lui avait tout dévoilé. Du moins, ce qu'elle savait. Elle culpabilisait même de s'être tue trop longtemps, elle s'en était voulu plus d'une fois tout au long de ces années, jusqu'à se détester parfois. Elle ne se donnait aucune excuse. Seule, la peur l'avait fait hésiter. À cause de cela, assise sur le bord de son lit, elle s'était dite indigne, lâche. Elle avait versé beaucoup de larmes, avait supplié Charly de la comprendre, de la pardonner. Sa sincérité avait touché Charly.

Elle était arrivée à ne plus supporter ce fardeau, un innocent croupissait dans une cellule. Elle voulait dénoncer cette injustice mais ne savait comment s'y prendre afin de ne pas risquer sa propre vie. Et puis, un jour, elle avait appris que l'on pouvait saisir un juge. Aussi s'était-elle décidée à écrire. La machine judiciaire s'était mise en route. Cela avait mis du temps. Charly venait enfin de comprendre les raisons de sa libération anticipée… Celle-ci reposait uniquement sur le témoignage de la femme qu'il venait d'étreindre.

Il ne lui en voulait pas d'avoir attendu si longtemps pour dire la vérité. La peur et l'erreur ne sont-elles pas intrinsèques à l'humain ? Oui, il lui pardonnait.

Étoffe impartie à un corps, la robe bleue à paillettes d'or avait été abandonnée sur le plancher. Charly la regardait. Il garderait le souvenir de leur étreinte. Mais pour combien de temps encore ? Ses jours étaient en sursis. Il était dans le dernier couloir, celui dont on ne revient pas. Peut-être, elle et lui se reverraient-ils dans une autre vie pour s'aimer de nouveau ? Il ne devait surtout pas quitter cette terre en nourrissant de la rancœur envers cette femme dont le seul tort était de ne pas l'avoir innocenté plus tôt.

Il se leva sans faire de bruit, rassembla ses vêtements. Il entrouvrit deux portes avant de trouver la salle de bain, prit une douche rapide et s'habilla. Il ne put s'empêcher de repasser par la chambre et, comme à regret de la quitter, il posa une dernière fois son regard sur Betty. Sans aucun doute, elle serait la dernière femme qu'il aurait aimée…

Il se retirait sur la pointe des pieds, quand la sonnerie de la porte retentit. D'un geste vif, il plongea sa main dans la poche de son pardessus, saisit son arme. Comme un fauve aux aguets, il attendit.

On sonna plusieurs fois.

Betty finit par se réveiller en poussant des petits gémissements de contrariété. S'interrogeant sur cette obstination à sonner à sa porte, elle leva la tête de son oreiller. Puis, se retournant, elle aperçut Charly, debout au milieu de la pièce, un revolver à la main. Son index posé sur ses lèvres jointes, il lui signifiait de garder le silence. Que se passait-il ? Elle ne comprenait pas ! On sonnait toujours avec insistance, on l'appelait même par son prénom en tambourinant maintenant sur la porte. Une voix d'homme ! Celui-ci savait certainement qu'elle était chez elle. Une urgence ! Mais laquelle ?

Elle se leva, se précipita vers une armoire, sortit une robe de chambre et la revêtit tout en chuchotant à Charly :

— Je dois ouvrir, je ne peux pas faire autrement.

Charly la sentait fébrile, apeurée. Il esquissa un sourire pour la rassurer. Il était là ! Gagnée par un mauvais pressentiment, elle s'agrippa à Charly, se pelotonna contre lui comme pour chercher refuge dans ses bras. Il la repoussa doucement et, par gestes, lui fit comprendre d'ouvrir à son visiteur.

Charly se plaça de manière à être caché par la porte lorsque celle-ci s'ouvrirait. Betty rassembla les revers du col de sa robe de chambre et les maintint d'une main pour cacher la naissance de sa poitrine. Elle ouvrit.

— C'est toi, Betty ? l'apostropha aussitôt un inconnu.

— Oui… Mais je ne vous autorise pas à me tutoyer ! dit-elle, outrée. Qui êtes-vous ?

— Pas d'manières entre nous ! Chuis le nouveau, j'travaille aussi pour Bob. J'remplace celui qui s'est fait buter.

— En effet, j'ai appris cette histoire par Robert Mantini.

— Alors, c'est vrai ce qu'on dit, c'est toi la star du blues ?

— Où veux-tu en venir ? Dépêche-toi !

— Bob, il veut te voir. Il dit qu'un certain Novelly l'a appelé.

— À propos de quoi ?

— Ben, viens et tu le sauras !

— Dis-lui que j'arrive.

— Tss, tss, tu viens avec moi. Laisse-moi entrer en attendant que tu te prépares.

— Non, il n'en est pas question ! répondit Betty, inquiète de ces manières.

Portant sur elle un regard égrillard, l'homme tenta alors de s'immiscer, comme ça, de son air le plus naturel. Betty comprit très vite où celui-ci voulait en venir. Elle tenta de refermer la porte, mais il avait déjà mis son pied pour la bloquer. Il émit un petit rire en exerçant une pression sur la porte.

Pour empêcher l'homme de forcer le passage, Betty y mettait toutes ses forces. Charly décida d'intervenir. Par obligation, il bouscula énergiquement Betty. Tandis qu'elle partait à la renverse, il ouvrit largement la porte et fit face à l'homme.

Celui-ci, complètement ahuri par ce revirement de situation, n'eut guère le temps de comprendre. Une main ferme l'empoigna par le col de sa veste et l'attira à l'intérieur de l'appartement. Collé au mur, il se retrouva avec le canon d'un revolver pointé sous le nez.

Le menaçant toujours de son arme, Charly l'obligea à entrer dans le salon, le força à s'asseoir sur une chaise. Il réclama à Betty le nécessaire pour le ligoter. Il pressentait un vertige. Les tout premiers signes se manifestaient…

Betty, elle, tremblait de tous ses membres. Après les moments de bonheur passé dans les bras de Charly, elle avait dû faire face à ce réveil brutal, puis à cette violence soudaine et, pour le coup, elle ne savait plus trop bien où elle en était. Un peu déboussolée, elle cherchait autour d'elle ce qui conviendrait, sans le trouver pour autant.

— Que veux-tu, exactement ? finit-elle par lui demander.

— Ce que tu as sous la main, s'énerva Charly, mais fait vite !

Betty, affolée, disparut dans la cuisine, ouvrit les tiroirs, les portes des placards. Que voulait-il au juste ? Elle n'avait rien, même pas un malheureux bout de ficelle à rôti !

— Ça vient ? cria Charly.

— Oui, voilà, voilà ! répondit-elle, perdant un peu plus ses moyens parce qu'il la pressait de trouver ces fichus liens.

— Des ceintures, tu mets bien des ceintures, non ? cria Charly cette fois.

— Oui, bien sûr ! dit-elle, découvrant à l'instant même deux gros rouleaux de ruban adhésif marron oubliés au fond d'un meuble. Voilà qui ferait l'affaire !

Revenue dans le salon, elle montra sa trouvaille à Charly. Il ne pouvait souhaiter mieux ! La douleur montait dans sa tête.

— Vite, fais vite ! lui enjoignit-il.

S'aidant d'un ongle, Betty tentait désespérément de décoller le début du ruban. Elle n'y parvenait pas, sa main tremblait…

Le malaise gagnait Charly. Il suppliait Betty pour lui-même :

— Dépêche-toi, bon sang… Dépêche…

Un vague de chaleur envahit sa tête, sa vue se brouilla, tout se mit à tourner. La douleur augmentait. Il chercha un appui, une assise.

Betty avait enfin réussi à décoller ce fichu ruban. Elle entourait aussi vite qu'elle pouvait le corps de l'homme en le liant au dossier de la chaise. Elle prit conscience du malaise de Charly et, dans la panique, commit une erreur. Elle cessa brusquement ce qu'elle faisait pour se précipiter vers lui.

L'homme ne mit pas longtemps à comprendre. Il reprenait l'avantage. Il se redressa en emportant la chaise avec lui. Il se dirigeait vers Charly et Betty pour les neutraliser. Dans le même temps, il tentait de libérer ses bras maintenus par le ruban adhésif.

Charly était assis sur le plancher, de sa vision altérée, il devina une masse sombre venir vers eux. Il repoussa Betty et, dans un ultime effort, il balaya le plancher de ses jambes tendues. Ses pieds heurtèrent un obstacle. Il entendit l'homme pousser un cri. Betty en émit un dans le même temps : « Oh, mon Dieu ! » Un choc suivit, puis plus rien. Seulement la voix de Betty. Inquiète, elle suppliait Charly de la rassurer. Il était bien incapable de répondre. Il se laissa aller, s'allongea sur le sol et ferma les yeux. Progressivement la transpiration fit son effet. La douleur diminua d'intensité, jusqu'à disparaître.

Charly rouvrit les yeux, se redressa en appui sur un coude, vit l'homme, toujours maintenu à la chaise, écroulé près d'une commode. Betty lui donna l'explication : déséquilibré, la tête de celui-ci avait heurté le meuble. Elle s'inquiéta du malaise de Charly.

— Ce n'est rien, éluda-t-il sur le ton de la désinvolture. Après avoir récupéré complètement, il se releva.

L'homme respirait. Assommé par le choc, il avait une blessure à la tête. Betty prenait déjà la pleine mesure des ennuis qui allaient s'abattre sur elle. Qu'allait-elle dire à Mantini ? Que son nouvel affidé aurait abusé d'elle si un autre homme n'avait pas été là pour l'en empêcher ? Cela ne tiendrait pas longtemps. Celui qui gisait à terre se défendrait du contraire. Dans ce milieu, on cherche toujours à se venger des affronts. Tôt ou tard, Mantini apprendrait qu'il s'agissait de Charly. Et d'augurer combien il était dangereux pour elle de remettre les pieds au Blue Paradise…

— Cet homme n'est jamais parvenu jusque chez toi.

— Comment ça ? s'étonna Betty.

— Je m'occupe de lui. Ne sois pas inquiète pour le Blue Paradise, la rassura Charly.

Betty se fit plus insistante. Mais il se garda d'en dire plus, la suite était son problème. En revanche, avant qu'elle ne rejoignît le cabaret pour la soirée, il lui demanda d'aller récupérer sa voiture abandonnée sur le parking de l'île Gloriette et de la garer non loin de l'immeuble, puis de lui redonner les clés.

Charly acheva de ligoter l'homme et le bâillonna. Puis, le traînant sans ménagement jusqu'à la salle de bain, il lui mit ensuite la tête dans la baignoire et la passa sous un jet d'eau froide. Celui-ci se réveilla et frétilla vainement comme un poisson hors de l'eau. Charly l'abandonna sur le carrelage puis revint dans le salon.

Betty enlaça le cou de Charly, l'embrassa, puis, pressant son corps contre le sien, elle nicha sa tête au creux de son épaule et resta ainsi sans rien dire. Elle était bien dans les bras de cet homme…

Charly ne savait si c'était en remerciement de l'avoir sortie d'un mauvais pas ou si elle était réellement amoureuse de lui.

— Quand nous reverrons-nous ? demanda-t-elle. C'était ce que Charly redoutait le plus…

*

*   *

Li faisait rebondir sa petite balle de mousse contre la façade de l'immeuble. Elle la rattrapait après avoir claqué rapidement ses mains dans son dos. Plus audacieuse parfois, elle pivotait d'un tour complet sur elle-même avant de réceptionner son jouet. Mais cette tentative n'était pas toujours couronnée de succès.

C'est ainsi, alors que sa balle roulait à terre et qu'elle la suivait des yeux en courant après elle, que Li la vit disparaître sous la semelle d'une chaussure. Celle d'un homme. Elle releva la tête. Ils étaient deux, marchant côte à côte. Celui qui venait de bloquer la balle lui adressa un sourire. L'autre continuait de parler comme si rien n'était. Ils s'écartèrent afin d'éviter Li et poursuivirent leur chemin.

Li ramassa sa balle et se retourna. Elle connaissait le plus grand des deux. Elle l'avait déjà vu rôder dans les parages. L'autre, non. Ils entraient dans l'immeuble ! Li remonta chacune de ses socquettes, puis courut afin de les rejoindre. Elle poussa la porte d'entrée. Les deux hommes montaient déjà aux étages. Elle se mit à les suivre, comme ça, mine de rien. Ainsi, elle les surprit à sonner chez Charly. Elle resta sur le palier à les regarder, à les écouter parler entre eux :

— Il est absent, on lui laisse une convocation.

— Oui, mais son nom n'apparaît sur aucune des boîtes aux lettres.

— Pas grave, on la glisse sous la porte, c'est pareil.

Puis prenant soudainement conscience de sa présence, ils s'adressèrent à elle :

— Tu habites ici ?

— Hum, acquiesça Li en remuant sa tête.

— Et tu connais ton voisin ?

Cette fois, elle la secoua de façon négative.

— Bien, dit Montaigne à Cassel, on lui colle une convoc' pour demain matin…

*

*　*

Trois heures à la montre de Charly. De l'une des fenêtres de l'appartement de Betty, il prenait la mesure de la densité de la circulation sur le cours des Cinquante Otages. Elle était pour ainsi dire inexistante. Celle des piétons aussi. Betty avait rejoint le cabaret à son heure habituelle. C'est-à-dire, vers les vingt heures.

Charly ne cessait de repenser aux aveux de Betty. Elle lui avait révélé ce qu'elle savait de cette soirée qui lui avait coûté dix ans derrière les barreaux. Du flunitrazépam, la fameuse drogue de l'oubli, ajouté dans son verre, à son insu, bien sûr ! Ce cocktail, d'alcool et de drogue, avait fait de sa vie un enfer.

Ce mélange était dangereux. À forte dose, c'était la mort assurée. Betty l'avait lu sur la posologie de la boîte récupérée dans la poubelle où Mantini l'avait jetée pour s'en débarrasser.

Oui, il était de passage à Nantes. Alors, ce soir-là, fêtait-il un événement ou tentait-il d'en oublier un ? Il n'en avait gardé aucun souvenir. Pourtant, de par son métier, il était plutôt du genre sobre. De plus, cette façon de noyer ses sentiments dans un verre, de se laisser aller, n'était pas dans ses habitudes. Peut-être était-ce sous l'effet d'un coup de blues… Ça peut arriver. Toujours est-il que, d'un bar à un autre, il avait déjà un peu bu lorsqu'il avait franchi la porte du cabaret. Betty l'avait remarqué. Un peu bu était probablement une marque d'indulgence de sa part, pensa Charly et trop n'était peut-être pas exagéré pour qu'il ne se soit pas rendu compte de la supercherie. Quand bien même, quelles raisons aurait-il eu de se méfier en poussant la porte de cet établissement ? Absolument aucune !

Le vieux, selon Betty, avait tout manigancé. Mantini était soumis à cet homme, il était l'exécuteur de ses basses œuvres. Maintenant, tout cela avait changé, Mantini tenait les rênes de l'affaire. Le vieux s'en était allé les pieds devant, mais pas chez saint Pierre ; ça, certainement pas ! De préférence, dans un lieu où règne une chaleur intense, avait précisé Betty.

Mais, pour Charly, le mystère subsistait toujours quant à sa présence dans l'appartement du policier assassiné. Par ailleurs, cela ne le disculpait nullement du crime. Il avait pu le commettre et, sous l'effet de la drogue, oublier totalement son acte. Sur ce drame, Betty avait été incapable de lui apporter la moindre réponse. Pourtant, elle avait l'œil ! Rien de ce qui se passait au cabaret ne lui échappait. C'est ainsi qu'elle avait surpris Mantini, à l'instant même où celui-ci faisait le mélange dans le verre de Charly. En revanche, quant aux événements consécutifs et à la finalité de cet acte, elle était bien incapable d'en dire plus. De mémoire, Mantini et ses hommes étaient sortis de l'établissement à l'instant même où Charly en faisait tout autant.

Hors de l'établissement, tout lui échappait, elle ne contrôlait plus rien. Elle n'était pas non plus dans la confidence.

— Dans ce milieu, les femmes sont considérées trop bavardes. Elles ne savent pas tenir leur langue, n'apportent généralement que des ennuis ! Voilà l'opinion qu'ils se font de nous, avait dit Betty, particulièrement remontée contre Mantini et ses hommes.

Charly s'était bien gardé de lui faire la moindre remarque sur ce sujet. Même sur le ton de la plaisanterie, cela eût été de mauvais goût. N'était-ce pas justement une femme qui les avait dénoncés en écrivant à un juge ? Elle, en l'occurrence ! Mais bon…

Il détourna son regard de la fenêtre pour le porter sur l'homme ligoté, allongé à même le plancher. Il s'en approcha et lui donna un coup de pied dans les côtes. Celui-ci, surpris, se cabra en poussant un grognement de protestation étouffé par son bâillon.

— On se calme, on va y aller, le prévint Charly, je vais chercher la voiture.

Dix minutes plus tard, le véhicule était garé sur le trottoir devant l'immeuble. Il remonta à l'étage.

— Je libère tes jambes, ainsi tu pourras marcher jusqu'à la voiture. Un bon conseil, tiens-toi tranquille, l'avertit Charly en lui prêtant assistance pour le remettre sur pied.

Ensuite, il le poussa hors de l'appartement, ferma la porte à clé. Retenant son prisonnier par le col de sa veste, il descendit les marches. Parvenu au rez-de-chaussée, et comme convenu avec Betty, il glissa la clé dans la boîte aux lettres. Par la porte de l'immeuble entrouverte, il s'assura que la voie était libre.

L'opération ne devait pas avoir de témoin. Sans le ménager afin de ne pas perdre de temps, il obligea l'homme à entrer dans le coffre de sa voiture. Puis il se glissa derrière le volant.

Peu de temps après, il circulait dans la campagne, à l'est de la ville. Il quitta la route départementale sur laquelle il roulait pour s'engager dans un chemin empierré. Il parcourut quelques mètres cahoteux avant de stopper sa voiture, phares allumés.

Cette nuit de pleine lune était particulièrement fraîche. Charly remonta le col de son pardessus. De la buée s'exhalait de sa bouche lorsqu'il expirait. Les mains enfouies dans ses poches, il fit le tour de son véhicule sans se presser, s'imprégnant dans le même temps de l'atmosphère de ce lieu retiré. Pas un bruit, un calme profond dominait. Les ombres des arbres des talus se découpaient sur un fond de nuit bleutée, étoilée. Plus loin, au-dessus de la ville, les lumières créaient un nimbe de teinte sépia se confondant avec le ciel. Charly prit de longues inspirations d'air pur.

Décidé d'en finir, il ouvrit le coffre de la voiture. L'homme s'y tenait recroquevillé en position fœtale. Il l'empoigna par le col de sa veste pour l'extirper de ce logement inconfortable, sans précaution bien évidemment. L'autre s'affala par terre en râlant tout ce qu'il pouvait, muselé par son bâillon.

Charly l'agrippa, le remit sur pied et, toujours sous la menace de son arme, il l'aida à se défaire de ses derniers liens sans relâcher sa vigilance.

— Tu pars dans cette direction, lui indiqua Charly, montrant le chemin qui s'enfonçait dans le noir absolu, au-delà de la portée des phares. L'homme ne se le fit pas dire deux fois, même s'il appréhendait la suite. S'en remettant à la chance, il détala droit devant avec son bâillon.

Charly leva son bras. D'une main ferme, il pointa son arme…

XVI

Deux jours plus tard, fumant de rage, Mantini débarquait au cabaret. Dans la soirée, il avait appris par la presse la mort de son nouvel homme de main. Selon l'article, ce dernier avait été découvert par un agriculteur alors que celui-ci se rendait à son champ. La victime avait été abattue d'une balle en pleine tête. La piste d'un règlement de compte était privilégiée. La presse n'en disait pas plus, aucune information particulière ne lui avait été communiquée par la police.

Au Blue Paradise, on n'en menait pas large ! Mantini était à l'affût du moindre écart d'un membre du personnel. Une façon de passer ses nerfs. Les filles l'évitaient. Un geste, un simple regard ou encore une parole pouvait se retourner contre elles.

Betty non plus n'était pas à son aise. De soirée en soirée, elle ressentait une ambiance malsaine croître dans le cabaret. Elle tentait bien de se raisonner, de se persuader : sa crainte permanente était mauvaise conseillère et celle-ci, de toute évidence, ne faisait qu'altérer sa perception de la situation. N'empêche, elle n'arrivait vraiment pas à se libérer de cette pensée. Se disant que, tôt ou tard et d'une manière ou d'une autre, Mantini finirait par apprendre sa trahison, la peur ne la quittait plus. Les filles l'admettaient aussi, depuis quelque temps, il flottait une sorte d'excitation désagréable dans l'air. Elle n'était donc pas la seule à le penser et cela augmentait un peu plus son trouble. Parfois, elle se demandait comment toute cette histoire allait se terminer. Mais ça s'arrêtait là parce qu'elle n'osait même pas l'envisager !

Seuls, les musiciens paraissaient ne pas être concernés. Eux avaient toujours l'air de n'avoir rien entendu ni vu. « Après tout », se dit Betty, « peut-être est-ce une différence d'appréhension des événements entre les hommes et les femmes ? »

Ce soir, indifférents à la mauvaise humeur de Mantini, ils improvisaient, chacun à leur tour, en respectant la grille des accords déterminée à l'avance entre eux pour le plaisir de revisiter les standards célèbres à leur façon*. Ils donnaient l'impression d'appartenir à un monde à part. Pour autant, ils n'étaient nullement enfermés dans leur bulle musicale, comme on aurait pu le croire. Bien au contraire. Et, lorsqu'ils n'étaient pas occupés comme à l'instant à ces petites digressions des partitions de leur répertoire, du haut de la scène, rien de ce qui se passait dans le cabaret ne leur était étranger.

Ce n'était pas tant la disparition de son employé qui mettait Mantini dans tous ses états, de cela il n'en

---

*Une récurrence chez les musiciens de jazz.

avait rien à faire, c'était la signification de l'acte. Et là, il commençait à douter. Il n'était plus aussi sûr de lui. Gagné par l'impression désagréable de ne plus rien maîtriser du tout, sa colère du moment traduisait cette crainte.

— Betty, viens me voir, tu veux bien ? cria-t-il pour couvrir le son de la musique, en s'asseyant à sa table habituelle, toujours flanqué de Jos Attal et de l'homme aux petits yeux.

Betty préparait son fond de caisse. À l'appel, elle tressaillit. Son rythme cardiaque s'accéléra. « Cette fois, tout va me retomber dessus ! », pensa-t-elle.

— Voilà, Bob, j'arrive.

— Dis-moi, Betty, pourquoi le type n'est jamais arrivé chez toi ?

— Nous en avons déjà parlé longuement le soir de sa disparition, Bob. Tu me l'as dit : il venait chez moi de ta part parce que tu souhaitais me voir au sujet de Novelly. Or, cet homme, je ne l'ai jamais vu. Je ne peux rien te dire de plus…

— Je me pose une autre question, Betty. Il venait tout juste d'intégrer le personnel. D'abord, comment le savait-on et pourquoi l'avoir abattu, lui ? Cela m'intrigue beaucoup.

Elle faillit lui éclater de rire au nez. « Intégrer le personnel ! Rien de moins », se dit-elle. « Décidément, Bob se pense à la tête d'une multinationale ! »

— Là non plus, je n'en sais pas plus que toi, Bob. Cet homme, je ne le connaissais même pas.

— C'était mon pote, grincha celui aux petits yeux avec un fond de regrets éternels dans la voix. Puis, changeant de ton, il en bégaya de colère : si je… je… tiens lc salaud, je… je… te jure qu'il va…

— Ouais, bon ça va, ferme-la, grogna Mantini. Tiens, si ça avait été toi, j'aurais mieux compris.

— Comment ça ? reprit l'autre, interloqué.

— Réfléchis un peu, crétin ! Toi, on te connaît et si l'on veut me donner un avertissement, il est plus normal que l'on s'en prenne à toi ou à Jos. Deux morts tout de même, mais à travers eux, c'est moi qui suis visé, nom de Dieu ! dit-il en se frappant la poitrine.

— Calme-toi, Bob ! conseilla Betty.

Mantini garda le silence un moment. Puis annonça qu'il tenait peut-être le début d'une explication. Tout cela était encore nébuleux dans sa tête mais quelqu'un de son entourage l'avait trahi, lui, Mantini, en donnant la dernière victime au tueur ou quelque chose d'identique ! Autrement, il ne comprenait pas. Autre pressentiment : le traître évoluait au sein du Blue Paradise.

Les jambes de Betty ne la portaient plus, mais elle n'en laissa rien paraître.

— Et si ce règlement de compte concernait une affaire antérieure à sa venue dans l'équipe ? suggéra-t-elle, cherchant à créer la diversion.

— Exprime-toi mieux, Betty…

— Tu n'es peut-être pas visé, Bob. Tu vois bien où je veux en venir, non ?

— Non.

— Ceux qui en voulaient à ce type étaient peut-être bien plus nombreux qu'on ne le pense. Celui-ci avait sans aucun doute un casier judiciaire chargé lorsque tu l'as embauché…

— Mais qu'est-ce que tu racontes, Betty ? Un casier judiciaire bien rempli, c'est presque une condition pour travailler ici ! On ne fait pas de discrimination, nous !

— Hé ! Ho ! s'interposa l'homme aux petits yeux, d'accord, mon pote ne faisait pas du tricot ni du canevas, mais lui et moi, on se disait tout et question de…

— On a compris ! Je t'ai dit de la boucler ! l'interrompit Mantini. Ça m'empêche de réfléchir… Deux morts, ça commence à faire beaucoup tout de même, soliloqua-t-il, pensif. Et abattus de la même façon… Tss, tss, c'est cette histoire du vieux qui refait surface. J'ai ma petite idée, je sais qui a encore fait le coup !

— Qui, Bob ? Dis-le-moi tout de suite et je lui fais la peau ! proposa aussitôt l'homme aux petits yeux, soudainement surexcité.

— Tu le sais très bien, idiot ! Mais j'ai un meilleur plan, le rassura Mantini.

Ce dernier, s'il ne débordait pas de subtilité, savait se montrer pragmatique dans certaines situations. Une fois encore, pour lui, l'enquête des policiers les conduirait tôt ou tard au Blue Paradise, donc exécuter Caplan ne ferait qu'aggraver la situation. En toute logique, cela renforcerait la thèse du règlement de compte qu'avait évoquée la presse. Et là, à n'en pas douter, le passé serait remué. Il ne valait mieux pas !

— Je te laisse, Bob, je vais sur la scène chauffer ma voix avant l'arrivée des premiers clients, le prévint Betty, en partie rassurée.

Apparemment, Mantini ne se doutait toujours de rien. Mais elle le prenait comme un sursis.

Mantini, lui, se leva de sa chaise pour aller à la caisse. Il en sortit des billets qu'il glissa dans sa poche.

Sur la scène, les yeux fermés, Betty n'était déjà plus là. Elle revivait sa nuit avec Charly…

— *…I've made up my mind, to live in memory of the lonesome time, I can't stop loving you…*

*

* *

Le revolver était entièrement démonté et chaque pièce alignée sur la table dans un ordre rigoureux. Charly nettoyait son arme, graissait le mécanisme. Une ancienne habitude. Durant ce temps, il prêtait une oreille à la radio…

— *Boom, boom, boom boom**, I gonna shoot you right down, Right off of my feet…*

Après avoir passé l'écouvillon dans le canon, il

---

*Titre de John Lee Hooker. Onomatopée désignant, par extension dans le langage du blues, une arme à feu, un revolver…

pointa ce dernier vers l'ampoule du plafond pour examiner d'un œil l'intérieur du cylindre. Rien à dire. Cependant, il ne put s'empêcher de souffler dedans pour en chasser la plus infime particule de poussière par crainte qu'elle ne vînt à enrayer le mécanisme. Une maniaquerie de sa part. Il commença à assembler les différentes parties de l'arme.

Après sa journée passée avec Betty, en entrant chez lui, il avait trouvé, glissée sous sa porte, une convocation pour le commissariat. La décision de prendre son temps pour s'y rendre lui était venue immédiatement à l'esprit. Il n'était soumis à aucun contrôle judiciaire et ne voyait aucune raison de se précipiter. Son attitude n'en était pas moins provocatrice.

Le lendemain matin, Li s'était empressée de l'informer. Elle avait reconnu l'un des deux hommes venus remettre la convocation. Un grand comme ça ! lui avait-elle montré en levant son bras et en se dressant sur la pointe de ses pieds pour atteindre, en vain, la hauteur souhaitée. Un peu comme toi, avait-elle fini par évaluer en jaugeant Charly de la tête aux pieds. Il était le fameux quatrième qui, comme les autres, épiait quelquefois l'immeuble !

Un flic ? Sur le coup, Charly n'en était pas revenu. Celui-ci cherchait-il la vengeance ou se prêtait-il seulement à une surveillance ?

Le poste se mit à grésiller, devint assez vite inaudible. Charly tapota dessus. Rien n'y fit. Que se passait-il ? Il râla pour lui-même : comme un fait exprès, ça tombe toujours au meilleur moment ! Il se saisit du poste, actionna la mollette des ondes sans résultat. Cela venait peut-être bien des piles, comme le lui avait déjà conseillé Li. Eh bien, non ! Juste avant d'entreprendre cette vérification, le poste se remit à fonctionner de lui-même. Des parasites probablement. Il chercha une nouvelle fréquence et tomba sur une annonce : l'émission, Poussières d'étoiles*, consacrée au jazz, allait débuter. « Une heure d'écoute de cette musique ! Je n'en espérais pas autant ! » se dit-il, ravi.

Le remontage de son arme achevé, du plat de la main, il donna un coup sur le barillet. Celui-ci se mit à tourner en émettant un léger cliquetis. Enfin, il introduisit une balle dans chacune des chambres.

On sonna à sa porte. Aussitôt sur ses gardes, son revolver à la main, sans faire de bruit, il alla s'assurer à l'œilleton de la porte. C'était Shan. Se trouvant un peu stupide avec son arme à la main, il s'en débarrassa rapidement avant d'ouvrir.

Elle tenait un plat recouvert d'une feuille d'aluminium.

— Bonsoir, dit-elle, j'ai pensé à vous, ce sont des raviolis aux crevettes, j'ai mis aussi la petite sauce avec, très importante la petite sauce, monsieur Charly !

Touché par cette attention, il était gêné. Soudain, un

---

*Alternantes, 98.1 FM. Émission animée par Jean Neveu, le vendredi à partir de 21 heures 30.

claquement de porte résonna dans les étages au-dessus. Des cris, accompagnés de divers bruits, ne tardèrent pas à suivre.

— Ils se disputent toujours le soir, environ à cette heure-ci, commenta Shan.

— Oui, c'est ce que nous appelons en France du remue-ménage ! Tout de même, ils devraient se calmer. Il y en a marre d'entendre ça tous les jours, estima pour sa part Charly.

— Je suis habituée, ça ne dure pas ; après, elle s'en va, précisa-t-elle.

— Eh bien, autant qu'elle ne revienne pas, cela nous éviterait bien des désagréments. Ah, et encore merci pour les raviolis ! Voulez-vous entrer ? lui proposa Charly.

— Oh ! Non, non, répondit Shan en engageant un repli en direction de son appartement, Li m'attend…

XVII

Le service de la balistique était formel dans ses conclusions : pour commettre les crimes du quai Saint-Louis et celui du chemin rural près de Nantes, des armes différentes avaient été utilisées. En revanche, les calibres étaient identiques.

Les avis de Cassel et Montaigne divergeaient, non pas sur le rapport technique rendu par l'expert, mais sur le nombre possible de tueurs.

— Deux ! affirma pour sa part Cassel.

— Comment oses-tu avancer une chose pareille ? lui reprocha Montaigne.

La tension entre eux était palpable.

Cassel s'attachait davantage à la méthode appliquée aux deux crimes. Et là, les dissemblances ne manquaient pas. La plus évidente, celle qui lui venait immédiatement à l'esprit, résidait dans le mode opératoire. Il défendit sa façon de voir : pour quelles raisons l'une des victimes avait-elle été exécutée à la campagne dans un lieu quasiment désert, et dans des circonstances particulièrement surprenantes puisque celle-ci portait un bâillon, et l'autre en pleine ville, pour ne pas dire sous les yeux du public ! Pour lui, cette différence était suffisante pour accréditer la thèse de deux tueurs. Et, selon toute probabilité, ces deux crimes n'avaient donc rien à voir l'un avec l'autre.

Certes, admettait du bout des lèvres Montaigne, ce point de vue était défendable. Il reprochait à Cassel de ne pas prendre davantage en compte des circonstances particulières qui auraient amené un seul tueur à agir ainsi. Ces dernières, il le reconnaissait, restaient à déterminer.

— Que deux armes aient été utilisées, tu ne peux le nier ! s'emporta Cassel en se saisissant du rapport et en le tapotant de sa main.

Mais Cassel se trompait. Montaigne n'avait nullement l'intention de contester l'expertise.

En revanche, il commençait à en avoir assez d'entendre son collègue insister sur sa manière de voir les choses et de la considérer comme la seule vérité acceptable.

— Soit, nous sommes en présence d'armes distinctes. C'est le seul élément dont nous sommes certains, mais en aucune façon, ceci ne détermine le nombre de tueurs. D'abord, peux-tu me dire sur quels critères reposent les conclusions de l'expert ? voulut savoir Montaigne.

Cassel ouvrit la chemise contenant le document puis il le lut.

— L'arme utilisée pour commettre l'assassinat du quai Saint-Louis était un Manurhin 73 muni d'un canon de trois pouces. Interrompant sa lecture, il leva ses yeux vers Montaigne et eut cette réflexion : Tiens, comme ton arme de récup', celle que tu ranges dans le tiroir de ton bureau !

— Oui, bon, l'arme de service de tous les flics ! crut nécessaire de préciser Montaigne.

Cassel poursuivit :

— Concernant le crime commis à la campagne, un Manurhin 73 était aussi en cause, en revanche la particularité de cette arme était de posséder un canon de cinq pouces. Éditée à peu d'exemplaires, elle était utilisée avant tout par des spécialistes recherchant une précision de tir.

Cassel referma la chemise et la lança négligemment sur son bureau.

— Les dates de ces deux meurtres, releva Montaigne, comment expliques-tu qu'elles sont aussi rapprochées l'une de l'autre, nous ne devons pas négliger cet aspect !

— Bah, je ne maîtrise pas le calendrier des tueurs, ironisa Cassel.

— Tu ne maîtrises surtout rien, répliqua Montaigne, excédé.

— Pardon, répète un peu ?

— Tu as très bien compris, Cassel !

Ce dernier se montra menaçant :

— Oserais-tu le redire ?

— Si ça peut te faire plaisir, oui : tu ne maîtrises rien, voilà ce que je t'ai dit ! insista Montaigne.

Puis, il haussa le ton :

— Après tout, le nombre de tueurs importe peu ! Mais ce serait une erreur de dissocier ces deux crimes ; ils sont étroitement liés. Depuis la libération de Caplan, ils s'inscrivent dans une sorte de suite logique, voilà ce que je pense ! finit par lâcher Montaigne.

— Ah, le revoilà, l'homme qui t'intrigue tant ! fit remarquer Cassel, sarcastique.

Piqué au vif, Montaigne réagit aussitôt. Saisissant le capitaine par le col de son blouson, il l'accula sans ménagement contre une armoire métallique. Sous l'effet de la poussée, celle-ci pencha légèrement en arrière avant de reprendre sa place. À l'intérieur, il y eut un vacarme de tous les diables. Posés en déséquilibre sur le dessus du meuble, deux bottins usagés, accompagnés de quelques objets, tombèrent également, ratant de peu les têtes des policiers.

Montaigne planta son regard dans celui de Cassel et lui recommanda :

— À l'avenir, fais très attention à ce que tu dis !

Puis il relâcha le capitaine.

Cassel n'avait pas l'avantage physique. Il le savait. Frustré, il s'en tint là. Son regard en disait long sur les représailles. Les portes de l'armoire portaient l'empreinte de l'empoignade. Elles étaient enfoncées.

Chacun se mura dans le silence. Cassel finit par ne plus supporter cette atmosphère pesante. Il sortit du bureau pour rejoindre la machine à café.

Montaigne décrocha le téléphone…

Une demi-heure plus tard, Cassel réapparut. Sans

dire un mot, il entreprit d'ouvrir l'armoire, força sur la poignée et martela la porte de quelques coups de poing. Mais rien n'y fit. Voyant cela, Montaigne quitta son fauteuil non sans s'être équipé d'une règle métallique.

— Laisse-moi faire ! ordonna-t-il à Cassel.

Conséquence du choc, l'angle supérieur de l'une des portes dépassait. Il le tira un peu à l'aide d'un doigt, introduisit la règle dans l'espace ainsi créé, la descendit autant qu'il le put, puis exerça une poussée brusque sur la règle. La serrure céda, les deux portes s'ouvrirent. Dossiers, fournitures de bureau en vrac, affaires personnelles : tout un bric-à-brac entassé là, se déversa sur le sol. Montaigne eut un mouvement de recul devant l'avalanche.

— Nom de nom, quel bordel ! lâcha Cassel.

Découvrant les avantages qu'offrirait une meilleure visibilité en ôtant carrément les deux portes, Montaigne s'attela aussitôt à désolidariser les paumelles.

Les portes auraient subi le coup de rage d'un témoin au cours d'un interrogatoire, voilà comment fut réglée la question de l'armoire. Quant aux relations entre les deux hommes, cela valait-il vraiment la peine de se fâcher pour si peu, hein, franchement ?

— Non, certainement pas, reconnut Cassel.

— Bon, bon, alors n'en parlons plus et donne-moi un coup de main pour ranger tout ça, dit Montaigne en repositionnant les étagères à leur place.

Un policier en tenue fit une apparition dans le

bureau. Un nommé Caplan se présentait au commissariat muni d'une convocation de leur part.

— Caplan ? Il ne manquait plus que lui ! reprit Cassel, surpris, alternant son regard désolé entre le désordre gisant au bas du meuble et Montaigne. On ne peut pas le recevoir dans ces conditions ! estima-t-il.

— Et alors, où est le problème ? le rassura Montaigne en commençant à entasser pêle-mêle dans l'armoire tout ce qui lui tombait au fur et à mesure sous la main. Nous ferons du classement plus tard !

Avant de partir, l'homme en uniforme se crut malin d'y aller de sa petite plaisanterie : les dégâts causés par un séisme avaient-ils été circonscrits au périmètre de l'armoire ?

Quand tout redevint à peu près présentable, et bien que cela ne ressemblât à rien, Montaigne claqua ses mains l'une contre l'autre comme pour en chasser la poussière et, regardant l'armoire d'un air satisfait, il considéra :

— Voilà une bonne chose de faite !

Les portes, même cabossées, auraient eu pour le moins l'utilité de cacher ce rangement hétéroclite. Ce n'était pas la préoccupation du commandant.

Cassel déclara alors vouloir éviter Caplan. Cette rencontre raviverait en lui de trop mauvais souvenirs. Montaigne le comprenait très bien.

C'est ainsi qu'il l'invita à prendre le large et à faire ce que bon lui semblait. Il lui raconterait tout par la suite.

— Oui, mais en même temps, je suis partagé, dit Cassel. J'aimerais aussi assister à l'entretien.

— Fiche-moi le camp ! Prends tes asticots et vas plutôt emmerder les truites ! lui conseilla Montaigne.

— C'est avec des mouches qu'on les appâte, rectifia Cassel. Des leurres, bien sûr !

Quinze minutes plus tard, Charly se tenait dans l'encadrement de la porte du bureau. Faisant face à Montaigne, il le fixait sans sourciller de son regard si étrange…

*

*   *

Dans l'après-midi, Betty fut tirée de son sommeil par les bruits de la ville, rumeur sourde et permanente d'où s'échappaient de temps à autre des sons aigus : coups de klaxon des voitures, tintements de cloche des tramways…

Elle mettait toujours un peu de temps avant de reprendre pied dans la réalité, restant d'ordinaire dans son lit à rêvasser de choses et d'autres. Mais aujourd'hui, plus que jamais, elle se rendait compte au fil de l'errance de ses pensées à quel point sa vie lui paraissait mesquine. La prise de conscience d'avoir raté quelque chose, de n'avoir pas su se préserver des aléas, ressurgit. Mais elle ne pouvait plus rien y faire, il était bien trop tard maintenant… Puis elle sombra de nouveau dans le sommeil et fit un rêve…

Comment était-elle arrivée là ? Elle ne le savait pas. Elle était en équilibre au bord d'un précipice. Ses pieds dépassaient de moitié dans le vide. Le moindre mouvement et ce serait la chute sans fin. En même temps, une force l'empêchait de faire un pas en arrière pour éviter le drame. C'était l'horreur. Elle était pétrifiée. Malgré une ultime tentative pour résister à l'attrait du vide, le moment tant redouté arriva. Elle fut happée par le néant, cherchant à se raccrocher à quelque chose, elle ne trouva rien ! Commotionnée par cette pensée, elle ouvrit soudainement les yeux… Ce n'était qu'un cauchemar… Elle mit un moment avant de s'en remettre.

Ce songe effrayant avait tendance à se répéter. Il révélait de façon criante son incertitude devant l'avenir. Elle aurait bien voulu effacer aussi d'un trait le passé douloureux de son existence. Impossible. On ne refait pas sa vie, on la poursuit. Revenir sur le passé ne peut qu'accroître le sentiment de s'être perdu à un moment, et ainsi, on se retrouve avec le vide devant soi. Et Betty en était là : réprimant l'envie de crier son mal-être, son mal de vivre, papillons noirs en tête, harcelée par ce maudit blues, prisonnière une fois pour toutes de sa condition, de cette malchance qui colle à la peau quoi que l'on fasse.

Elle se leva, ouvrit ses volets. La clarté du jour l'agressa, l'obligeant à cligner les yeux.

L'instant d'après, assise dans un fauteuil, elle buvait une tasse de café fort, tout en se demandant si son passage sur les ondes connaissait le succès ou pas. Lors de leur dernier entretien téléphonique, Novelly semblait satisfait. Pourquoi ne le rappellerait-elle pas ? Par crainte d'entendre une mauvaise nouvelle et que celle-ci ne vînt ternir un peu plus l'idée qu'elle se faisait de sa vie, de son travail, de tout, elle repoussa à plus tard.

Elle mit un vinyle sur le plateau de son vieil électrophone.

— *Blue Monday, how I hate blue Monday, got to work like a slave all day, here come Tuesday, Oh, hard Tuesday, I'm so tired got no time to play…**

Les yeux fermés, elle accompagnait le chanteur en fredonnant les paroles, rythmait la mesure de sa tête. Elle sursauta quand on sonna à sa porte. Interdite, elle se demanda quelle décision prendre : ouvrir ou pas ? Elle ne pouvait se dérober. C'était inévitable, la musique avait été entendue de l'autre côté de la porte. Par réflexe, elle baissa tout de même le son, fit rapidement quelques retouches à sa coiffure devant une glace, noua la ceinture de sa robe de chambre et, d'un rapide coup d'œil, s'assura que tout était en ordre dans la pièce.

Le cœur battant, elle alla ouvrir. Mantini !

— Bob ? Quelle surprise !

---

*De Fats Domino : Blue Monday : non pas le lundi bleu, mais le lundi jour de cafard. Pour vivre les musiciens exerçaient en plus un travail bien souvent pénible.

— B'jour, Betty. Tu ne t'attendais pas à me voir, hein ?

— Eh bien, non, Bob. Je t'en prie, entre !

Le visage fermé, Robert Mantini pénétra dans le salon. Son regard furetant, çà et là, on eût dit qu'il recherchait quelque chose. Betty lui proposa un café.

— Volontiers, dit-il.

La mine toujours renfrognée, il lui parla du temps plutôt clément de ces derniers jours et d'autres sujets sans importance dont on use pour meubler les silences. Pour autant, il n'apportait aucun éclaircissement sur sa visite et c'est ce que Betty attendait. Elle se demandait où il voulait en venir. Il n'était certainement pas venu chez elle, animé de la seule intention de boire un café en sa compagnie. À court de banalités, il se livra enfin, conservant son air toujours aussi soucieux :

— Tu vois, Betty, je me fais beaucoup de soucis au sujet des deux meurtres. Je voudrais en causer un peu avec toi.

— Avec moi ? s'étonna-t-elle.

— Oui, avec toi, Betty.

— Qu'attends-tu de moi, Bob ? Je n'en sais guère plus. À part, bien sûr, des suppositions, redit-elle.

— Je n'en suis pas si certain. Peut-être pourrais-tu m'apprendre des choses…

Betty fut aussitôt sur ses gardes. Mantini réitéra ses interrogations sur l'homme dépêché chez elle et qui n'y était jamais parvenu. En parlant, sa tasse de café à la main, il arpentait la pièce, semblait ne pas accorder d'importance aux objets qu'il regardait. Cette indifférence feinte n'avait pas échappé à Betty. « Il cherche un indice », se dit-elle. « Une trace qui lui révélera que l'autre est bien venu ici. »

Mantini se retourna vers elle.

— Tu imagines, Betty, en plus de la balle, il portait aussi une plaie à la tête et un bâillon sur la bouche fait à l'aide de ces adhésifs marron dont on se sert pour les emballages. C'est tout de même curieux, ne trouves-tu pas ?

Betty sentit une onde la parcourir de la tête au pied.

— En effet, Bob. Peut-être s'est-il fait cette blessure en chutant, après qu'on l'ait abattu ?

Elle se sentait de plus en plus mal à l'aise. Elle se tenait debout, une main dans la poche de sa robe de chambre, l'autre tenant son col fermé.

— Tu n'en aurais pas chez toi, Betty ? demanda-t-il à brûle-pourpoint.

— De quoi, Bob ?

— Ben, du ruban adhésif, pardi !

— Je n'ai rien à emballer, Bob.

— Bien sûr, Betty, je disais ça, juste comme ça.

Puis, Betty fut traversée par un doute :

— Dis-moi, Bob, comment sais-tu qu'il avait une plaie à la tête et qu'il était bâillonné avec de l'adhésif ?

— Par les journaux, Betty.

— Comment ça, par les journaux ? Ils n'ont pas mentionné ces détails, fit remarquer Betty.

— Alors, on ne lit pas les mêmes, répliqua Mantini sans sourciller.

— Pourtant, je… Bon, alors, j'ai mal lu, peut-être.

Betty préféra ne pas insister. Mais cette fois, elle s'en souvenait et, bien plus qu'un doute, c'était à présent une certitude : la presse avait omis ce détail. Volontairement ou pas, l'important n'était pas là, mais rien de cela n'avait été mentionné. Comment Mantini l'avait-il su ? Venait-il de réaliser qu'il avait trop parlé ? Il se taisait maintenant.

Répercutant dans le haut-parleur un crépitement régulier à un passage précis, le bras de l'électrophone n'en finissait plus de tourner en boucle dans le dernier sillon. Dans ce temps de silence, cela avait attiré soudainement l'attention de Betty. D'un doigt, elle souleva le bras et le reposa sur son support.

Mantini avait abandonné sa tasse vide sur un guéridon. Il se tenait à présent devant la fenêtre à observer la circulation sur le cours des Cinquante Otages. Betty l'avait connu avec un physique plus à son avantage, cela faisait un bout de temps déjà. Il était devenu un homme empâté, bouffi, tête et cou de taureau se confondant. Elle le voyait bien : il éprouvait des difficultés à maintenir ses mains croisées dans son dos à cause de ses gros bras trop courts. Sur le ring, ces derniers le protégeaient des coups mais ne devaient atteindre que rarement l'adversaire. Betty y vit l'une des raisons de la brièveté de sa carrière de boxeur. Cela ne l'empêchait pas d'avoir une force herculéenne.

Il se retourna.

— Je te demande un service, Betty : essaie de savoir au plus vite qui nous trahit au Blue Paradise.

— Compte sur moi, Bob.

Mantini la remercia pour le café. Embrassant une dernière fois de son regard le salon, il la complimenta sur la décoration de la pièce, usant de mots simples n'appartenant qu'à lui. Puis il s'en alla en lui donnant rendez-vous au cabaret, dans la soirée.

Quand elle referma sa porte, Betty éprouva un vif soulagement. Elle ne savait quel sens donner à cette visite. Pour la première fois depuis qu'elle le connaissait, Mantini venait de mettre les pieds chez elle. Était-ce une marque de confiance qu'il lui témoignait ou un avertissement pour lui faire comprendre qu'il n'était pas dupe ? Difficile de le savoir, il était l'imprévisibilité même. Cette démarche la laissait, pour le moins, perplexe.

Après avoir rempli d'eau sa baignoire, elle pénétra l'épaisse couche de mousse qui flottait à la surface, s'immergea en prenant soin de ne pas mouiller ses cheveux, la tête rejetée en arrière, en appui sur le bord. Elle se laissa aller, ferma les yeux. Charly lui apparut à l'esprit : où était-il en ce moment, que faisait-il ? Au-delà de les occuper, cet homme envahissait ses pensées ! La vie n'était peut-être pas aussi cruelle qu'elle le pensait. « C'est insensé », reconnut-elle, « j'en suis vraiment amoureuse et pourtant je m'étais promis de… Enfin, c'est comme ça ; je n'y peux rien. » Elle glissa dans un songe voluptueux. Il l'enlaçait, l'étreignait. Cette scène fit naître en elle le désir. Puis ce rêve intime se fragmenta progressivement jusqu'à la délitescence. Enfin, elle finit par sombrer dans une semi-inconscience. Elle était bien…

Elle aurait été incapable de dire combien de temps s'était écoulé, mais, toujours est-il qu'un craquement anormal venait de la tirer de sa somnolence.

Sur l'instant, elle ne parvint pas à définir l'origine de ce bruit. Elle essaya aussi de localiser sa provenance, sans plus de succès. Puis elle se rendit compte que la température de l'eau avait chuté, au point de ne plus éprouver de plaisir à prolonger son bain ; il était temps qu'elle y mette un terme. Elle se redressait dans la baignoire quand un autre bruit la fit cette fois tressaillir. Intriguée, elle resta là, à attendre, elle ne savait quoi, dans cette eau devenue tiédasse, hésitant sur la décision à prendre. C'est alors qu'une pensée fulgurante lui traversa l'esprit : la porte ! Elle n'avait pas enclenché le verrou après le passage de Mantini. Elle paniqua. Ainsi nue, elle se sentait d'autant plus vulnérable. Elle devait réagir. Un pied hors de la baignoire, elle tendait son bras pour prendre son peignoir de bain suspendu à une patère quand, à l'instant même où elle s'en saisissait, elle distingua cette fois le grincement d'une lame du parquet. Elle figea son geste, tendit l'oreille. Donc une personne se déplaçait ; elle n'était pas seule dans l'appartement ! Son angoisse monta d'un cran.

Elle s'en voulait de n'avoir pas refermé sa porte à clé. Quelle idiote elle était ! Le moment de porter un jugement sur elle était bien mal choisi. L'urgent était là : que faire, mon Dieu, que devait-elle faire ? Tremblante de peur, elle enfila son peignoir et une paire de mules, tourna la poignée de la porte de la salle de bain et sortit prudemment la tête… Charly !

Il était là, à patienter, assis dans un fauteuil.

— Ah, te voilà ! dit-il en la voyant paraître.

À son arrivée, expliqua-t-il, la porte d'entrée était légèrement entrouverte. Surpris, il l'avait poussée, mais n'avait pas trouvé Betty comme il s'y attendait. Alors il s'était imaginé qu'elle était sortie, mais sans s'être trop éloignée puisque la porte était à peine fermée. Il avait donc décidé d'attendre son retour dans le salon.

Ce n'est qu'après avoir entendu les bruits d'eau provoqués par Betty lorsqu'elle avait quitté la baignoire, qu'il s'était rendu compte de sa présence dans l'appartement.

— Je m'étais assoupie dans le bain, tu m'as fichu une de ces trouilles ! dit-elle en poussant un long soupir de soulagement.

Il en était confus.

— Vraiment, la porte n'était pas fermée ?

— Eh bien, non, assura de nouveau Charly, elle laissait même paraître un petit jour.

Ainsi, il s'était autorisé à entrer, croyant créer un petit effet de surprise.

Juste comme ça, par espièglerie, avoua-t-il.

— De ce côté, c'est plutôt réussi ! admit-elle en riant. De deux choses l'une, dit-elle en reprenant un ton plus sérieux : soit par inadvertance, j'ai mal refermé la porte, soit Mantini est revenu dans l'appartement et auquel cas, c'est lui…

— Tiens, s'étonna Charly, Mantini est venu chez toi ?

— Oui, mais ce n'est pas ce que tu penses. Entre lui et moi, il n'y a jamais eu quoi que ce soit sur le plan sentimental. Non, il est inquiet depuis la mort de ses deux hommes, surtout pour le deuxième.

— Deux ?

— Oui, deux, confirma Betty.

— Pour ma part, je n'en connais qu'un, dit Charly.

Betty apporta la précision suivante :

— Le premier homme abattu était facilement reconnaissable, une balafre lui barrait la joue. Une balle, en pleine tête, a eu raison aussi de lui.

— Mais oui ! se souvint alors Charly. En effet, celui-là aussi, je le connaissais. En revanche, pour sa mort, il faudra trouver un autre coupable. Je n'y suis pour rien, se défendit-il. C'est tout de même curieux, reprit-il, Mantini est plus intrigué par la mort du second homme et moi, davantage par celle du premier. Il y aurait une embrouille que cela ne m'étonnerait pas…

Il se demandait qui avait eu un intérêt à abattre le premier homme.

Betty s'approcha de Charly, toujours assis dans le fauteuil. D'un geste affectueux, elle lui passa la main dans les cheveux.

— L'important est que tu sois là, murmura-t-elle, avec un sourire prometteur…

XVIII

La nuit était déjà bien présente. Charly remontait à pied le cours des Cinquante Otages en direction du quartier Saint-Mihiel. Après avoir quitté Betty, il avait erré longuement dans les rues en se questionnant, cherchant des réponses qu'il ne trouverait jamais. Il avait laissé derrière lui une femme effondrée, en pleurs. Un malaise était encore venu tout contrarier et il avait avoué sa maladie, sans l'espoir d'une guérison. Il n'avait pu faire autrement. À présent, sa vie était ainsi faite : du court terme. Combien de temps s'écoulerait encore, il ne le savait pas. Personne n'était à même de le pronostiquer. Aussi avait-il déclaré à Betty :

— Nous devons mettre un terme à notre liaison, c'est préférable.

Elle était restée interdite, abasourdie par cette annonce à laquelle elle ne s'attendait pas ; elle vivait un de ses cauchemars qui la conduisaient quelquefois au bord d'un gouffre. N'osant pas réellement y croire, elle se disait avoir mal entendu, mal compris ! Mais, non, Charly était resté sur sa décision, le lui avait redit, il pensait avant tout à elle. Les larmes aux yeux, elle ne trouvait même plus les mots pour lui faire part de sa détresse. Puis, passé le moment d'abattement, elle s'était ressaisie. Elle avait tenté de le raisonner, s'était évertuée à lui faire comprendre qu'elle était là, qu'il pouvait compter sur elle, elle l'aimait ; à deux, ils seraient plus forts ! Enfin, tout ce que l'on peut dire de sincère dans ces moments de désarroi pour protéger l'autre d'une décision que l'on pense déraisonnable pour lui. En vain, Charly avait été inflexible. Non pas de manière tranchante, mais n'était-il pas un mort en sursis ? Bien évidemment, lui aussi nourrissait des sentiments pour elle, et pour cette raison, il ne voulait pas lui imposer ce fardeau. Il le sentait bien : chaque jour, son mal progressait, le rongeait un peu plus de l'intérieur. Pour tout dire : l'échéance ne tarderait pas. La mort rôdait, attendait son heure…

Betty avait tenté de le faire fléchir :

— Je t'en supplie, tu dois tenter une opération, je serai à tes côtés, fais-le pour moi, Charly !

Non, non, elle ne devait pas insister, il avait déjà réfléchi à tout cela. Et pour vivre quelle existence, après ? Celle d'un être prisonnier de son cerveau diminué à cause des conséquences d'une opération ? Sûrement pas ! Dix années d'enfermement étaient déjà de trop dans sa vie.

— Mais qui es-tu au juste, d'où viens-tu ? Je ne sais rien de toi, tu es si peu bavard sur ce sujet ! s'était-elle écriée, en pleurs. Tu m'avais redonné le courage de me battre et tu m'abandonnes maintenant ? Puis elle s'était reprise : excuse-moi, face à ton malheur, c'est égoïste de dire une chose pareille, mais je suis si désemparée…

— Peu importe qui je suis, avait-il répondu.

Croisée de deux destins brisés. Celle-ci avait eu lieu une dizaine d'années auparavant. Une de ces rencontres étranges, aux conséquences imprévisibles. Fallait-il à tout prix chercher une explication ? Non, certainement pas : c'est ce qu'avait fini par se dire Charly en marchant dans la nuit. Et la nuit, serait-elle bientôt, et pour toujours, le refuge de son âme ? Et cette dernière, irait-elle rejoindre les poussières d'étoiles qui peuplaient l'infinité cosmique ?

Il leva ses yeux vers le ciel constellé comme pour y chercher les réponses…

*

*   *

Jusqu'à présent elle s'était toujours accrochée à un espoir, aussi ténu fût-il, maintenant Betty n'en doutait plus : sa vie était résolument faite de malheur et elle se demandait si celle-ci valait le coup d'être vécue. Elle avait eu la naïveté de croire qu'il lui serait possible de s'affranchir un jour de cette infortune et en avait assez de cette injustice, de ce bonheur qui ne semblait sourire qu'aux autres. Qu'avait-elle fait pour mériter cela ? Plus qu'un cri de douleur, un cri de révolte montait en elle.

Elle sécha ses larmes. Le Blue Paradise l'attendait.

Le miroir lui renvoyait l'image d'une femme à qui la vie réservait décidément bien trop de mauvaises surprises. Appliquant quelques compresses d'eau froide sur ses yeux rougis, elle s'efforçait d'atténuer toute trace de son chagrin afin de ne pas subir de questions embarrassantes au cabaret. Des ridules persistaient sous ses paupières inférieures, reflets de ce temps qui passait et qui, impitoyable, venait de la meurtrir un peu plus.

Le blues à l'âme, elle enfila sa robe de velours bleu…

*

*   *

Le capitaine Cassel aussi avait le moral à la dérive. Lui, c'était à cause de l'alcool. Cette amie qui ne souhaite que votre malheur. Après avoir quitté Montaigne, il était parti se perdre dans le triangle des Bermudes. À présent, secoué par un de vent de force huit à neuf sur l'échelle de beaufort, il rentrait chez lui à pied. La tempête lui était tombée dessus sans qu'il s'en fût rendu compte. Comme ça, à réfléchir et à ruminer sur cette putain de vie devant un verre, puis un autre, puis encore un… Jusqu'à glisser dans un premier confort éthylique, celui qui rassure un temps seulement, avant de sombrer dans des pensées incohérentes.

La pression était trop forte depuis l'arrivée de Montaigne.

Il ne la supportait plus – *When you really wanna blow your top** – lui aussi avait voulu faire sauter le couvercle, histoire d'oublier.

Ça n'allait plus du tout ! L'inquiétude d'être relégué dans son coin lui laissait un goût amer, le rongeait insidieusement en permanence. Celui qui le désolait le plus, c'était le patron. Rouvres, cet abruti de Rouvres ! Ce dernier ne daignait même plus le voir, non, ne l'avait même pas convoqué dans son bureau depuis la libération de Caplan ! Pas même un coup de fil, or, il le savait bien, cette affaire le concernait directement. Contrairement à Montaigne qui, il y avait tout juste deux mois de cela, ignorait jusqu'à l'existence de Caplan.

— C'est quoi tout ce travail ? était-il en train de se demander, à voix haute, titubant sur le trottoir, bien remonté contre sa hiérarchie, ce pauvre type de Rouvres !

Un homme s'était retourné sur son passage et, allez savoir pourquoi, par l'un de ces hasards étranges, Cassel avait fait la même chose, au même moment. Voyant l'autre le regarder, il l'avait invectivé :

— Qu'est-ce que t'as toi, t'es pas content ?

— Si, si, mais je n'ai rien dit, M'sieur.

— Eh bien, fous le camp, alors !

Être mis sur la touche, lui, Cassel, il avait beaucoup

*Mellow Down Easy, chanté par Little Walter, année 1954.

de mal à l'admettre. Et surtout, c'était à n'y rien comprendre ! Ou alors, tout cela était à mettre sur le compte de cet intrigant de Montaigne. C'était certainement ça, il ne pouvait en être autrement ! Celui-là, il avait les dents longues à vous rayer tout un parquet, un carriériste à souhait ! Toute cette mauvaise ambiance venait de lui. Ils auraient pu s'entendre, s'arranger tous les deux, pourquoi pas ?

— Trop con, oui ! brailla-t-il, offusquant sur le coup une vielle dame qui croisait sur le trottoir d'en face.

Et, tandis qu'il poursuivait son chemin, elle resta le fixer, l'air de dire : si ce n'est pas malheureux de voir ça !

Un fourgon de police passa par là. La vue du capitaine chancelant sur ses jambes déclencha une franche hilarité à l'intérieur du véhicule. Arrivé à la hauteur de Cassel, une portière à glissière s'ouvrit, laissant dépasser une tête équipée d'une casquette estampillée.

— Faut-y vous déposer chez vous, votre altesse ? osa l'imprudent, soutenu par ses collègues pliés de rire, derrière lui.

Cassel arqua un sourcil, les fusilla du regard et les incendia de noms orduriers. Ne doutant de rien, il les provoqua physiquement : si l'un d'entre eux n'était pas content, il était attendu de pied ferme ! Enfin presque. Tout de même, si la plaisanterie avait ses limites, le théâtre de rue aussi. On ne pouvait tolérer plus longtemps un tel spectacle offert par un officier de police. Cela ne valorisait pas la corporation, déjà bien malmenée par ailleurs. C'est sans ménagement qu'il fut embarqué dans le fourgon comme le dernier des délinquants. Direction : son domicile où sa femme s'occuperait de lui.

*

*   *

Depuis son arrivé à Nantes, Montaigne avait ses habitudes à l'un des restaurants du Bouffay*. Ce soir, l'esprit ailleurs, il dînait sans accorder d'importance aux plats qu'on lui servait, immergé dans ses pensées, soustrait des bruits divers et confus de la salle. De temps en autre, il lui arrivait de capter le fond musical parce que ça swinguait pas mal et là il se disait : « Tiens, ne serait-ce pas un morceau de Duke Ellington ou plutôt non, Count Basie, ou encore Earl Hines ? » Comme ça, au hasard, sans y connaître quoi que ce soit. Bref, non pas un *combo*** mais un big band reconnaissable à son *brass**** puissant. Il ne voyait même pas son voisinage, une tablée de quatre jeunes femmes, plutôt bien de leur personne. Ce qui d'ordinaire ne l'aurait pas laissé indifférent. Mais bon, il avait d'autres choses en tête et ces dernières, plutôt

*Quartier historique du centre de Nantes, aux ruelles bordées de restaurants.

**Abréviation anglaise de « *combination* ». Petite formation de jazz ne dépassant pas huit à neuf musiciens.

***Section des cuivres d'un grand orchestre de jazz.

nombreuses, s'y bousculaient confusément. S'il voulait y voir plus clair, il lui était absolument nécessaire d'y mettre un peu d'ordre.

En fin de journée, il avait reçu les résultats du laboratoire. Ceux-ci concernaient les semelles des chaussures de la victime du quai Saint-Louis. Aucune trace de poussière, identique à celle recouvrant le quai, n'avait été retrouvée sur ces dernières. C'est ce qu'il avait remarqué lors de son observation du cadavre, se gardant bien toutefois de partager sa découverte avec Cassel. Il avait demandé discrètement une analyse pour s'en assurer. À la lecture du rapport, cela l'avait conforté dans l'idée qu'il s'était déjà faite : le meurtre avait été commis ailleurs et le corps déposé là. Caplan n'en était pas l'auteur. Trop solitaire, il n'avait pu accomplir seul le transport du corps. Donc cela donnait en partie raison à Cassel quant à la possibilité d'un autre tueur. Et Montaigne finit par l'admettre définitivement, surtout après la visite de Caplan au commissariat.

À la tablée voisine, celle des quatre femmes, on éclata de rire spontanément et plus qu'il n'était permis dans un tel lieu ! Interrompant la mise en ordre de ses idées, et à ce moment-là seulement, Montaigne leur porta un intérêt et leur trouva beaucoup de charme. Elles n'en étaient que plus désirables à rire à la vie sans retenue dans une salle de restaurant bondée, se fichant de tout comme si elles avaient été seules. Subjugué par la beauté de l'une d'elles, enfin celle qui lui convenait le mieux par choix personnel, et sans pour autant reléguer les autres au rayon des infréquentables, il délaissa pour un temps son analyse des événements pour l'observer d'un regard latéral, discret. Elle dut s'en apercevoir. À son tour, elle dévia sur lui ses yeux troublés, surlignés à l'eye-liner, lui faisant comprendre qu'elle avait repéré son petit manège de séducteur. Pas pimbêche du tout, la femme, au contraire ! En d'autres circonstances, il l'aurait accrochée d'un sourire enjôleur, un rien équivoque, mais là, non. Il ne devait pas se laisser distraire.

Et, bien vite, Caplan réintégra ses pensées.

Un homme mystérieux, ce dernier. Capable de pénétrer le sens d'une situation avec une célérité incroyable. Pas très bavard, trouvant les mots justes, déjouant les pièges des questions avec habileté. Pour une telle maîtrise, une formation lui avait été forcément dispensée, mais difficile de savoir laquelle puisque son passé était tabou. Une ombre cependant, son malaise au cours de l'entretien. Il lui avait avoué être gravement malade. Pour autant, il n'avait pas l'air de s'apitoyer sur lui-même. Mais le problème était ailleurs : Caplan n'ayant plus rien à perdre, cela faisait de lui une sorte de désespéré et ne le rendait que plus redoutable. Un animal sauvage à l'agonie, un félin encore capable de coups de griffes meurtriers si on le provoquait. Toutes les conditions d'un tel scénario étaient réunies. Cela convenait parfaitement à Montaigne. L'affaire qui se préparait était à haut risque. Si elle réussissait, il y voyait une porte de sortie honorable pour tous. Mais, face à la personnalité de Caplan, il se demandait s'il n'avait pas quand même pactisé avec le diable…

*

* *

Comme tous les soirs, Shan avait fort à faire. Li épuisait tous les prétextes pour retarder l'instant de se coucher. Et ce soir plus particulièrement. Aussi Shan dut-elle piquer une bonne colère pour voir enfin sa fille battre en retraite vers sa chambre.

Cela n'empêcha pas Li de patienter dans le noir, puis de se glisser hors de sa couette, sitôt après avoir entendu se refermer la porte de la chambre de sa mère.

Sur la pointe des pieds, elle alla à sa fenêtre. Le rideau du volet partiellement abaissé lui permettait d'observer la rue. Elle n'avait pas vu Charly depuis un moment. Cela l'inquiétait d'autant plus qu'elle avait repéré à nouveau dans la soirée un homme qui surveillait l'immeuble. Et celui-ci, à l'instant même, faisait toujours le guet ! Elle ne savait comment faire pour prévenir Charly lorsqu'il rentrerait.

Et justement, le voici qui arrivait. Ça tombait bien !

Usant de précautions, Li ouvrit sa fenêtre, agita un vêtement de teinte claire jusqu'à ce qu'il vînt à lui échapper des mains… Elle poussa un petit « oh ! » de surprise, pencha sa tête pour voir le vêtement tomber.

« Tant pis », se dit-elle en haussant ses épaules. Elle referma bien vite sa fenêtre et retourna dans son lit.

Charly, dont le regard balayait les abords de l'immeuble, vit le vêtement descendre en virevoltant le long de la façade. D'instinct, sur ses gardes, il se fondit dans l'ombre, observa les alentours. Il mit un peu de temps avant de repérer l'homme. Après quoi, il eut une pensée pour Li et ne put s'empêcher d'esquisser un sourire.

L'autre, tournant le dos à la scène dans un moment de relâchement, ne s'était rendu compte de rien. Maintenant, Charly le distinguait bien. Ne le quittant pas des yeux, il s'en rapprocha furtivement, progressant sans un bruit, d'un coin sombre à un autre, comme un prédateur vers sa proie.

Parvenu à une dizaine de mètres, il glissa sa main dans la poche de son pardessus pour saisir son arme. Puis, d'un bond, surgissant de l'ombre, il interpella l'homme :

— Hé, psst !

Jos Attal se retourna et, horrifié, vit la gueule du canon d'une arme braquée sur lui.

Il n'eut pas le temps de comprendre ce qui lui arrivait ni de tenter une esquive. L'index de Charly avait déjà pressé la détente.

Dans le quartier, un claquement sec venait de retentir. Quelque part un chien aboya mollement, sans trop y croire, histoire de dire qu'à cette heure, ce tapage commençait à bien faire. Tout de même, deux, trois lumières animèrent par-ci par-là des fenêtres d'immeubles. Puis s'éteignirent de nouveau peu après. Le silence de la nuit se réinstalla.

Sitôt le coup de fcu tiré, Charly avait rapidement fusionné avec l'ombre, laissant s'écouler un laps de temps, il attendait la réaction de curieux, toujours à craindre dans ces cas-là. Aucune ne s'étant manifestée, il s'approcha de sa victime. La balle l'avait atteinte en plein front.

Saisissant l'homme par l'encolure de sa veste, il le tira vers un recoin sombre et le mit dans la position d'un ivrogne dormant à même le sol. Ensuite, il partit en direction de son immeuble duquel, après s'être rendu dans le local technique, il ressortit presque aussitôt pour revenir vers le cadavre en traînant derrière lui un bac plastique vide sur deux roues, destiné à la collecte des sacs-poubelle. Il le bascula sur le sol et, tant bien que mal, tira le corps à l'intérieur. Ahanant parfois, râlant aussi à plusieurs reprises sur la difficulté de la tâche. Puis, relevant le bac et son contenu, il s'aperçut alors d'une anomalie. Les pieds dépassaient. Il força sur le couvercle afin de le rabattre complètement. Quand tout lui parut normal, tirant sa charge, il s'éloigna du quartier en longeant les façades des habitations… Pas de vertige : pour l'instant tout allait bien…

*

*   *

Sur la scène, les musiciens jouaient leur répertoire en boucle. Ennui certain, notes parfois bâclées, peu importait, les oreilles inexpérimentées ne s'en rendaient pas compte. Ce soir, Betty avait carrément déclaré forfait. Elle ne chanterait pas. Non, trop de peine dans son cœur, trop de sanglots dans sa voix, du genre impossible à consoler. Pas même les filles, bien que plus sensibles à comprendre les tourments de l'amour, n'y étaient parvenues. Non, Betty filait un mauvais coton, mais cette fois, loin de l'ambiance des champs du Mississippi, puisque le blues n'était même plus un refuge pour elle.

C'est dire : même Mantini, d'ordinaire complètement obtus aux faillites amoureuses, s'en était mêlé, avait tenté de lui remonter le moral.

— Prends donc un verre ou deux, avait-il conseillé à Betty et, tu verras, tu oublieras tout ça !

Oui, mais voilà, l'alcool avait produit l'effet contraire à celui recherché et maintenant, Betty était là, à tirer une tête pas possible, plus inconsolable que jamais. Mantini était même prêt à casser la gueule du salaud qui la mettait dans cette peine, il ne pouvait pas faire mieux, Betty n'avait qu'un mot à dire ! Franchement, non, elle ne voyait pas à quoi cela servirait.

— Bon, bon, alors tu arrêtes ton cinéma, Betty. Tout ça c'est bien beau, mais il y a l'taf quand même ! avait fini par trancher Mantini, à bout de patience.

Cela ne l'empêcha pas d'ouvrir le tiroir-caisse et de faire sa ponction habituelle.

— Je m'en vais, Betty, tu préviens Jos : dis-lui de nous rejoindre au Barcarolle.

C'était l'un des bars de nuit de Mantini.

Betty n'était plus capable d'entendre quoi que ce fût. L'une des filles rassura Mantini :

— Ne t'inquiète pas, Bob, on lui dira !

Il fit claquer son pouce contre son majeur pour rappeler à l'ordre l'homme aux petits yeux qui, pour tuer le temps, s'occupait l'esprit en reluquant d'un peu trop près les courbes d'une fille.

Et quand il ouvrit la porte du Blue Paradise, afin d'en sortir, il se heurta à un container en plastique d'un modèle courant que l'on peut voir, telles des sentinelles immobiles devant les habitations, le jour de ramassage des ordures. Grossièrement, il exprima son mécontentement face à cette plaisanterie de mauvais goût, due probablement à des noctambules en fête.

— Des étudiants, va savoir. Vire-moi ça de là ! vociféra-t-il en s'adressant à l'homme aux petits yeux.

Celui-ci crocha de sa main dans la poignée et sentit une nette opposition à son effort.

— De Dieu ! C'est lourd ce machin ! s'étonna-t-il.

— Tire-toi, imbécile, et laisse-moi faire ! éructa Mantini complètement énervé par cet incident et saisissant à son tour la poignée.

Surpris lui aussi par le poids, il voulut en avoir le cœur net. Il releva le couvercle et le rabattit aussi sec. N'y croyant pas, l'air éberlué, il resta fixer bêtement l'homme aux petits yeux avant de lui balancer une claque, comme ça, mû par une envie soudaine de passer ses nerfs sur quelqu'un. Celui-ci le regardait tout aussi fixement en se demandant ce que Mantini avait bien pu voir. Vif comme l'éclair, il recula d'un pas et le coup alla se perdre dans le vide. Mantini jura.

Interloquées par ce remue-ménage et se demandant quelle en était l'origine, les filles, comme un essaim d'abeilles, s'agglutinèrent à la porte. Mantini n'en croyait toujours pas ses yeux et tardait à retrouver ses esprits. L'homme aux petits yeux entrouvrit dans un premier temps le couvercle, puis un peu plus, et encore davantage. À la clarté bleutée de l'enseigne du cabaret, tous découvrirent alors une paire de chaussures, semelles offertes au ciel… toujours nouées à des pieds…

XIX

— C'est bon pour le foie, ça le draine, soutenait Cassel tout en soignant sa gueule de bois à l'extrait d'artichaut.

Selon lui, un remède de grand-mère absolument infect à avaler, mais aux vertus thérapeutiques efficaces, à condition de respecter le nombre de gouttes et de prises au cours de la journée.

— L'homéopathie, y a pas mieux ! affirma-t-il, le compte-gouttes en main, devant un verre d'eau.

— Ah bon ? C'est possible, dit Montaigne, sans trop y croire.

— Et merde ! râla Cassel, je ne sais plus où j'en suis.

— De quoi ?

— Du nombre de gouttes !

— Ingurgite le flacon et n'en parle plus !

— C'est ça, fais ton malin, un jour ou l'autre, tu y auras peut-être recours, répliqua Cassel, un fond de lassitude dans sa voix, mâchant ses mots sur la fin pour réprimer un bâillement.

Montaigne, lui, tentait de remettre un peu d'ordre dans l'armoire. Une occupation comme une autre qui, en même temps, lui permettait de penser à autre chose. Mais, n'ayant pas l'esprit à ce qu'il entreprenait, il n'arrêtait pas de faire et défaire ; tirer du haut pour mettre en bas ou le contraire ; ranger de préférence la partie droite à gauche ou vice versa, ce serait mieux. Et ainsi de suite…

Un policier en tenue entra dans la pièce d'un air décidé. Il s'arrêta net, donnant l'impression d'avoir atteint son but à l'issue d'une longue course effrénée dans les couloirs.

— L'un de vous deux recherche un homme balafré, je parie !

Cassel émit un sifflement admiratif.

— Bingo, tu t'exerces à la voyance pendant tes RTT ?

L'homme eut un petit rire.

— Non, c'est en parlant avec mon chef. Et il m'a dit avoir entendu dire que…

— Bon, bon, on s'en fout de tout ça, coupa court Cassel, viens à l'essentiel ou on te colle une garde à vue pour obtenir plus vite tes aveux !

— Trop drôle, les mecs, comme celui qui s'est payé les portes de votre armoire ?

Regards torves des deux officiers sur le policier en tenue et nouveau petit rire de ce dernier.

— Dans dix secondes, si tu n'as pas déballé ton sac… le prévient Cassel.

— Calmons-nous, voilà : j'ai reçu une plaignante, de type asiatique, et justement, d'après elle, un homme balafré l'importunerait.

— L'importunait, rectifia Cassel.

— Vous l'avez arrêté ?

— Non, quelqu'un l'a un peu aidé à s'arrêter de vivre.

— Je ne comprends rien du tout, dit le policier.

— Facile, tu ne lis pas les journaux ? On l'a retrouvé mort au quai Saint-Louis, l'informa Cassel.

— Ah ouais ?

— Ben, oui, que veux-tu, on ne lui a pas laissé le choix, ajouta le capitaine, l'air contrit. Nom, prénom et adresse de la plaignante, énonça-t-il dans un autre bâillement en saisissant une feuille et de quoi écrire…

Le policier transmit les renseignements.

— Hein ? Mais c'est entre Saint-Mihiel et La Motte Rouge, là où précisément loge Caplan ! Non mais, tu entends ça, Montaigne ?

— Hum, hum, se contenta de répondre celui-ci en cherchant à caser un lot de dossiers dans l'armoire.

— C'est tout l'effet que ça te fait ? lui demanda Cassel.

— Pourquoi, je devrais sauter au plafond ?

Cassel se prit la tête entre les mains.

— Bon sang, je n'y crois pas : une Asiatique, probablement une voisine de Caplan, elle est importunée par un balafré, et tu ne réagis pas ? Tu te souviens au moins de cette gamine à qui nous avons parlé lorsque nous avons apporté la convocation à Caplan ? insista-t-il.

— Oui, oui, elle est de type asiatique également et alors, ça prouve quoi ? Ton balafré, non plus, n'est pas unique à Nantes !

— Je vous laisse, dit le policier en tenue, sentant l'ambiance tourner à l'aigre.

Il n'en fallut pas plus pour mettre à mal l'entente fragile entre les deux officiers. L'un, Cassel, reprochant son incohérence à l'autre et celui-ci de lui répliquer qu'il n'avait qu'à se mêler de ce qui le regardait. N'avait-il pas émis le souhait de se tenir en dehors de toute affaire concernant Caplan et était-il nécessaire de le lui rappeler une fois de plus, hein ? Non, bien sûr, mais un conseil était toujours bon à prendre, or, là, tout de même, ils étaient en présence d'un fait particulièrement troublant. Cela méritait des approfondissements !

— Je m'en occupe, trancha Montaigne.

*

* *

L'homme aux petits yeux était en chemise, le col largement ouvert sur son poitrail et les manches relevées d'où dépassaient deux avant-bras tatoués. De temps à autre, il passait le dos de sa main sur son front dégoulinant de sueur.

Il alternait coups de pioche et pelletées pour extraire la terre du trou qu'il creusait et qui venait grossir le tas en bordure.

— Continue, ce n'est pas encore assez profond, estimait de temps à autre Mantini en se penchant au-dessus de la fosse.

Lui, exerçait durant ce temps la surveillance des lieux. Les mains dans les poches, il tripotait nerveusement son trousseau de clés, allait voir de temps à autre en direction d'un bruit bizarre qu'il avait cru entendre, puis revenait. C'est fou ce qu'un citadin peut entendre comme bruits anormaux à la campagne. Cela expliquait sa nervosité ; un rien l'alarmait.

Ils étaient du côté de Champtoceaux. Une bourgade avec château se dressant en bord de Loire, assez éloignée de Nantes, plus près d'Ancenis. Là, sur la rive du fleuve, se trouve un site archéologique où des Gaulois vénéraient leurs dieux. Autour de celui-ci, la végétation est dense, mais pas encore suffisante pour mériter l'appellation de forêt.

En arrivant, Mantini avait eu beaucoup de mal à reconnaître les lieux. Tout avait changé, avait été réaménagé. Mais bon, il avait tout de même fini par se repérer. Dans sa jeunesse, il venait s'y promener quelquefois avec le vieux. Cela lui avait donné l'idée d'y enterrer Jos Attal. Pas à l'intérieur du périmètre des vestiges post-celtiques, bien sûr, mais non loin. En tout cas, dans un coin à l'écart des promeneurs du dimanche. Il fallait bien d'une manière ou d'une autre se débarrasser du corps et, comme Jos Attal prétendait être un amoureux de la nature, d'une pierre deux coups : l'endroit convenait parfaitement ! Coin paisible, retiré, vue sur le fleuve, odeurs végétales et d'humus garanties : rien ne manquait ! Il serait bien ici, tout près des divinités gauloises, Jos pourrait leur faire des salamalecs. Le lieu, ma foi, n'était pas si mal choisi, avait apprécié Mantini en arrivant. À quoi, l'homme aux petits yeux avait répondu qu'on aurait dû le laisser lui régler son compte à ce Caplan ! Ainsi Jos n'en serait pas là, prêt à servir de garde-manger à toutes ces bestioles grouillant dans la terre, asticots, larves de toutes sortes et autres organismes protozoaires ! Jugeant répugnants tous ces affamés, Mantini n'aimait pas entendre parler de ces animalcules souterrains. Leur simple évocation lui hérissait le poil, le rendait fébrile. À chacun ses phobies.

— Maintenant, ça va comme ça, hein ? Tu la fermes une fois pour toutes et ne me parles plus de ça, t'as compris ! avait-il braillé, gagné par des tremblements incoercibles, pas loin de l'état de transe.

— Calme, du calme, Bob ! avait risqué l'autre, s'attendant au pire en retour. Mais non.

Cela ne dissipait pas pour autant l'inquiétude qu'avait l'homme aux petits yeux pour son avenir sur terre. Après avoir extrait une pelletée, il s'arrêta, planta le tranchant de l'outil dans le sol, croisa ses mains sur le haut du manche, y appuya son menton et, reprenant son souffle, se mit à réfléchir. Il en tira l'analyse suivante :

— Bob, le prochain sur la liste est forcément l'un de nous deux, n'est-ce pas ?

— Je ne vais pas te contredire, reconnut Mantini.

— C'est bien ce que je pense aussi, Bob. J'ai un peu gambergé et j'ai ma petite idée.

— Tiens donc, tu réfléchis, toi ?

— Te fiche pas de moi Bob. Fais le tour des personnes qui étaient au Blue Paradise il y a dix ans, ensuite fais le compte de celles qui sont encore là, aujourd'hui…

— Je ne t'ai pas attendu pour le faire, vois-tu ? Je sais, il n'en reste plus bézef.

— Trois personnes, Bob : toi, moi et… Betty.

— Tu commences à avoir peur, hein ? Je le comprends et je sais pourquoi. Mais pour Betty, ne dis pas de bêtises. Comment aurait-elle été au courant ? Non, ce n'est pas possible.

Mantini livra le fond de sa pensée. Bien sûr, un moment, lui aussi, l'avait crue coupable de les avoir trahis, mais il avait abandonné cette idée car Betty n'était au courant de rien.

Comme il avait aussi écarté cette autre pensée : celle de croire Caplan frappé d'amnésie sur le passé. Celui-ci se souvenait de tout ! Et par ailleurs, il était inutile de tergiverser sur le fait qu'il eût retrouvé la mémoire durant son incarcération ou plus tardivement, l'important n'était plus là. Caplan était parfaitement au courant de ce qui s'était passé. Tous leurs malheurs venaient de là.

— Un point, c'est tout ! conclut Mantini, certain de ce qu'il avançait.

— Je ne sais pas. Mais bon… exprima, dubitatif, l'homme aux petits yeux. Notre malchance est d'être tombé sur ce type.

— Ça, je ne te le fais pas dire ! Qui est-il et d'où vient-il, je suis bien en peine de répondre…

— Il est dangereux pour nous. Nous devons le supprimer, Bob, sinon il n'aura de cesse d'avoir notre peau.

— Continue donc de creuser ! Nous devons encore aller jusqu'à la voiture pour chercher le corps.

L'heure était entre chien et loup. Les pieds dans la boue, l'homme aux petits yeux continuait à excaver dans la pénombre naissante. Le sommet de son crâne commençait juste à disparaître du niveau du sol. Mantini s'accroupit au bord de la fosse et dit :

— Abattre Caplan serait une erreur… Enfin, c'est ce que soutient… Mais, inutile d'en parler.

Mantini en resta là. En revanche, insinua-t-il, quelque chose se préparait pour ramener Caplan à plus de raison. Celui-ci ne devait pas se croire le plus fort.

— Assez creusé, c'est bien suffisant comme ça, allons chercher le corps, dit-il…

XX

Depuis deux jours, Charly n'était pas sorti : tenue débraillée, totalement inactif, passant d'une pièce à l'autre, regardant à la fenêtre, écoutant la radio. C'était tout. Il avait dormi aussi, et même beaucoup, pour récupérer physiquement de son effort d'avoir tiré le container à poubelles jusqu'au Blue Paradise. Avec sa charge, de Saint-Mihiel au quai de la Fosse, cela représentait un bout de chemin, même s'il avait coupé par la rue d'Orléans pour rejoindre la Place Royale, le seul raccourci possible sur son trajet. Ensuite, rue de la Fosse, puis tout droit, plus loin, sur le quai. En revanche, peu de personnes croisées sur son itinéraire, à part quelques tardifs, pressés de renter, jetant au passage, et à la dérobée, un regard sur ce drôle de type qui se promenait avec sa poubelle. Ricanaient parfois entre eux, sans plus. Le plus terrible avait été la traversée des rues pavées. En roulant, le container faisait un vacarme d'enfer, véritable caisse de résonance. De plus, le bruit se répercutait sur les façades des immeubles des rues étroites, comme celle de la Fosse par exemple. Les matous en maraude, pris de panique, disparaissaient à la vue de l'attelage.

Un vrai cauchemar ! Les haltes avaient été nombreuses.

Pour Charly, ce n'était plus comme avant. Par ailleurs, comment pouvait-il en être autrement ? Il défaillait, supportait de moins en moins les efforts soutenus. Le lendemain matin, il avait appelé le médecin pour une consultation à domicile. Celui-ci lui avait prescrit des antalgiques puissants afin d'atténuer la douleur au moment des crises les plus fortes. Mais il avait prévenu Charly : bientôt, une médication plus forte lui serait nécessaire.

— Des injections de morphine ! Voilà ce qui vous attend monsieur Caplan, puisque vous refusez tout acte chirurgical. Puis, le fixant par-dessus ses demi-foyers : Et après, avez-vous réellement bien pesé les conséquences, au moins ? Je ne réponds de rien, mais vous ne pourrez déclarer ne pas avoir été prévenu. Je suis en colère après vous ! avait manifesté le praticien, désemparé devant l'entêtement de son patient.

Charly l'avait laissé dire puis avait rétorqué que, même après une intervention chirurgicale, rien n'assurait non plus que des métastases ne continueraient pas à gangrener son cerveau. Non, en finalité, tout cela était bien trop aléatoire pour qu'il changeât d'avis ! Ah, ça… avait répondu le médecin, reconnaissant par là cette probabilité. Eh oui, rien n'était moins certain, nul ne pouvait prédire de la suite.

Ce troisième jour, au matin, Charly examina sa mine défaite dans le miroir de la salle de bain : teint cireux, œil terne, cheveux hirsutes. Il passa le dos de sa main sur sa joue, à contresens de sa barbe naissante. « Une vrai râpe ! Bon, » se dit-il, « je dois me secouer. La riposte ne va pas tarder. »

Quinze minutes après, il ressortait douché et rasé de près, il alluma la radio. Tiens, et qui passait sur les ondes à l'instant même ? Bechet Sydney Joseph* interprétant *Les Oignons*. Ça balançait pas mal. Son du saxo soprano lyrique et généreux, soutenu par un léger vibrato. De quoi redonner de l'entrain à Charly. Dans le même temps, il se prépara un café. Un rayon de soleil s'invitait dans la cuisine. Celui-ci venait heurter le carrelage blanc de l'évier qui le réfractait obliquement vers le sol. À présent, attablé devant sa tasse, près de la fenêtre, Charly le recevait en plein visage, ce qui le contraignait à grimacer. N'y tenant plus, les traits froncés, clignant d'un œil, il scruta le ciel de l'autre. Ça allait : un lourd nuage couleur ardoise s'annonçait par l'ouest, et d'ici peu, il absorberait vite fait le rayon.

Et cette question qui tournait en rond dans sa tête depuis deux jours et restée réponse… Pour quelles raisons, dix ans auparavant, avait-on supprimé de façon aussi cruelle ce policier ? À quelle sombre affaire, lui, Charly, avait-il été mêlé ? On l'avait chargé du crime après l'avoir drogué. Des années durant, cette pensée

---

*A donné un concert à Nantes, à Graslin, le 4 décembre 1952. Année de sortie du titre indiqué ci-dessus, 1949.

l'avait rongé, à présent il en avait la certitude, ce n'était pas lui l'assassin. Le policier l'avait confirmé, mais il ne lui en avait pas dit plus car une enquête était en cours. Un argument facile. Comment s'appelait celui-ci, déjà ? Montignac, non, …aigne, c'est ça, Montaigne. Un curieux homme. « Malgré l'apparence qu'il donne, ma confiance en lui reste malgré tout limitée », estima Charly. « J'ignore quel objectif il poursuit. Tss, tss, tout cela n'est pas très net… » On frappa à la porte. C'était Li. il avait reconnu sa manière de faire.

— Entre ! cria-t-il.

La poignée s'abaissa mais la porte ne s'ouvrit pas. Mais où donc avait-il la tête ? Le verrou était en place ! Il se leva.

— Bonjour Charly !

— Tu tombes, bien Li, j'allais sortir pour faire un tour, histoire de prendre un peu l'air. Je m'ennuie ici. veux-tu m'accompagner ?

— Oui, je veux bien.

— Oh, pas très loin, juste à l'île de Versailles !

— Oui, mais ma maman…

— Quoi, ta maman ?

— Ben, voilà, je suis punie.

— Punie ?

— Oui, punie à cause de ma chemise tombée par la fenêtre.

— C'est vrai, elle n'est pas tombée toute seule ta chemise. Tout ça, c'est de ma faute aussi. C'est très embêtant pour toi. Bon, écoute, je vais arranger ça.

Shan était partagée : sa fille méritait une punition et en même temps, comment ne pas contrarier Charly, venu lui demander gentiment si sa fille pouvait se promener avec lui. Bien que tout cela donnât l'impression d'une affaire arrangée à l'avance entre eux, elle céda. À une condition : Li devait promettre de ne pas recommencer. « C'est toujours ce que l'on dit », pensa Charly en remerciant Shan.

On partit donc rassurés. On franchit le petit pont à haubans et au tablier convexe, latté de bois, reliant le quai de Versailles à l'île du même nom.

Là, en aval dans le bras d'eau, croupissent quelques barcasses dont certaines, à la coque verdâtre de mousse après l'hiver passé, semblent se résigner à leur état d'épave. À la différence des canots de location à propulsion électrique, amarrés au ponton côté île. Eux paradent en ordre impeccable dans leur livrée verte ou bleu marine.

Li marchait, sautait parfois un pas sur deux, ses couettes battant en rythme. Insouciante, elle chantonnait une comptine. Charly marchait devant, les mains dans les poches, le nez en l'air, étonné de l'aspect offert par certaines des variétés de l'arboretum japonais, ainsi ces arbres étranges aux branches nues et aux extrémités desquelles semblaient être posées des soucoupes d'aiguilles de pin.

Parvenus à une petite clairière aménagée, ils s'assirent sur de grosses pierres. De nombreux passériformes de diverses espèces s'étaient réunis là. Ils concertaient d'un arbre à l'autre, chacun gazouillait sa partition, ne tenant aucun compte des accords du voisin.

— Un oiseau, dit Charly, ça n'a pas d'entraves. Il fait ce qu'il veut : il est libre, il vole... Tiens, ça me fait penser à Charlie Parker*.

— C'est un nom d'oiseau, ça ? s'étonna Li.

— Presque. C'était un joueur de saxophone alto, le meilleur qui ait jamais existé. Les musiciens l'appelaient Bird. L'oiseau, quoi. Les propriétaires d'un club de jazz new-yorkais, The Clique, avaient rebaptisé leur établissement, Birdland**, pour lui rendre hommage. Charlie Parker, personne ne pouvait l'égaler. C'est vrai, c'était un virtuose. Son anticipation des notes était impressionnante. Il survolait tout ça avec facilité incroyable. Bref, un génie dans son genre ! Mais dans tout génie, il y a un grain de folie : ça, c'est Aristote, un grec, qui l'a dit. Et Bird, semblait être toujours ailleurs malgré son succès et sa popularité. Il vivait enfermé dans sa solitude. Puis, Charly soliloqua dans un murmure : ouais, Parker est parti trop jeune, lui aussi.

— Qu'est-ce que tu dis ?

— Rien, répondit Charly.

---

*À 14 ans, à la suite d'une audition, ses aînés professionnels le surnommèrent par dérision, Yardbird : bleubite, bizut, et ils lui conseillèrent de retourner à ses études musicales. Pour autant, il ne se découragea pas. Il est l'un des chefs de file du be-bop. Il est décédé à l'âge de 35 ans.
**Reconstitué par Bertrand Tavernier pour son film : *Round Midnight*.

— Pourquoi tu es si triste, tout à coup ?

— Je ne suis pas triste, dit Charly. Je pense à la vie ; pour les uns, elle est comme une étoile filante… Il regarda Li, je souhaite que la tienne brille le plus longtemps possible…

*

*   *

Shan venait de remettre un peu d'ordre dans la chambre de sa fille. Lorsque Li était absente, l'appartement semblait retrouver un peu de calme et donnait même l'impression d'être vide ! Profitant d'un instant de répit, elle se prépara une tasse de thé rouge, le kunming. La médecine chinoise dit qu'il facilite la circulation de l'énergie vitale, le chi, et a bien d'autres vertus encore. Aussi Shan en buvait-elle quotidiennement trois tasses, un mois durant. Une cure, somme toute.

Tenant sa tasse serrée entre ses mains, elle faisait un point sur le travail qui l'attendait. Elle avait des épreuves à corriger. C'est ainsi qu'elle se rendit compte qu'elle avait oublié les copies à noter à la faculté. et rien ne l'embêtait plus que d'être dans l'obligation d'y retourner. Cependant, elle n'avait pas d'autre choix. En tramway, elle n'en aurait pas pour longtemps. L'ennui, c'était l'absence de Li et elle ignorait l'heure à laquelle rentrerait sa fille. Après tout, elle pouvait mettre un mot sur la porte pour la prévenir de son absence. Et, en attendant son retour, Charly s'occuperait d'elle comme il savait si bien le faire. Pas de problème, elle pouvait donc partir rassurée. L'aller-retour ne lui prendrait pas plus d'une heure, à condition qu'elle ne rencontrât aucun de ses élèves chinois. Ceux-ci, à l'occasion, ne manqueraient pas de l'accaparer afin de résoudre tel ou tel souci même mineur.

Elle passa d'abord par la salle de bain, s'apprêta, fit quelques retouches de maquillage, revint dans le salon, puis tira une feuille d'un bloc-notes et écrivit à Li. En partant, elle fixerait le mot sur la porte à l'aide d'un bout de ruban adhésif. Le courrier ! Elle allait l'oublier. Elle devait descendre le chercher à la boîte aux lettres avant de partir. Sans plus attendre, elle y alla et tomba sur une voisine. Celle-ci la retint pour l'entretenir des problèmes de santé de son mari. Par politesse, Shan l'écouta. Entre-temps, deux hommes entrèrent dans l'immeuble, chacun tenant une des poignées d'une cantine métallique d'un bon volume, ils gravirent directement l'escalier. La voisine se pencha vers Shan et chuchota :

— C'est sans doute pour ceux du dessus.

— Ceux du dessus ? reprit Shan qui ne comprenait pas.

— Mais si, vous savez bien, ceux qui s'engueulent tout le temps.

— Ah oui !

— Eh bien, d'après ce que j'ai entendu dire, elle le quitte. Aussi, ils viennent pour emporter ses affaires. Si, si, pour moi, ce doit être ça !

Puis la conversation sur les malheurs de son mari reprit. Une femme entra à son tour dans l'immeuble, elle tenait un petit chien en laisse. Elle les salua et monta aux étages.

Enfin parut le couple homosexuel. Tous deux sortaient. Tiens ! s'exclamèrent-ils, en apercevant Shan. Et comment se faisait-il que leur petite protégée ne leur rendait plus visite, hein ? Ils s'ennuyaient sans elle.

Il faudrait le lui dire, n'est-ce pas madame Xi ! Même leur gros chat roux, Flamby, à qui ils avaient pourtant expliqué qu'eux n'y étaient pour rien si la petite fille ne venait pas, eh bien, il leur tirait une gueule à faire peur, à un point tel que c'en était même épouvantable ! Qu'avait à répondre Shan à cela ? Rien. Li était libre de ses choix. Bien évidemment, elle ne pouvait le leur dire aussi directement. Néanmoins, elle promit que bientôt sa fille irait les voir.

— Sûr, hein ? Attention madame Xi ! Chose promise, chose…

— Oui, oui, ne vous en faites pas ! les rassura encore Shan, tandis que la porte d'entrée de l'immeuble se refermait dans leur dos.

Bon, et maintenant, cette femme qui embrayait de nouveau, monologuant sur les ennuis de son mari cacochyme :

— Et vous comprenez, il doit se faire opérer, et on sait pas s'il supportera l'opération, et à cet âge, vous savez, tout peut arriver…

— Eh oui… c'est sûr… ben oui, acquiesçait mécaniquement Shan, tout en se demandant comment faire pour se débarrasser de cette bavarde incontinente.

Son salut se présenta sous les traits d'une autre voisine, probablement attirée par les voix qui résonnaient dans la cage d'escalier. Ça avait l'air important et pour rien au monde elle ne voulait en perdre une miette ! Shan sauta sur l'occasion offerte : elle devait encore aller jusqu'à la faculté. De plus, elle n'était pas en avance !

— Ah, mais, je vous retarde alors ? réalisa tout à coup la femme du malade.

— Non, non, absolument pas, la rassura Shan en se retirant.

Que ne devait-elle pas endurer parfois pour ne pas froisser son voisinage !

Shan grimpa les marches aussi vite qu'elle le put. Elle parvint essoufflée sur le palier. Trois enjambées encore et sa main s'abattit sur la poignée de la porte de son appartement. Elle entra en trombe, referma derrière elle.

Elle ne comprit pas ce qui lui arrivait.

Des bras l'enserrèrent, la bâillonnèrent, la soulevèrent, l'emportèrent à l'horizontale ! Elle se débattait, créant des reptations brusques avec son corps. Deux chaises furent renversées, un vase se brisa, divers objets tombèrent çà et là des meubles. Rien n'y faisait. Elle était maintenue fermement. L'un d'eux avait une force incroyable. L'autre plus râblé, plus menu aussi, avait des petits yeux enfoncés, ce regard cruel ne lui était pas inconnu. Sans qu'elle eût le temps de crier, un chiffon fut plaqué sur son nez, sa bouche. Elle avait du mal à respirer. L'homme aux petits yeux versait un liquide sur le bâillon. Elle allait étouffer. La forte odeur d'un produit lui brûla les poumons. Elle se souvint : ce regard, elle l'avait croisé un jour dans le tramway… Peu à peu, elle s'enfonça dans l'inconscience…

Son réveil fut douloureux. Elle suffoquait, toussait, peinait à reprendre sa respiration, elle crut mourir. Elle était recroquevillée, enfermée dans une sorte de caisse métallique dont le couvercle, pas totalement rabattu, laissait passer un jour. Au bruit assourdi du moteur et aux trépidations elle sut qu'on l'emmenait dans une voiture. Ses mains étaient liées, cela ne l'empêcha pas de cogner sur la paroi de la malle.

L'homme aux petits yeux se tourna rapidement pour jeter un œil à l'arrière du break. Il ricana en entendant les coups portés par Shan. Mantini, assis à côté, occupait largement la place du passager, l'œil rivé à la route, la main accrochée à la poignée de maintien au-dessus de la portière.

— Fais attention à ta conduite, imbécile. Il ne manquerait plus qu'on ait un accident… fit-il remarquer.

— Ça, c'est du bon travail Bob.

Sans dire un mot, Mantini lui jeta un regard de biais. L'autre demanda :

— Tu l'enfermes dans l'une des chambres Bob ?

— Hum, hum, marmonna Mantini, peu loquace.

— C'est bien, Bob, tu vas pouvoir rouvrir ton business, elle sera la première fille. Je peux proposer mes services pour sa formation, dit-il avec un rire de dément.

— Ferme-la ! brailla Mantini.

— Oui, oui, du calme, Bob.

Le break fut garé devant un immeuble attenant au Blue Paradise. Mantini ouvrit. Les appartements situés au-dessus du cabaret étaient desservis par cette entrée. Mantini était propriétaire de l'ensemble : héritage du vieux, d'un temps où prospérait sous son autorité le proxénétisme hôtelier pour notables provinciaux ou encore pour les hommes d'affaires séjournant dans la ville. Depuis la mise en sommeil de cette activité, dix ans auparavant, les appartements étaient restés inoccupés. Faute de quoi, l'ensemble se délabrait.

Surveillant les abords, l'homme aux petits yeux faisait les cent pas devant le véhicule. Mantini revint, ouvrit la portière du coffre, referma carrément la cantine et la tira à lui.

Tous deux, une poignée en main, montaient à présent l'escalier avec leur chargement. Au premier étage, ils entrèrent dans l'un des appartements. Une odeur d'humidité y régnait. Mantini alluma la lumière, ouvrit la cantine et aida Shan à se remettre sur pied. Il lui recommanda de se tenir tranquille. Il était inutile qu'elle criât, personne ne l'entendrait, toutes les fenêtres étaient condamnées. Mantini lui montra la salle de bain où étaient disposés des accessoires de toilette de première nécessité. Shan déduisit qu'elle serait captive un bout de temps.

Elle protesta, elle ne comprenait pas, elle n'avait jamais rien fait de mal, dit qu'il devait y avoir une erreur sur sa personne, demanda la raison de sa séquestration.

Il ne lui fut pas répondu. Ses liens lui furent retirés et la porte refermée à clé après le départ des deux hommes.

Elle s'assit sur le lit, complètement désemparée. la pièce lui apparut sordide. Les motifs de la tapisserie dataient. Le mobilier, de style indéterminé, renvoyait à une autre époque.

Aux murs étaient accrochés des tableaux représentant des femmes nues aux poses impudiques. Le décor, franchement ridicule, évoquait partout le mauvais goût au caractère licencieux. Les poufs et les sièges étaient recouverts d'imitation de mohair et de fourrure synthétique aux tons roses, à moins que ce ne fût l'ampoule rouge du plafonnier qui leur donnât cette teinte.

Un lieu de dépravation, et Shan jugea très vite à quelle fonction avait été destinée autrefois cette pièce. Cela la répugna.

Ne supportant pas l'éclairage de l'ampoule rouge du plafond, dispensant une lumière affaiblie, elle lui préféra encore celle vive de la salle de bain. Aussi se leva-t-elle pour l'allumer, elle laissa la porte ouverte et, au passage, éteignit la grande pièce.

C'était mieux ainsi. Elle s'assit de nouveau sur le lit. Sa situation était préoccupante. Personne ne savait où elle était, même pas elle ! Découragée, elle s'assit de nouveau sur le bord du lit, pensa à sa fille et se mit à pleurer.

XXI

Après avoir pris un verre à une terrasse, Quai de Versailles, on se décida à rentrer. Charly marchait toujours en tête et Li, suivant derrière, rattrapait selon son gré son retard, chantonnait, posait de temps à autre une question. Et pourquoi ceci et pourquoi cela…

Se disant à plus tard, on se sépara sur le palier. Li abaissa la poignée de la porte de son appartement, cette dernière s'ouvrit.

— Maman est là, dit-elle en se retournant alors vers Charly.

— Parfait, acquiesça-t-il.

Dans sa cuisine, il se réchauffa un café, alluma la radio. Après la rhapsodie hongroise n°4 de Franz Liszt, suivie d'un flash infos vite expédié, la reprise se fit avec Richard Galliano, le jazzman à l'accordéon. Style baptisé par dérision, et par le musicien lui-même, de *new musette*. Charly n'avait jamais entendu cela. « Eh bien, ma foi », se dit-il, « il ne s'en sort pas si mal ! » En effet, pourquoi pas le jazz de Belleville ! Puis on enchaîna avec une variété. Sorte de soupe sans consistance d'un chanteur en émoi, bêlant avoir rencontré cette fois la fille la plus formidable !

Passant à un tout autre sujet, il vint à penser que tout était bien trop calme sur le front des hostilités. Quelque sournoiserie se préparait, cela ressemblait trop à cette atmosphère lourde et tranquille précédant un orage. Il se demandait de quelle manière la riposte arriverait.

À l'instant, on tambourina à sa porte. Immédiatement, il fut sur le qui-vive. Peut-être n'avait-il pas entendu frapper avant à cause de la radio... En trois bonds silencieux, il parvint à la porte et colla par prévention son œil au judas. C'était Li !

— Viens voir ! dit-elle, avec un fond d'inquiétude en l'entraînant par la main vers son appartement.

— Tu as vu ? Regarde !

Charly constata les chaises renversées, les tessons du vase sur le sol et divers objets épars.

— Et ta mère ?

— Je ne sais pas. Elle a laissé un mot. Il est sur la table.

Shan avait écrit qu'elle s'absentait le temps d'un aller-retour à la faculté. Une heure, tout au plus.

Le problème était qu'il ignorait depuis combien de temps elle était partie. Un sentiment le gagnait : quelque chose de grave était arrivé à Shan. Il avait sous les yeux la preuve indiscutable de son départ mouvementé et surtout pas pour l'université.

Toutefois, il devait se garder d'alarmer Li. Bien qu'elle-même pressentît aussi de son côté une situation anormale.

— Nous allons l'attendre chez moi, décida Charly. Ne t'en fais pas, elle aura été retardée, sans doute. C'est ainsi chaque fois qu'elle se rend à la faculté. Nous verrons bien…

Dubitative, Li haussa les épaules en faisant la moue. Elle n'avait pas l'air d'y croire plus que ça.

Des représailles sur Shan ne laissaient guère de place au doute. Alors, Charly se posa la question suivante : Pourquoi ne s'en prenait-on pas directement à lui ? C'était bien l'évidence qu'on le ménageait, sinon l'affrontement aurait été plus direct et on aurait cherché à l'abattre. Or, là, il était prêt à parier, Shan était retenue en otage et allait être en quelque sorte une monnaie d'échange. Mais dans quel but ?

On était dans le milieu de l'après-midi.

Si au début, l'espoir de voir surgir Shan d'un instant à l'autre avait prévalu, très vite celui-ci s'était amenuisé au fil du temps, jusqu'à ce que l'on se fît une raison sur son retour improbable. Li en était de plus en plus désolée et commençait à manifester des signes d'angoisse, mais comptait bien secrètement sur Charly pour résoudre le problème. Lui se sentait poussé par l'impérieux devoir d'agir. Après avoir fait le tour de la question, les seuls renseignements qu'il pouvait obtenir des ravisseurs de Shan, eh bien, c'était par Betty !

*

*   *

Cela faisait déjà une demi-heure que Montaigne essayait de convaincre Betty.

— Vous auriez préféré un compromis, je le comprends, mais nous allons devoir précipiter ce qui était prévu. Dans votre intérêt, vous devez collaborer avec nous. Caplan se sait condamné et il n'a qu'une seule idée en tête… Vous savez laquelle…

— Qu'en pense-t-il, lui, de tout ça ? Puisque vous me dites l'avoir reçu au commissariat.

— Difficile de le savoir. Il est tellement économe de ses paroles.

— Je sais… Et si cela se passe mal ?

— Malheureusement, nous ne devons pas l'exclure…

Betty ne savait que répondre.

C'était la quatrième fois qu'elle voyait le jeune commandant. La première rencontre, informelle celle-là, avait eu lieu au cabaret. Il avait voulu se faire passer pour un client mais, tout de suite, Betty avait deviné qu'il n'en était rien. Peu de temps après, quelle ne fut pas la surprise de celle-ci de le voir frapper à sa porte ! Il lui avait décliné son identité et, bien sûr, ce qu'il attendait d'elle, lui laissant entendre qu'elle n'avait d'autre choix que celui de collaborer étroitement avec lui. Par deux fois, il était revenu. Elle lui avait donné les renseignements qu'il souhaitait, mais maintenant cette troisième visite la dépassait.

— Vous me demandez de trahir l'homme que j'aime et ça, je ne l'accepte pas. Non, je m'y refuse.

— Mais il ne s'agit pas de le trahir !

— Non, s'il vous plaît, n'insistez pas.

— Vous prenez un risque, Betty.

Cela lui était égal, avait-elle répondu. La vie ne l'avait jamais épargnée et, à présent, bien plus qu'avant. Elle entendait côté cœur. L'amour transcende les êtres et, quand elle était avec Charly, c'était beaucoup plus que cela !

— Je vous embête avec mes histoires de femme sentimentale.

— Non, non.

— Nous nous sommes rencontrés, il y a dix ans. Comme tant d'autres se croisent, une fois, au gré de leur route, échangent un regard, deux ou trois mots, guère plus. Tout aurait pu, aurait dû même s'arrêter là. Mais non, allez comprendre ! Ces quelques instants ont suffi à lier nos destins… Et revoilà maintenant cet homme surgissant de ce passé. Alors, je m'étais mise de nouveau à espérer. J'allais pouvoir quitter enfin ce milieu que j'exècre : celui des night-clubs interlopes. Tous les deux, nous aurions pu être heureux, nous reconstruire une autre vie. Mais voilà, lui va bientôt…

Ses yeux se voilèrent, sa voix chevrota, Betty ne put contenir ses larmes.

Montaigne en éprouvait de la gêne, jugeait indécent de s'immiscer dans la douleur de cette femme afin d'exiger d'elle une collaboration à laquelle, cette fois, elle refusait de participer.

Il se leva.

— Excusez-moi, n'en parlons plus. Je ne sais pas quelle sera l'issue de tout ça, mais préservez-vous. Je m'en voudrais qu'il vous arrive quoi que ce soit, dit-il en se retirant.

Pour lui, sans la complicité de cette femme, l'affaire était pour ainsi dire dans l'impasse. Insister auprès d'elle eût manqué de tact et ne pouvait que la murer un peu plus dans son entêtement. Qui sait, peut-être changerait-elle d'avis ?

*

*   *

Charly s'arrêta devant l'immeuble.

— C'est ici, dit-il à Li.

Elle remua la tête en guise d'approbation puis demanda :

— Maman est ici ?

— Mais non, lui répondit Charly, tu n'as pas compris. Ici, habite une dame. Elle devrait être en mesure de nous renseigner. Enfin, nous allons voir…

Betty terminait de se maquiller devant son miroir quand la sonnerie de l'interphone émit ses stridulations. « Oh, non, zut ! » râla-t-elle pour elle-même. « Pas encore ce flic, il ne revient tout de même pas à la charge ? » Elle était en sous-vêtements, tenue plus que légère s'il en est, sa robe bleue à paillettes toujours suspendue à un cintre, prête à être enfilée comme une seconde peau. Ce qu'elle fit dans la précipitation avant de répondre.

Charly ? C'était Charly, il revenait ! Une vague de bonheur la submergea. Il avait réfléchi, il venait partager avec elle sa décision de se faire opér… Ah, zut, et maintenant la fermeture éclair de sa jupe venait de se bloquer dans son dos, comme si c'était le moment ! De plus, elle n'était même pas coiffée, n'avait pas fini de se maquiller, non plus. Et il carillonnait déjà à la porte de l'appartement ! Oui, oui, il ne devait pas s'impatienter, elle allait lui ouvrir. Mais quelle attitude prendre : se jeter dans ses bras, attendre, oui, mais attendre quoi ? Elle ne le savait pas. Mon Dieu, quelle folie, elle en perdait la tête ! Et puis, peu importait, elle verrait bien !

Son sourire se mua en surprise quand elle vit une petite fille tenir la main de Charly et lever sur elle son regard grave.

— Je vais t'expliquer, dit-il à Betty…

Elle n'en revenait pas. Sous couvert de mots choisis, pour ne pas accroître l'inquiétude de Li, Charly venait de lui brosser le tableau préoccupant d'une situation dont il endossait la responsabilité. Aussi lui revenait-il de trouver une solution.

À son tour, Betty lui avoua ne pas être totalement surprise pour avoir, à une ou deux reprises, saisi les propos allusifs de Mantini au sujet d'une mère et de sa fille.

— Il est passé à l'acte, reconnut-elle. Et je ne vois qu'un endroit où il peut la séquestrer : dans l'une des chambres situées au-dessus du cabaret, présuma aussitôt Betty. Enfin, sous toute réserve. Laisse-moi faire, demain matin j'aurai des informations…

Charly se leva, tituba, se rattrapa de justesse. Une crise le secouait. Il s'assit de nouveau, laissa passer. Betty se précipita, s'accroupit près de lui. Elle prit sa main, la porta contre sa poitrine. Quand il reprit ses esprits, elle l'exhorta :

— Promets-moi de faire quelque chose, sinon j'en mourrai, moi aussi !

— Ne dis pas de bêtises, murmura Charly, un sourire triste accroché à ses lèvres.

— Si, promets-le-moi, tu vas le faire ! répéta Betty.

Charly eut un mouvement de la tête, laissant entendre beaucoup de choses et rien à la fois, exprimant plutôt une incertitude. Betty, elle, voulait y voir les tout premiers signes de son consentement pour une intervention chirurgicale.

« L'idée, commence à faire lentement son chemin », pensa-t-elle.

Ensuite, se retournant vers Li, elle s'inquiéta :

— Cette grande fille a-t-elle au moins tout ce qu'il lui faut ?

— De ce côté-là, tout va bien, je m'occupe d'elle, assura Charly. C'est sa mère qu'elle veut revoir, tu comprends ?

— Demain ! promit Betty en adressant un large sourire de connivence à Li. Et pour que cela aille très vite, vous restez dormir ici.

— Ici ? s'étonna Charly.

— Oui, ici, réaffirma Betty. Ainsi, à mon retour du cabaret, tu auras immédiatement des nouvelles. Il y a un lit de libre dans la seconde chambre.

— D'accord, Li y dormira et moi, je m'allongerai sur le canapé, comme ça, ce sera parfait, dit Charly.

— Mais enfin, tu peux dormir dans le mien, suggéra Betty. Il me semble que tu l'apprécies… ajouta-t-elle d'un air plein de sous-entendus.

— Bon, d'accord ! Avant, nous irons manger au restaurant, n'est-ce pas, Li ?

Elle était d'accord.

— Surtout, raconte-lui une petite histoire avant qu'elle ne s'endorme, cela lui permettra de s'évader de ses soucis, recommanda Betty en aparté. Puis : Tiens, si tu veux écouter un peu de musique, ma chérie, demande à Charly de te mettre un disque sur l'électrophone ! Moi je finis de me préparer.

Charly posa sur le plateau un vieux microsillon d'Archie Shepp*, *Mama Rose*.

— Charly, s'il te plaît, peux-tu m'aider, j'ai un problème de fermeture éclair, l'interpella Betty.

Elle présenta son dos. Les mains de Charly irradiaient en elle une onde de désir qui vint se perdre dans le creux de ses reins. Quand il eut terminé, elle se retourna et se pelotonna contre lui, lèvres offertes. Li regardait le drôle de jeu de ces deux adultes…

---

*Personnalité artistique aussi bien qu'intellectuelle. Avant-gardiste du style free jazz. Saxophoniste, pianiste et compositeur, Archie Shepp a donné un concert à Nantes le 11 janvier 1979 à la faculté de Droit.

*
*   *

Le compte était vite fait : un individu. Voilà désormais à quoi se résumait la garde rapprochée de Mantini. L'homme aux petits yeux était assis en face de lui. Convoitant toujours les filles, il mordillait nerveusement l'extrémité d'une allumette qu'il faisait circuler entre ses lèvres.

Mantini n'était pas mécontent du coup porté à Caplan. Cette femme était assurément son amie intime, puisqu'il se promenait souvent avec sa fillette. Mais cette fois, c'était lui, Robert Mantini, le maître du jeu. Caplan viendrait le supplier.

Il se leva de sa chaise et traîna son corps massif en direction du tiroir-caisse. Il en ressortit deux billets et les glissa dans la poche de sa veste. Les musiciens accordaient leurs instruments avant l'arrivée des premiers clients. De ses quatre membres, comme pris de convulsions, le batteur affinait ses derniers réglages dans un vacarme d'enfer, roulait ses baguettes, passant du tom basse à celui du médium, puis à l'aigu, alternait par des syncopées marquées sur la caisse claire, son pied en action sur la pédale de la grosse caisse pour donner le cœur de pulsation, l'autre sur celle de la cymbale charleston. On ne s'entendait plus !

À ce moment, apparut Betty. Une fois de plus, la présence de Mantini derrière le comptoir ne lui avait pas échappé. Il venait probablement de prélever des billets dans la caisse. Dans ce métier, tout particulièrement, la tricherie s'avérait facile. Cependant, ce n'était pas tant cela qui interpellait Betty mais plutôt la destination de l'argent prélevé par Mantini. S'il pratiquait ainsi dans chacun de ses établissements, la somme totale ne devait pas être négligeable. Peut-être payait-il ses affidés, en dessous-de-table. Pourtant, les rangs de ces derniers avaient une très nette tendance à s'éclaircir, donc, en toute logique, les sommes affectées à leur rétribution également. Or, ce ne semblait pas être le cas. Ou alors, il y avait une autre raison que…

— Betty !

— Oui, Bob !

Il s'approcha d'elle et prit le ton de la confidence.

— Je dois partir. Quelqu'un loge provisoirement dans l'une des chambres, lui confia-t-il en levant les yeux vers l'étage. Fais en sorte qu'elle ne soit pas dérangée. Un gars monte la garde devant sa porte.

— Ah, alors c'est une personnalité si un garde du corps veille sur lui… plaisanta Betty.

— En quelque sorte, oui. L'autre lui monte un sandwich, précisa-t-il en désignant l'homme aux petits yeux.

Celui-ci passa par la porte menant directement de l'intérieur du cabaret au couloir de l'immeuble desservant les chambres. Un passage discret du temps du vieux. Cela permettait aux filles de monter en toute discrétion aux étages avec les clients.

Un type obèse, à la mine bornée et à l'âge incertain, montait la garde assis sur une chaise. Il lisait des illustrés pour enfants tout en mâchonnant un chewing-gum. L'extrémité du manche d'un balai bloquait le bouton de la minuterie, le côté brosse prenant appui sur le mur d'en face.

Ignorant ostensiblement le gardien, l'homme aux petits yeux entra directement dans la chambre. Shan, assise sur le lit, se retourna. L'homme émit son petit rire de hyène, posa le sandwich sur un guéridon puis s'approcha d'elle. Sans prononcer un mot, d'une main, il lui souleva les cheveux puis les laissa retomber lentement. Shan écarta sa tête d'un geste brusque. La peur au ventre, elle se leva, chercha à se réfugier derrière un fauteuil. L'autre fit mine de l'en empêcher, ricana de plus belle. Dès que Shan esquissait un mouvement d'un côté ou d'un autre, il faisait de même, bras écartés pour lui barrer le passage, en riait comme un démoniaque. Il jouait avec elle, lui faisait comprendre qu'elle n'avait aucune chance de lui échapper.

Deux sifflements brefs retentirent dans la cage d'escalier. Mantini s'impatientait de son retour.

— Je reviendrai, dit-il à Shan, le vice au fond de ses yeux, avant de refermer la porte derrière lui.

De l'entendre dire cela, Shan en était terrorisée d'avance…

*

*   *

Le jour commençait à poindre. Dans la froidure du petit matin, Betty longeait d'un pas vif le trottoir du quai de la Fosse. La ville, toujours engourdie, semblait se calfeutrer derrière les façades des immeubles. De temps à autre, une voiture surgissait, laissant derrière elle la fumée blanche de ses gaz d'échappement. Les premières rames du tramway circulaient.

Betty ne s'était pas trompée. La mère de la fillette était bien retenue prisonnière dans l'une des anciennes chambres. Elle plaignait la malheureuse. Sans chauffage, ce devait être difficilement supportable pour elle.

En abordant le Cours des Cinquante Otages, elle fut saisie par une brise glaciale soufflant de face. Elle se recroquevilla davantage derrière le large col relevé de son manteau, des larmes perlaient au coin de ses paupières. L'idée du corps chaud de Charly dans son lit et de s'abandonner contre lui en arrivant lui laissait un sentiment de frustration, elle ne pourrait pas en recueillir toute la jouissance dont elle rêvait. Elle s'engouffra dans l'entrée de son immeuble, puis gravit l'escalier en soufflant sur l'extrémité de ses doigts pour les réchauffer.

Elle ouvrit la porte avec mille précautions pour ne pas réveiller ses hôtes. Elle sursauta de surprise en voyant Charly. Vêtu de son pardessus, il l'attendait, prêt à partir.

Elle se précipita sur lui, se jeta à son cou, l'embrassa longuement. Puis elle murmura :

— La mère de la petite est bien dans l'une des chambres…

Devant un café, elle lui donna tous les renseignements dont elle disposait. Charly écoutait. Quand il jugea être en possession de toutes les informations utiles, d'un geste, il vida sa tasse, se leva, posa un baiser sur les lèvres de Betty puis, sans un mot, partit pour le cabaret.

Avant, à chacune de ses missions il en était ainsi, concentration maximale, mutisme total, sens en alerte : un prédateur.

*

* *

Un autre prédateur, l'homme aux petits yeux, allait vers sa proie.

Celui-ci revenait vers le cabaret. Après avoir quitté Mantini, au lieu de rentrer chez lui, il s'était dit qu'il avait mieux à faire que de se retrouver seul dans son studio minable. Une femme était à sa merci et personne n'en saurait rien ! Pour ce que le payait Mantini, il avait bien le droit à des petites compensations. Cette femme ne faisait pas partie du personnel, donc il ne dérogeait pas aux ordres de son patron. Et puis… cette femme pourrait s'être suicidée… Il n'en était pas encore là… Peut-être même qu'elle comprendrait… Elle serait consentante… Il y allait de son intérêt, après tout… Du moins, si elle ne tenait pas à mourir…

Enfin, il verrait dans quelles dispositions elle serait, après… Sinon, oui, un petit suicide maquillé, pourquoi pas… Quelques billets au gardien pour qu'il taise sa visite et le tour serait joué… En tout cas, ce ne serait pas Mantini qui irait claironner sur les toits qu'une femme s'était suicidée chez lui… Il lui ferait encore enterrer le corps à Champtoceaux… Ou ailleurs, peu importe…

Il tambourina à la porte de l'immeuble.

Après une nuit sans sommeil, le balourd n'avait pas les idées très claires quand il ouvrit. Il semblait avoir été oublié là. Et lui-même ne s'en rendait pas très bien compte. Pas même inquiet de savoir s'il allait tenir le coup une journée entière sans se faire remplacer. On l'avait mis là, il y restait !

Sans lui adresser la parole, d'un geste, l'homme aux petits yeux le poussa pour lui faire comprendre de lui céder le passage. Connaissant ce dernier, le gardien ne s'opposa pas à son entrée, pas plus qu'il n'exigeât des explications. Un regard rapide à droite et à gauche sur le trottoir désert et il referma vite la porte.

Shan venait d'entendre des bruits de pas. Il lui semblait que l'on descendait les marches d'un escalier. Le dessus-de-lit jeté sur ses épaules, elle avait fini par dormir un peu. Malgré la répugnance qu'elle éprouvait à s'allonger sur ce lit, gagnée par la fatigue, elle avait cédé. Tout lui semblait sale, empreint d'odeurs désagréables de choses à l'abandon dans une pièce jamais aérée ni visitée par la lumière du jour. Et puis, ce froid lui glaçait les os ! Durant combien de temps s'était-elle assoupie ? Elle ne savait le dire. Très peu certainement. Sa hantise avait été de voir resurgir cet homme à tout instant.

Des pas remontaient vers l'étage. Plus nombreux cette fois, lui semblait-il. Maintenant, on parlait de l'autre côté de la cloison. Elle entendait mal, cela lui parvenait confusément. Elle tendit l'oreille, rien à faire.

Clac, clac ! Elle se figea quand elle entendit les deux tours de clé libérant l'ouverture de la porte. Deux secondes après, l'homme apparaissait dans l'encadrement. Il referma derrière lui. Ses yeux exprimaient la perversité et bien au-delà… Shan pressentit qu'elle n'échapperait pas au supplice pour les derniers moments de sa vie. Elle se mit à trembler…

*

*   *

En longeant la place du Commerce, Charly n'allait pas bien. Les troubles de la vision préludant un malaise se faisaient sentir. Il eut le temps de prendre appui d'une main sur un mur, progressa encore de quelques pas, puis une forte douleur dans sa tête le paralysa. Il s'assit sur place. Il transpirait malgré le froid, avait la nausée. Chaque crise se faisait plus forte. Dans une sorte de délire fiévreux, il lança une supplique à la mort pour qu'elle le laissât tranquille. Le moment n'était pas encore venu, il lui restait des tâches à accomplir. Après, oui, elle ferait de lui ce qu'elle voudrait. À présent, il grelottait, claquait des dents, le froid pénétrait son corps jusqu'aux os.

— Monsieur… Monsieur ?

— Hum…

— Vous avez besoin d'aide ?

— Non, souffla Charly.

Il respira un bon coup, emplit d'air frais ses poumons. Il rouvrit les yeux et put mettre un visage sur la voix. Un homme d'une cinquantaine d'années, penché sur lui, le regardait inquiet.

— Ça va aller, le rassura-t-il.

— Je peux vous aider, les urgences hospitalières sont tout près d'ici, juste en face, proposa celui-ci.

— Non, non, je vous l'ai dit : ce n'est qu'une crise.

— Je vois, dit l'autre, vous faites un délire paranoïde à la suite d'un mauvais retour…

— Pardon ? dit Charly, étonné d'entendre cela.

— Ou alors vous êtes en manque… Bref, justement à l'hôpital, ils vous donneront des médicaments psychoactifs : des benzodiazépines.

— Hein, mais qu'est-ce que vous racontez ? Charly n'en croyait pas ses oreilles. C'est vous qui délirez !

*

*   *

Elle ne pouvait plus résister. Shan était à bout de forces et ne savait plus comment se sortir des griffes de ce monstre. Elle avait eu le tort de chercher refuge dans un angle de la pièce. L'homme émit son petit rire victorieux de hyène. Seul, un fauteuil les séparait. Acculée, elle n'avait plus d'échappatoire. Estimant que la plaisanterie avait assez duré, il se rua sur elle en sautant sur le fauteuil. Celui-ci bascula sous la charge et l'homme partit s'étaler entre les deux murs. D'un bond, Shan avait esquivé le danger. Le répit fut de courte durée, l'homme était de nouveau sur pied et se ruait déjà sur elle. Cette fois, il la tenait fermement ! Il la força à s'allonger sur le sol et Shan sentait déjà ses mains courir à même sa peau.

*

*   *

— Houlà, vous faites ce que bon vous semble ! Moi, je dis ça pour votre bien, dit l'homme à Charly qui s'empressa à son tour de lui répondre :

— Il ne vous vient pas à l'idée que tous les malaises ne proviennent pas forcément de la drogue ?

Puis, la crise passée, il se releva, épousseta son pardessus. Alors, l'autre poursuivit son chemin, pas du tout content de s'être fait rabrouer. Se retourna plusieurs fois, l'air courroucé. D'ailleurs, on ne l'y reprendrait plus à vouloir porter assistance aux camés de la terre. Ça, certainement pas !

— Bon, dit Charly, après avoir repris toutes ses capacités physiques, assez perdu de temps, moi aussi.

Il reprit son itinéraire, Dans le petit matin naissant,

il apercevait l'enseigne du cabaret, celle perpendiculaire à la façade. Elle était éteinte, normal. En revanche Betty avait aperçu de la lumière par la vitre opaque de la porte d'entrée de l'immeuble jouxtant l'établissement. C'est là qu'il devait se rendre.

Il y était, justement. Et en effet, il apercevait un éclairage. Il toqua à la porte, suffisamment pour être entendu. À tout hasard, il tourna la poignée, sans résultat. Il attendit donc.

Cela ne tarda pas. Schlac, schlac !

Charly plongea sa main dans la poche intérieure de son pardessus et la porte s'ouvrit sur le regard hébété d'un type adipeux en survêtement noir qui, sans rien y comprendre, se retrouva avec le canon d'une arme en appui sur son front. Par réflexe, il leva les mains. « Peut-être a-t-il vu cela dans des films », se dit Charly, dressant son index devant ses lèvres pour lui faire comprendre que sa vie tenait à son silence. Puis il pointa son doigt en direction de l'étage pour l'inciter à remonter l'escalier. Pas facile, quand on est obèse de monter des marches, les mains croisées derrière la tête, un canon pointé sur la nuque.

Au fur et à mesure de son ascension, Charly entendait les cris de Shan. Elle hurlait même, semblait se débattre. Que se passait-il ? Parvenu sur le palier, il murmura à l'oreille du gros homme :

— Combien sont-ils là-dedans ?

— Un, répondit-il.

Charly exécuta cette fois un mouvement circulaire

avec son index pour faire comprendre au gardien qu'il devait se retourner afin de se présenter face à l'escalier. Le gros, pas contrariant du tout, ne se le fit pas dire deux fois. Charly recula et, d'une poussée du pied sur le bas du dos, l'amena valdinguer dans l'escalier comme une énorme boule de bowling. Dans le même temps, il se ruait sur la porte de la chambre.

L'homme aux petits yeux se sentit soulever par les cheveux et reçut un coup en plein visage du revers de la main. Celle qui tenait l'arme. La crosse lui fit sauter deux dents, avant qu'il ne partît à la renverse, pantalon et slip baissé. Charly regarda Shan. Au jugé, il était grand temps qu'il arrivât. Juste, mais bien. Puis, il se rapprocha de l'homme aux petits yeux qui, dans la hâte, tentait de se rhabiller. Son visage était tuméfié, sa bouche en sang.

— Non, non, dit Charly, tu es très bien comme ça. Le slip, à la rigueur, je veux bien.

— Mais… et mon pantalon ? s'étonna l'autre.

— Tu l'enlèves carrément, exigea Charly, ensuite tu vides tes poches, celles de ta veste aussi !

Shan était encore sous le choc. Tremblante, elle remettait de l'ordre dans ses vêtements. La présence de Charly la rassurait, son calvaire venait de prendre fin.

L'homme aux petits yeux étala le contenu de ses poches sur la moquette crasseuse.

Charly releva aussitôt la présence d'un couteau à cran d'arrêt.

— Dis-moi, ce n'est pas toi qui aurais piqué un flic avec un couteau de cuisine, il y a une dizaine d'années ?

— Prouve-le ! défia l'autre.

— Pour moi, ça vaut une réponse. Et puis tu me sembles assez dérangé pour cela. Bien, nous n'allons pas nous éterniser ici. Shan, voulez-vous regarder dans la cage d'escalier où en est votre gardien ?

— Oh oui, tout de suite, dit Shan, pressée de quitter les lieux.

— Si nous partons, je peux remettre mon pantalon ?

— Non, dit Charly, tu es très élégant en veste et en slip, et puis où tu vas, tu n'as pas besoin de pantalon.

— Comm… Comment ça, où je vais ?

Shan revint dans la chambre. Son gardien était toujours écroulé au bas de l'escalier. Il ne bougeait pas. Charly la pria de partir et de l'attendre une centaine de mètres plus loin.

Il reprit sa conversation avec l'homme aux petits yeux :

— Tu me demandes où tu vas ? Tu n'as pas une petite idée, non ?

— C'est pas moi ! C'est pas moi ! se défendit-il.

— Eh bien, à ton tour de le prouver…

— Mantini, il avait dit que…

— Mantini est assez malin pour ne pas se salir les mains. Mais toi, assez cinglé pour le faire. Alors pour quelles raisons as-tu tué ce policier ?

— Le vieux m'avait dit de le faire. J'étais pas seul ! Attal était là, et puis un autre aussi. Ce flic, il dérangeait des gens importants, paraît-il. Je n'en sais pas plus.

— Et puis, vous avez créé une mise en scène, elle m'a coûté dix ans de cabane ! Mets tes chaussures, tu auras plus d'allure. Après, on s'en va.

— Et mon pantal…

— Non, je te l'ai déjà dit : tu es très bien comme ça ! Dépêche-toi, une femme patiente dans le froid.

Au pied de l'escalier, gisait toujours le gros dans son survêtement noir. Charly se demandait s'il était mort ou alors sérieusement sonné. Il ne s'attarda pas sur son cas. Puis il prévint l'homme aux petits yeux : ils allaient traverser le boulevard pour rejoindre le bord du quai. S'il tentait le moindre écart, il l'abattrait sur place. L'autre se dit qu'il avait encore une chance de s'en tirer…

XXII

À grand renfort de gestes, depuis sa voiture, une automobiliste intimait à Cassel de reculer un peu. Ainsi, de son côté, elle pourrait s'engager dans l'étroit goulot qu'il voudrait bien lui concéder car on était dans les embouteillages du matin ou les bouchons. C'était selon. En tout cas, Cassel trouvait ce vocabulaire en contradiction avec l'abstinence tant prônée au volant, mais bon…

Toutes les voitures venaient se heurter là, sur ce rond-point, comme de grosses blattes bornées, prêtes à se monter les unes sur les autres pour se frayer un chemin dans un conduit restreint. Cassel, têtu comme pas deux, ne céda pas un pouce de bitume. Et la femme, maintenant incapable de se contrôler, frisait l'hystérie dans son habitacle, s'agitait inconsidérément, exhibait sa montre, tapotait le cadran de son doigt ; elle était en retard, il pouvait tout de même faire un effort, quoi ! « Rien à foutre », marmonna Cassel pour lui-même, tel un butor, tournant sa tête pour regarder ailleurs comme si de rien n'était. Puis, comme par miracle, tout se débloqua. Enfin, vite dit : on progressa seulement de quelques précieux mètres. C'était toujours ça de gagné !

Au loin, on entendait à présent des sirènes qui émergeaient du grondement sourd de la ville. « Tiens… », se dit Cassel, entrouvrant légèrement sa vitre. La totale : pompiers, SAMU, police exécutaient dans les embarras de la circulation une sorte de cacophonie wagnérienne, annonciatrice d'une tragédie. « Quelque chose de grave s'est produit », déduisit-il, sans faire montre de clairvoyance sur ce coup-là. Et pourquoi n'appellerait-il pas le bureau ? Montaigne pourrait l'éclairer sur la cause de ce concert matinal. Il laissa passer plusieurs sonneries. Las, il interrompit son appel et maugréa : « Toujours pareil, personne pour décrocher à l'autre bout ! » Le commandant n'était pas arrivé, non plus. Probablement bloqué, lui aussi, quelque part entre deux voitures.

Il composa alors le numéro du service.

— Montaigne ? Si, si, on l'a vu ce matin, mais il est ressorti pour une mission.

— Ah ! Et où ça ?

— Quai de la Fosse !

— Quai de la Fosse ?

— Ben oui, pourquoi pas quai de la Fosse !

— Oui, oui, bien sûr. Et que s'est-il passé au quai de la Fosse ?

— Un homme trouvé mort.

— Ah…

Sur-le-champ, Cassel modifia son itinéraire. Il tenta vainement de joindre Montaigne sur son portable. Les sirènes se déchaînaient toujours au loin.

Vingt minutes plus tard, il posait le pied sur le quai. Ils étaient tous là, le parquet en tête, Rouvres, le patron du service, aussi. Et bien d'autres gens importants. Montaigne, songeur, se grattait la tête devant le cadavre recouvert. Cassel le rejoignit, souleva à peine la couverture et, surpris, fronça ses sourcils à la vue des jambes dénudées. Leur pilosité ne laissait aucun doute sur le sexe de la victime.

— Affaire de mœurs ? s'enquit-il auprès de Montaigne.

— Pas si sûr : jette un coup d'œil de l'autre côté et tu comprendras.

Cassel s'accroupit et souleva l'autre extrémité de la couverture. Il la laissa retomber après avoir constaté un trou dans le front du cadavre.

— Tu penses encore à Caplan ?

— Depuis qu'il a été libéré, il faut l'admettre, ça tombe comme des mouches, répondit Montaigne. Attendons l'expertise balistique. Tu les vois, là-bas, en train de discuter ? fit-il remarquer à Cassel en indiquant discrètement du menton le quarteron des supérieurs. Eh bien, ils n'ont pas l'air content, parlent de dérapage auquel ils ne s'attendaient pas et aussi de mettre rapidement un terme à tout ça. Tu y comprends quelque chose ?

— Non, reconnut Cassel. C'est leur problème et je ne vais pas me prendre la tête avec ça.

— Oui, je sais ; dans un mois, tu iras jouer du Schubert aux truites. Si ce n'est pas trop te demander, en attendant tu pourrais peut-être m'aider, du moins sur le plan de la réflexion…

— J'ai une vague idée, nuança Cassel à demi-mot, recherchant un peu plus de considération de la part de son collègue. Nous en reparlons par la suite.

— Montaigne, Cassel ! cria Rouvres, joignant un geste de ralliement à ses appels.

— Ça va être notre fête, tu vas voir, murmura Montaigne.

— Avec ces messieurs, nous venons d'évoquer le côté préoccupant de la situation, leur annonça d'emblée leur directeur, sourcils froncés et affichant la mine renfrognée du type dont la patience a atteint le point limite. Et vous en convenez : ça commence à bien faire ! La priorité est donnée aux analyses et relevés faits sur le cadavre et le terrain. Nous aurons très rapidement les résultats. Cet après-midi, je veux vous voir dans mon bureau, tous les deux.

Voilà, c'était tout ce que Rouvres avait à leur dire. Du moins pour l'instant. Ne bénéficiant pas de la bienveillance de ces autorités réunies là et conversant entre elles, Montaigne et Cassel ne purent s'exprimer. Cela ne se faisait pas, la voie hiérarchique était une obligation dans ce monde, sinon où allait-on ?

Donc ils retournèrent à leur travail.

— Ils nous prennent pour des cons, râla Cassel, appuyant sur ce dernier mot comme pour mieux évacuer sa colère. Pour ça, j'en ai marre ! Ils veulent Caplan, on va leur servir Caplan !

— Répète ? dit Montaigne.
— Répéter quoi ?
— Ce que tu viens de dire à propos de Caplan.
— Oui, Holà, pas si vite, pas si vite, on va voir…

Le policier chargé des relevés topographiques leur communiqua ses présomptions : la victime avait couru avant d'être abattue. Des traces suspectes relevées sur sol menaient au cadavre et semblaient correspondre à la pointure des chaussures de celui-ci ; on allait approfondir tout cela. Une demi-heure plus tard, le corps fut emmené vers l'institut médico-légal, le site balisé, interdit au public et gardé par deux policiers. Les lieux furent évacués, sirènes en action : pas de temps à perdre. Cassel proposa à Montaigne de le ramener au commissariat dans sa voiture. Celui-ci le remercia. Lui-même était venu avec la sienne. Cassel partit donc seul.

Montaigne monta aussi dans sa voiture mais ne la fit pas démarrer. Non, il resta là, assis, à réfléchir, fixant de son regard le Blue Paradise et la porte à peine entrouverte d'un immeuble mitoyen. Il avait remarqué cela à son arrivée mais s'était abstenu d'en faire la remarque. Il conjectura : l'homme abattu sortait de là dans sa tenue étrange… Il avait traversé les quatre-voies du boulevard, avait couru sur le quai, puis avait été interpellé, s'était retourné et la balle l'avait atteint en plein front. « Caplan est assurément un sacré tireur d'élite pour réussir des coups pareils », admit-il. « Moi-même, pourtant bien noté au tir, j'en suis incapable. » Certain cette fois de ne plus voir rappliquer Cassel en évoquant un prétexte quelconque, il descendit de son véhicule.

Il franchit le boulevard au mépris de sa sécurité en esquivant les voitures. Parvenu devant l'immeuble, il observa les alentours : rien d'anormal n'attira son attention. Il poussa la porte et pénétra à l'intérieur du bâtiment. La lumière inondait l'entrée. Immédiatement, il tomba sur un homme de forte corpulence, inerte au pied de l'escalier. Il enfila une paire de gants en latex pour examiner la tête de ce dernier. Pas d'impact de balle sur le front cette fois, mais son visage était fortement marqué d'ecchymoses. Encore vivant ? Il s'en assura. Non, malheureusement non. Une mauvaise chute du haut de l'escalier, présuma-t-il.

Il gravit celui-ci, découvrit sur le palier l'installation permettant l'éclairage permanent, puis pénétra dans la chambre. Elle aussi était éclairée, cependant plus discrètement. La décoration de la pièce révélait le côté luxurieux et plutôt désuet de ce qu'il convenait de nommer sans équivoque une ancienne chambre de passe. Il tomba sur le pantalon abandonné à même la moquette, quelques objets étalés, remarqua aussi, et malgré l'éclairage tamisé, des traces de sang. Il imagina aisément : Caplan était venu cueillir sa victime de manière brutale, ici, sans même lui laisser le temps de s'habiller. La chaise dans le couloir, la pile d'illustrés, et aussi le balai calé entre le mur et l'interrupteur de la minuterie lui inspiraient une autre scène :

l'homme qui gisait au pied de l'escalier devait tenir le rôle de geôlier et lisait, pour tuer le temps. Oui, mais qui gardait-il ? Là, il ne comprenait pas.

Montaigne laissa tout en l'état. Il redescendit l'escalier et claqua la porte derrière lui… Caplan continuait le grand nettoyage…

*

*   *

Dans le milieu de l'après-midi, lui et Cassel ressortaient du bureau de Rouvres, marchaient, mutiques, côte à côte dans les couloirs du commissariat, l'air pas franchement enclin à se marrer.

— À qui la faute, si tout cela patouille dans la vase ? Montaigne, Cassel ? Lequel des deux, hein, les deux, peut-être ? Combien de fois devrais-je vous le répéter : c'est un travail d'équipe, aucune enquête ne peut être menée sans faire bloc, c'est ce ciment qui fait la force de notre institution garante de l'ordre public !

Chacun pour soi, on jugea la rhétorique de Rouvres quelque peu excessive. Mais bon, penauds, on se tut, on en prit pour son grade. On laissa passer l'orage. Tout cela finit par s'apaiser et on en vint au vif du sujet.

Les analyses étaient en cours. Seule, l'expertise balistique avait été réalisée en un temps record : Manurhin 73, calibre 357. Particularité : un canon de cinq pouces. La balle avait été tirée d'une distance minimale de quinze mètres, environ. Cela ne leur rappelait rien ? Mais si, bien sûr : la même arme avait été utilisée pour abattre un homme dans un chemin vicinal. Le mode d'exécution aussi était identique. Bon, ben alors ! Qu'attendaient-ils maintenant pour activer les réseaux, interroger, recueillir des témoignages. Bref, tout cela n'avait que trop traînasser, pour la fin de la semaine cette affaire devait être résolue. Ils pouvaient disposer !

Ce fut seulement en entrant dans leur bureau que Cassel rompit le silence pour parler de leur patron.

— Il est complètement remonté ! C'est curieux, pas une seule fois il n'a parlé du crime du quai Saint-Louis, fit remarquer Montaigne.

— L'arme n'est pas la même. Il ne lie donc pas ce crime aux deux autres, supposa Cassel.

— J'ai réfléchi, l'interrompit Montaigne, ce premier crime n'est pas l'œuvre de Caplan.

— Pourtant, tu prétendais le contraire : un seul tueur avec deux armes différentes, ce n'est pas exact ?

— Si, mais j'ai revu tout ça, avoua Montaigne.

Quelque chose lui faisait dire qu'on avait tenté de faire endosser ce meurtre à Caplan. Et, pour une raison qu'il ignorait, cela n'avait pas marché. Alors, pour donner le change, et aussi pour montrer qu'il n'était pas dupe, celui-ci exécutait ses victimes de la même manière. D'une balle dans la tête, au front précisément. À la différence qu'il excellait dans le maniement des armes et dans une sorte de jeu cruel, il tirait donc ses victimes comme un chasseur et non à bout portant.

— Il a retrouvé les gars qui l'ont mis dans de sales draps, il y a dix ans, tu comprends, dit Montaigne.

— Rien ne prouve qu'il est l'auteur de ces meurtres en série. Mais il est l'assassin du collègue, ça, c'est certain ! Tu as entendu Rouvres ? Tout doit être bouclé pour la fin de la semaine.

— Oui… Oui… Tiens, il me vient une idée, dit Montaigne, pensif.

— Laquelle ?

— Que tu pourrais, pourquoi pas, partir à la retraite avec tous les honneurs. C'est l'occasion rêvée, de plus, servie sur un plateau !

— Comment ça, tu insinues quoi par là ?

— On attire Caplan dans un piège et tu l'exécutes. On trouvera bien une raison… Un cas de force majeure ou de légitime défense. Ainsi, ton équipier sera vengé par toi… Imagine la presse : « Après dix ans, le capitaine Cassel met fin à… » Vrai, je trouve que ça aurait de la gueule. Tu deviendrais une légende vivante pour les gars du service. Si, tu peux en être certain !

— Vraiment, tu crois ? Mais, aller au casse-pipe, ça ne m'intéresse pas… Non et non ! refusa Cassel avec la mine renfrognée du type buté.

— À ta place, je réfléchirai. Ce matin, lorsque nous étions au quai de la Fosse, les phénix de la bureaucratie n'auraient pas été fâchés de ne plus entendre parler de Caplan. Je l'ai compris ainsi.

— Eh bien, qu'ils fassent le sale travail eux-mêmes, au lieu de bavasser entre eux !

— Bon, bon, alors on n'en parle plus. Je le ferai, le sale boulot, comme tu le dis. Il faut bien que quelqu'un le fasse. Mais cesse de te plaindre de ne pas avoir été reconnu à ta juste valeur durant ta carrière. Quand l'occasion se présente, pfut, il n'y a plus personne !

— Je ne te permets pas !

— Une semaine, il nous reste tout juste une semaine pour régler le problème, et tu es là à ergoter, incapable de prendre une décision ferme…

*

*   *

Ils étaient tous là : Shan, Li, Charly aussi et bien sûr Betty, puisqu'ils étaient réunis chez elle, autour de la table, prenant un petit-déjeuner à dix-sept heures. Par prudence, ils avaient tous dormi là, après le retour de Shan et Charly du cabaret. Shan avait éprouvé le désir de se sentir entourée après son épreuve. La présence de Betty lui avait fait du bien. Elle lui avait plus facilement confié l'horreur dont elle avait failli être victime. Elles avaient parlé longuement. Shan avait ensuite rejoint sa fille. Elle dormait. Heureuse de retrouver Li, elle s'était glissée près d'elle, s'attardant sur son visage détendu, rond et lisse comme une perle, avant de sombrer elle-même dans un sommeil agité. Elle n'avait pas su comment Charly s'en était sorti avec son agresseur.

Betty, elle, s'était blottie entre les bras de Charly. Ils s'étaient aimés. Un de ces fichus malaises était venu interrompre le moment de détente qui avait suivi. Au réveil, dans l'après-midi, ils avaient recommencé leurs ébats, unis l'un à l'autre par un désir intense, leurs corps enlacés se mouvant dans une danse passionnelle, comme si cette étreinte eût été la dernière.

Puis Betty avait proposé qu'ils partent tous les deux, loin d'ici. De laisser tomber toute cette histoire. Celle-ci ne menait à rien, soutenait-elle. Charly était resté silencieux, esquissant simplement l'un de ses sourires tristes...

Li était déjà dans le salon, elle patientait, s'ennuyait, s'occupait comme elle le pouvait. À l'instant où Betty et Charly étaient enfin apparus, elle posait sur le plateau un vieux microsillon de Billie Holiday*, pris de la pile, au hasard, comme ça, pour écouter cette drôle de musique entraînante, parfois envoûtante : le Djazz ! En les voyant, comme prise en défaut, elle avait sursauté et remis aussitôt le bras de l'électrophone à sa place, tout de même un peu honteuse d'avoir transgressé un interdit. Betty en avait ri et l'avait encouragée à recommencer. « La musique est le miroir

*"Lady Day". Ce surnom lui vient du saxophoniste Lester Young. Elle a chanté avec les plus grands noms du jazz. À cause de l'alcool et de la drogue, sa vie fut un enfer. Son autobiographie *Lady sings the blues* a été interprétée au cinéma par Diana Ross.

de ton âme, ma chérie, elle te rend gaie, triste, ou élève en toi des sentiments. Alors, va pour Billie Holiday ! »

Shan était apparue à son tour. Li s'était précipitée vers elle, l'avait enserrée très fort dans ses bras.

Puis, quand on eut fini de se restaurer, on se sépara. Il le fallait bien. Charly raccompagna Shan et Li. Betty s'apprêta pour le cabaret.

*
*   *

Robert Mantini frisait la crise de nerfs. Ses effectifs fondaient à vue d'œil et il se retrouvait, face à lui-même, attablé au cabaret, dans la pénombre, devant son verre. Le sentiment d'être impuissant devant la situation le rendait d'une humeur exécrable. Ce soir, on ne badinait pas au Blue Paradise. Un périmètre à ne pas franchir s'était établi spontanément autour de sa table. On eût dit un pestiféré mis en quarantaine. Les musiciens, eux, rien à faire de tout ça, plaquaient leurs accords de manière consensuelle. Sans plus. Et lui, ombrageux dans son coin, ruminait, rongeait son frein comme on dit. Il y avait de quoi ! Des nuits blanches en perspective, car à présent, il était en première ligne, face à un tueur redoutable.

Ah, il était beau, l'héritage du vieux ! Uniquement des emmerdements, voilà, les fruits qu'il en avait récoltés, et pas les moindres. S'il avait su ! Non, son truc à lui, c'était le ring. La foule qui crie, conspue, siffle, invective l'arbitre. Elle veut du spectacle, elle a payé pour ça. La lumière sur le ring est trop crue, mais lui ne voit pas cette horde déchaînée. Les boules de cuir se cherchent, frappent. Enfin, après un round épuisant, retentit le gong de la délivrance. Le manager a tout analysé. Durant ce temps de récupération, il le conseille : « Tu le tiens, Bob, il est à toi, fatigue-le encore un peu. Dès que tu sens une ouverture : cogne, cogne. » Il transpire, régule sa respiration. Le soigneur lui passe un onguent sur son arcade sourcilière meurtrie, le ventile… Coup de gong, dernier encouragement : « Vas-y, Bob, il est pour toi ! » Et la foule qui scande maintenant : « Finis-le, c'est pas ta mère ! » Il aimait cette ambiance des combats. Oui, bon, c'est certain, côté palmarès il aurait pu faire mieux. Mais on ne lui avait pas donné sa chance, non plus ! Quand à savoir pourquoi, ça… Le vieux était exigeant aussi, il se devait de l'accompagner par-ci, par-là, avec ses projets de prostitution de luxe. Alors, forcément, l'entraînement, il n'avait pu le suivre de manière assidue, comme il aurait dû le faire pour devenir un boxeur titré, de l'argent plein les poches et tout ce qui va avec : les femmes, les belles voitures…

« Ah, tiens… voilà Betty. Elle est en forme. Curieux, tout de même, un jour je pleure, un autre je ris. Son humeur suit le cours de ses amours. Bah ! Les femmes, parfois, y a rien à y comprendre… »

— Bonsoir, Bob ! Tout seul ce soir ? Hum, tu sens bon. C'est quoi ton eau de toilette ? demanda Betty, un brin mutine.

— 'Soir, Betty. Corbillard, elle s'appelle mon eau de toilette, ça te va ? C'est tout nouveau, les senteurs sont boisées.

— Je vois, Bob, elle ne sent pourtant pas l'essence de sapin. Faut dire, tu tires une de ces têtes d'enterrement ! ironisa Betty pour le dérider. En vain.

— Plaisante pas, Betty, j'ai pas le cœur à ça. Mon dernier gus s'est fait dessouder ce matin et…

— Oh, non ! Ce n'est pas vrai ?

— Si, Betty. Il y en a même un autre qui a baissé ses stores pour l'éternité dans le couloir de l'immeuble. Il fait son poids, le bougre. J'attends de la main-d'œuvre pour le dégager de là. Au petit matin, au cas où tu ne le saurais pas, il s'est passé des choses, ici.

En écoutant Mantini débiter ses malheurs, Betty feignait de ne pas en revenir. Mais alors, quelle était donc cette personne, retenue dans une chambre à l'étage ?

— Ce sont mes affaires, rappela Mantini.

— Oui, où ai-je la tête, Bob, cela ne me regarde pas.

Betty n'en menait pas large. Toutefois, ce qu'elle redoutait arriva. Mantini dénombra les personnes informées de la présence d'un locataire clandestin dans l'une des chambres.

— Quatre avec le gardien, dit-il, présentant ses doigts boudinés en éventail.

Elle ressentit aussitôt un spasme lui nouer le ventre. Avait-elle une explication à lui donner, hein ? Il la fixait de son regard soupçonneux. Court instant de panique chez Betty. Se doutait-il qu'elle était impliquée ? Elle se devait d'être vive d'esprit :

— Bien sûr, Bob. Enfin, quoiqu'attention, ce n'est seulement qu'une supposition !

Selon elle, l'occupant de la chambre, un homme, avait été délivré par ses amis. La trahison était à mettre sur le compte de l'homme aux petits yeux. Cela avait mal tourné pour lui. Cependant, elle en ignorait la raison, comme aussi celle de l'avoir découvert sur le quai en slip et veston, chaussures aux pieds. À part, bien sûr, qu'il eût laissé libre cours à des mœurs étonnantes et méconnues, sinon, franchement, elle ne voyait pas ce qu'il faisait accoutré de la sorte. De ce côté-là, le mystère subsistait.

Si Betty croyait qu'un homme était retenu prisonnier dans la chambre, et non une femme, cela suffisait amplement à Mantini : elle était en dehors du coup et paraissait plutôt sincère. Lui savait parfaitement pourquoi l'homme aux petits yeux avait laissé son pantalon dans la chambre. Il imaginait très bien…

— Le comble serait que tu connaisses un certain Caplan ! Là, Betty, je peux t'assurer que tu…

— Comment dis-tu, Bob ? Caplan ? Ce nom ne me dit rien…

*

*   *

L'écouvillon à la main, Charly nettoyait son revolver. L'ultime combat se préparait dans une atmosphère de recueillement solennel. Le petit poste de radio, éteint, semblait respecter lui aussi ce silence. On eût dit que ses deux haut-parleurs fixaient étonnamment Charly et, s'il avait eu à jouer un air, c'est sûr, il aurait proposé un requiem. Celui de Mozart, Fauré, Berlioz ou Verdi, peu importait, mais certainement interprété à la trompette, équipée d'une sourdine. Tiens ! Et pourquoi pas revisité par Miles Davis, dans toute la sérénité de ses silences et de ses notes fantômes ! Mais Charly ne l'avait pas allumé, son poste. Alors, ce compagnon, témoin de tant d'années de souffrances, et auquel il s'était attaché, semblait n'être plus qu'un simple objet dénué d'intérêt, posé sur la table.

Il remonta son arme. Coup du plat de la main sur le barillet, cliquetis réguliers, tout était parfait. Il arma de six balles, six ! Dans son jargon, celui de son métier, il lui restait encore deux cibles à atteindre. « Ainsi, ils auront tous payé », se dit-il. Après quoi, il rangea son arme au-dessus de l'armoire, mit son pardessus et quitta son appartement. Il avait un rendez-vous…

Dehors, tout était calme. Nulle âme en vue. Une nuit sereine et fraîche où l'on préférait être reclus chez soi. Il prit une profonde inspiration, releva le col de son pardessus.

En marchant, il pensait au jour qui allait suivre. Loin de s'en remettre à la providence, il voulait être maître de son destin. Il le pouvait encore.

Il se sentait seul, terriblement seul.

« Mais, se dit-il, quoi que l'on croie et en se gardant de toute illusion, on l'est toujours. Arrive un moment où personne ne peut plus rien pour vous. »

Et lui en était là…

XXIII

Ce qu'ils appelaient le briefing venait de se terminer. Dernières mises au point. À présent, chacun savait ce qu'il avait à faire. Le patron demanda si l'un d'eux n'avait pas une objection à formuler, ensuite il serait trop tard.

— C'est certain ? insista-t-il.

Après un temps d'hésitation et de concertation, ils finirent par répondre :

— Eh bien, non !

Tous avaient assimilé leur tâche dans les moindres détails. Ils étaient une quinzaine de policiers ; certains, aguerris aux opérations à risque. Trois rangées de cinq hommes assis face à Rouvres qui avait reproduit sur un paperboard le plan du quartier Saint-Mihiel : rues, immeubles etc.

Le mystère planant sur la vie de Charles Caplan antérieure à ses années d'incarcération, avait été enfin levé par le parquet et, incontestablement, on allait affronter un gros gibier. Un tireur d'élite de l'armée. Donc deux précautions valaient mieux qu'une ; rien ne devait être omis. Un effectif allégé du type commando et la ruse avaient été préférés à un déploiement d'hommes, trop voyant.

Toutefois, Cassel leva la main :

— Moi, j'aurais souhaité me…

— Oui, oui, bon ça va, on le sait, Cassel, reprit Rouvres, vous tenir à l'écart au prétexte de votre future retraite, n'est-ce pas ? Désolé, mon vieux, vous ne serez pas de trop sur ce coup-là, l'opération repose en grande partie sur vous et Montaigne. Bien, pas de dernière question ? s'assura-t-il, une fois encore, en survolant la petite assemblée d'un œil d'aigle. Parfait, Messieurs, à nous de prouver notre efficacité aux autorités… conclut-il devant le mutisme ambiant.

Et tandis que le patron s'épanchait sur le mérite qu'ils tireraient de la réussite de l'opération, Cassel se cacha derrière son voisin de devant et mima un violoniste.

Quand tout fut dit, leur supérieur ne les retint pas davantage. Le rassemblement aurait lieu après le déjeuner, à treize heures précises, ici même, dans cette salle. Ensuite, les premières infiltrations d'hommes commenceraient dans l'immeuble où Caplan habitait. Ceux-ci communiqueraient les informations à leurs collègues, restés en planque à l'extérieur.

— Tu te rends compte, dit Montaigne à Cassel, alors qu'ils parcouraient les couloirs pour rejoindre leur bureau, nous y sommes ; là, crois-moi, tu as un sacré coup à jouer, pense à ce que je t'ai dit.

— À propos de quoi ? voulut savoir le capitaine.

— Ben, de ton départ à la retraite avec panache, enfin quoi ! rappela Montaigne en lui donnant une tape dans le dos, comme ça, histoire de le secouer un peu.

— Tu m'emmerdes avec ça, le rabroua Cassel, un brin tendu. Caplan je te l'ai déjà dit, je te le laisse volontiers et je te donne ce conseil : si tu le tiens dans ta ligne de mire, ne le rate pas ! Une arrestation, je n'y crois pas et je n'ose même pas y penser une seconde : ça va être un carnage ! soutint-il en ayant une vision désastreuse sur les événements à venir…

*

* *

Dans les premières brumes de l'aurore naissante, Charly avait tenu à assister au lever du jour, en longeant la berge déserte de l'Erdre. Il s'était promené un long moment, avait revisité son existence au fil de ses pas, afin d'être en paix avec lui-même. Ensuite, il avait songé à rendre une visite à Betty, mais il y avait renoncé finalement. À quoi bon ? Non qu'il ne l'aimât pas, mais il voulait en rester là. Elle en souffrirait, c'était certain. Mais aussi, il était persuadé qu'elle vivrait un autre amour et oublierait bien vite leur aventure dans d'autres bras.

Sur le retour, il avait fait une halte à l'Île de Versailles, s'était attardé sur la végétation et avait médité. « La connaissance des choses secrètes est peut-être ici même, dans ce coin de verdure. La nature perpétue sa propre création ; tout s'y régénère. Il n'y a pas de mort véritable. Pour l'homme, il doit en être ainsi. Celui-ci atteint la plénitude lorsqu'il sait attendre sereinement sa fin. Il ne redoute plus cet instant. » Or, cette dernière réflexion revint aussitôt en écho dans sa tête et il se demanda pour quelle raison celle-ci avait traversé son esprit.

La mort lui était familière. Elle avait toujours fait partie de son quotidien et, contraint cette fois, il s'y préparait plus que jamais, donc ce n'était pas cela ! Pour autant, il ne s'expliquait pas l'incohérence entre cette pensée et son attitude. Mais il le ressentait bien : serein, il ne l'était pas. Et son désir de fuir son appartement pour errer n'était autre qu'un comportement guidé par une crainte, mais laquelle ? C'est alors qu'il eut cette révélation : il pressentait une menace. Elle était là, sourde et, instinctivement, tel un fauve poussé dans ses derniers retranchements, il se préparait à livrer le combat. Pour cette raison, il ne tenait pas en place ! Il se demandait d'où le danger allait surgir. Il en avait la certitude, un piège était en train de se refermer sur lui. Les heures à venir seraient décisives.

À son retour devant l'immeuble, Li ouvrait ses volets. Elle avait agité sa main pour lui adresser un petit signe. Il avait répondu de même, son sourire triste aux lèvres.

Là, maintenant, on était dans le milieu de la matinée. Charly se préparait.

*

*   *

Treize heures ! Tous étaient à nouveau rassemblés dans la pièce. Montaigne manquait à l'appel. Il était attendu. On s'apprêtait, chacun vérifiait son armement. On discutait aussi du dernier modèle de pistolet, le Sig Sauer, mais on n'en avait pas encore reçu. Celui-ci était jugé trop sensible par les uns. Un doigt insistant sur la gâchette et une rafale partait si l'on ne maîtrisait pas bien l'arme. Or, dans certaines situations, le coup par coup du bon vieux revolver Manurhin était bien préférable afin de se préserver des bavures. Les gilets pare-balles furent aussi distribués, sauf pour ceux qui prendraient position dans l'immeuble. C'était un risque, mais cet équipement était jugé trop voyant pour de pseudo-ouvriers en bleu de travail, venus inspecter les parties communes de l'immeuble, la boîte à outils à la main.

Rouvres regarda sa montre, s'énerva soudainement :

— Montaigne, mais que fait Montaigne, nom de Dieu ! Cassel, savez-vous où il est ?

— Non, répondit le capitaine. Nous avons déjeuné chacun de notre côté.

— Bon, avez-vous tous votre rôle en tête ?

— Ce ne sont pas des gilets pare-balles que nous aurions dû avoir, mais des heaumes : Caplan, c'est la tête qu'il vise, plaisanta l'un d'eux, riant volontiers de sa sortie.

Un autre, se croyant aussi malin, lui suggéra de faire deux trous dans un seau, pour les yeux, et de mettre celui-ci sur sa tête.

Ça volait bas, on en était là. Et visiblement, cela ne faisait pas du tout rire le patron. Les mâchoires crispées, Rouvres râlait de plus belle :

— Montaigne, mais que peut-il bien faire ? comme si c'est le moment de glandouiller ! Ah ! Le voilà !

Ce dernier arrivait et ce n'était pas trop tôt. Il s'excusa :

— Ben oui, que voulez-vous, un retard dû à la circulation alternée sur une voie unique, à cause des travaux sur la voirie. Ça peut arriver.

On s'inquiétait tout de même. L'essentiel n'était-il pas qu'il fût là ? Si, bien sûr. Alors, plus une minute à perdre, on y allait ! Rouvres leur souhaita une pleine réussite.

Le ciel était d'un bleu azur, pas un nuage et la température, printanière, très agréable. Un cortège constitué d'un fourgon et de trois voitures, sans marques distinctives, quitta le commissariat.

Dans les habitacles, c'était le silence. On approchait de l'instant crucial. Chacun mesurait la gravité de l'intervention à venir. Le convoi longea la chaussée du quai Barbusse, puis franchit le pont Saint-Mihiel.

Sur place, Cassel ordonna la mise en place des hommes. Les deux faux ouvriers partirent en éclaireurs : avant tout, s'assurer de la présence de Caplan à son domicile. Les autres membres de l'équipe sécurisaient les abords de l'immeuble avant de passer à l'action. Ils communiquaient entre eux par signes discrets.

Montaigne et Cassel étaient reliés aux deux éclaireurs par les ondes.

L'un des ouvriers, équipé d'un détecteur de sons, plaça sa sonde sur le mur de l'appartement de Charly. Il décela un bruit régulier sans pour autant l'identifier.

Lui et son collègue allaient se replier pour prévenir Montaigne quand, soudain, la porte de l'appartement voisin s'ouvrit. Une fillette en sortit. Elle tenait une petite balle de mousse dans sa main. Elle les dévisagea avec acuité.

— Qu'est-ce que vous faites ? demanda Li aux deux hommes.

— Nous ? On contrôle les murs. Parfois, ils se fissurent sans que cela se voie forcément.

— L'immeuble va tomber ?

— Non, je te rassure, il n'est pas près de s'écrouler.

Alors, Li dévala l'escalier, sortit de l'immeuble et s'amusa à faire rebondir sa balle contre le mur, comme elle en avait l'habitude.

Cela sema aussitôt le trouble chez les policiers. Cette gamine devait s'en aller, c'était trop dangereux ! L'un d'eux s'approcha d'elle.

— Tu ne peux pas rester jouer là, dit-il, d'un air détaché, regardant ailleurs.

— C'est mon immeuble, répondit Li, je reste si je veux !

— C'est mal barré, dit le policier après avoir rejoint Cassel. Elle ne veut pas partir.

— Elle finira bien par déguerpir, assura le capitaine.

Ce que fit du reste Li, une dizaine de minutes plus tard, après avoir décidé de faire un tour dans le quartier.

L'opération fut lancée. La tension, palpable, monta encore d'un cran. Dès cet instant, chacun assuma son rôle. Du fourgon, on sortit un bélier. Discrètement, on gravit les marches. Les deux ouvriers, réfugiés à présent à l'étage supérieur, interdisaient aux locataires d'emprunter l'escalier pour descendre.

Il y eut une énorme explosion quand la porte de l'appartement céda du premier coup de boutoir. Des hommes, arme au poing, investirent les lieux en quelques secondes en hurlant au locataire des lieux de se rendre.

*

*   *

À cet instant, Charly esquissait un sourire. Depuis l'Île de Versailles, il avait assisté aux préparatifs et aux allées et venues des policiers. Son œil exercé avait décelé leurs manœuvres autour de l'immeuble : ces hommes n'étaient pas des passants ordinaires, bien qu'ils tentassent d'en simuler les attitudes et, justement, c'étaient peut-être ces airs empruntés qui les trahissaient. Il s'en était amusé. Montaigne était là aussi. Il l'avait reconnu.

Ce matin, après être rentré à son appartement, il avait pris sa décision : il était grand temps que toute cette affaire s'arrêtât. Le vent tournait. Une intuition, comme souvent il en avait eu au cours de sa carrière. Sauf bien sûr, les heures qui avaient précédé la dramatique soirée. Avant de quitter l'appartement, il avait glissé son arme chargée dans la poche de son pardessus, puis avait regardé ce qu'il laissait derrière lui : rien, il ne possédait rien…

Il avait donné son poste de radio à Li. Étonnée, elle n'avait pas compris cette faveur et lui en avait demandé la raison.

— Parce que tu es la plus belle, lui avait-il dit simplement. Maintenant, je m'en vais.

— Tu t'en vas ?

— Oui.

— C'est pour ça que tu es triste ?

— Non, je ne le suis pas. Pense un peu à moi, lorsque tu écouteras ta radio. Tu sais, cette musique que tu appelles le Djazz. Adieu, Li…

Et il était parti, avec un de ces maudits blues niché au fond de son cœur.

Il ne s'attarda pas sur la suite de son arrestation ratée ni sur le spectacle de la déconvenue des policiers lorsqu'ils ressortiraient de l'immeuble. L'heure décisive approchait. Il devrait encore patienter.

Par la passerelle donnant sur le quai Barbusse, il quitta l'île, franchit le pont Saint-Mihiel, passa tout près des véhicules des policiers gardés par deux d'entre eux. Ceux-ci, trop occupés par le déroulement de l'opération, regardaient là-bas, du côté de l'immeuble.

Ils ne le remarquèrent même pas. Il regagna sa voiture garée, plus haut, dans une rue. Quand il ouvrit la portière, il ressentit les premières manifestations d'un malaise à venir…

*

*   *

Un, deux, un, deux, trois, quatre ! Attaque de la note par le batteur sur le tom aigu, puis léger frappé sur la cymbale ride et simultanément sur le tom basse, passage du roulement sur le tom médium et nouveau frappé sur celui des aigus. À cet instant précis, l'orchestre enchaîna. Le corps de Betty cherchait le tempo en se trémoussant sensuellement dans sa robe fourreau. Sa tête battait le rythme, ses cheveux blonds échevelés sur son visage masquaient en partie celui-ci et lui donnaient un petit air survolté. Elle s'approcha du micro, s'en empara et ferma les yeux : Ooo-Shoo-Be-Doo-Bee* ! C'était parti…

Elle était heureuse. L'amour de Charly sans doute. La manière qu'il avait de l'étreindre la transportait, lui faisait tout oublier : *Shake me*, *roll me again, and again, Baby*. Et puis, ce n'était pas tout : elle avait bon espoir de le voir changer d'avis au sujet de son opération. Il guérirait, elle en était certaine. Pourquoi avoir tant souffert l'un et l'autre, si ce n'était pour partager, eux aussi, ce bonheur auquel tout humain

---

*Scat de Dizzy Gillepsie.

aspire. Tous les deux commenceraient une nouvelle vie dans un ailleurs plus paisible…

À présent, solo de batterie, rythme soutenu, roulement d'un drum à l'autre, gestuelle en tous sens du batteur. Betty ressentait les vibrations, son ventre se trémoussait. Frappé de cymbale et l'orchestre reprit. Et elle aussi ses onomatopées : Za, Zuh, Zaz*… Les musiciens répétaient en chœur derrière elle.

Les clients lutinaient les filles dans les alcôves. Mantini, toujours égal à lui-même, avait fait sa ponction habituelle dans son tiroir-caisse et retournait s'asseoir à sa table. Ce soir, il était plus détendu, reprenait espoir. Son équipe ? Bah, ce n'était pas un problème. Il la reconstituerait, embaucherait de nouveaux hommes, il voyait même les choses en grand. Demain, il contacterait une entreprise. Les chambres devaient être remises en état et le plus vite possible. Il recruterait des filles ! Eh quoi, il faut bien vivre, non ? « Tiens, à ta santé Caplan ! » Il but une gorgée de gin lemon. « Ah ! » se dit-il, faisant claquer sa langue contre son palais, « ça fait un bien fou de savoir qu'en ce moment, tu passes un sale quart d'heure. Maintenant, ton avenir est derrière les barreaux. Eh oui, que veux-tu… Tu l'as bien cherché, tu n'aurais pas dû mettre ton nez dans mes affaires. Ça sert, tout de même, d'avoir des relations… »

---

*De Cabell Calloway, chanteur, comédien et chef d'orchestre. Ce scat donna en français le mot zazou pour désigner un jeune excentrique de Saint-Germain-des-Prés, amateur de jazz.

La porte du cabaret s'ouvrit brusquement avec fracas. Un homme se tenait dans l'encadrement, il entra, chercha du regard dans la salle. Un regard énigmatique, froid et déterminé. Il repéra Mantini. Celui-ci, s'interrogeant sur les intentions de ce visiteur, fronça des sourcils, voulut se lever de sa chaise mais n'en eut pas le temps… Une arme le menaçait.

Betty, abasourdie, le souffle coupé, avait cessé de chanter. Grand Dieu, c'était Charly ! Elle n'en revenait pas. Il y eut les cris des filles, l'orchestre cessa de jouer dans la confusion. Les clients, médusés, se gardaient bien d'intervenir. Un silence pesant s'installa et chacun retenait son souffle, n'osait le moindre geste. Charly fixait Mantini et, de l'index de sa main gauche, lui fit signe de venir à lui. « Qui, moi ? », sembla dire celui-ci, désemparé, en se désignant de sa main posée sur sa poitrine. Sans un mot, Charly acquiesça d'un léger signe de tête. Mantini s'exécuta.

— Si tu tentes quoi que ce soit, je t'abats sur place, l'avertit alors Charly.

Charly avait garé sa voiture en double file devant l'entrée de l'établissement. Il ordonna à Mantini de prendre le volant. Direction Chantenay. Des clients se précipitèrent à l'extérieur pour voir disparaître la voiture. Déjà, ils sortaient leur portable pour prévenir la police. L'un d'eux, plus audacieux, avait pris place au volant de sa voiture et suivait à distance.

*

*   *

Quand son téléphone sonna, Montaigne palpa ses poches. Chaque fois, le problème se posait : dans laquelle se trouvait son appareil ? Il pesta contre lui-même. Et puis, il détestait recevoir des appels dans un lieu public fermé, rien n'était plus indiscret ! Et puis, il n'avait pas non plus à faire subir cela aux autres clients du restaurant où il dînait. Et puis… Ah ! le voilà, il était tout simplement dans la poche de sa veste. Et puis, là aussi, c'était toujours pareil, à l'instant où il mettait la main sur l'appareil, la sonnerie cessait. Sa femme qui le relançait pour la destination du week-end prochain ? Il vérifia le numéro. Non, c'était celui de commissariat, du service, plus précisément !

Il régla sa note, sortit et appela. On n'avait pas le temps de lui expliquer. Ordre de Rouvres : il devait rappliquer aussitôt.

Cela ressemblait sans trop s'y méprendre à une alerte générale.

Quand il déboula dans la salle, l'équipe de l'après-midi était là. Il y régnait une atmosphère fébrile de préparatifs. Dans le mutisme, chacun endossait son gilet pare-balles, préparait son attirail, son armement…

— Cette fois, nous le tenons, Montaigne ! Toutes les conditions sont réunies, annonça le patron, comme s'il mettait toute sa carrière dans la balance.

— Vous parlez de Caplan ?

— Mais bien évidemment, enfin quoi ! Suivez-moi…

Dans son bureau, Rouvres rapporta la dernière

péripétie de Charly au Blue Paradise. Un client téméraire l'avait suivi en voiture et localisé, toujours accompagné de son otage, dans un entrepôt désaffecté dans la zone de Chantenay. Il avait aussitôt prévenu le commissariat. Une patrouille s'était rendue sur place pour établir le dialogue.

— Ils ont l'ordre de ne rien tenter avant notre arrivée. Vous attendiez ce moment, Montaigne. Vous savez ce qu'il vous reste à faire. Je viens avec vous, je ne tiens pas à manquer cela !

— Et Cassel ?

— Il est sur le chemin du commissariat, Montaigne… Il arrive.

— Caplan est à Chantenay, dites-vous ? On passe devant le cabaret pour y aller. Dans ce cas, je m'y arrête. Je demande à la chanteuse de nous accompagner.

— Croyez-vous que cela soit vraiment utile ?

— Je mets toutes les chances de mon côté.

*

*   *

L'entrepôt n'était plus qu'une ruine. Seuls, les murs et les poutres de béton, porteuses de la structure, défiaient le temps. Toutes les baies en verre, situées en hauteur sur le pourtour du bâtiment, avaient été brisées. La toiture n'existait plus, la charpente métallique rouillée se hérissait vers le ciel étoilé. Tout ce qui avait pu être récupéré l'avait été. Unique vestige restant, un énorme palan sur rail hors d'usage.

Charly s'était réfugié avec Mantini derrière le mur d'un local situé à l'intérieur du bâtiment. Les anciens bureaux, probablement.

Face à eux, la patrouille de police, d'où s'échappait de temps à autre une sommation à capituler, mais sans qu'elle eût été vraiment persuasive.

On attendait les renforts, comme il avait été recommandé.

— On va jouer, proposa Charly à Mantini, en actionnant le barillet de son revolver. La roulette russe, tu connais ?

Mantini cherchait un moyen de s'en sortir, ses yeux roulaient de peur. Tout se mélangeait dans sa tête. Tour à tour, le souvenir du cercueil du vieux avec son chapeau posé dessus, puis le sien et sa paire de gants de boxe en attribut près de la gerbe de fleurs. Il se voyait déjà dans le cercueil. Le jour de l'enterrement du vieux, lorsqu'on lui avait annoncé au cimetière la libération de cet homme qui, pour l'instant, le menaçait de son arme, jamais il n'aurait imaginé être l'acteur de cette scène-là !

— Qu'est-ce que tu cherches au juste, tu veux de l'argent ?

— Je n'ai pas d'inclination pour cette drogue. Alors, la roulette russe, tu connais ou pas ?

— Oui, oui, je connais, répondit Mantini. Mais je ne vois pas où tu veux en venir ?

— Tu vas le savoir… Tu sais chanter ? demanda Charly. Il fredonna pour l'exemple… *Oh, when the saints, go marching in, oh, when the saints go marching in, Lord, I want to be in that number*… Tu connais cette chanson ? En un éclair, Charly ôta quatre balles du barillet, le fit tourner du plat de la main… À la première fausse note, j'appuie sur la détente. La suite, le hasard l'écrira… On y va, à toi !

*

* *

Le convoi filait toutes sirènes hurlantes vers Chantenay, Montaigne en sortit lorsqu'il passa devant le Blue Paradise. Il pila devant l'entrée du cabaret.

— Mais… que fais-tu ? s'étonna Cassel, semblant tomber des nues.

— J'invite du monde.

À la suite de l'irruption de Charly, les clients avaient déserté le cabaret. Le personnel s'était réuni sur la piste de danse : les musiciens, les filles et Betty. Commotionnés par l'incident, pour exorciser la peur que l'on avait engrangée, on discutait de tout ça. On ne comprenait pas bien dans quel pétrin s'était fourré Mantini pour en être arrivé là. On penchait pour un règlement de compte ou quelque chose de similaire. Bref, en tout cas, une histoire tordue. Et puis, forcément, ça devait arriver un jour ou l'autre.

— Ah bon, et pourquoi ?

— Ben, du temps du vieux et de son bordel haut de gamme, ce n'était pas très clair. Ça fricotait avec des personnalités, des flics même, c'est dire !

— Avec des flics ?

— Oui, oui, parfaitement, avec des flics ! On avait déjà vu cet homme, il était venu au cabaret récemment !

— Qui, lui ?

— Oui, celui-là même qui venait de contraindre Mantini à le suivre. Tu t'en souviens quand même, Betty ? Tu étais là !

— Hein ? dit-elle, semblant sortir des nues, et avant de se reprendre : Oui, bien sûr !

— Ah ! quand même…

Tous tressaillirent quand la porte s'ouvrit à nouveau brusquement. Que se passait-il encore ? Par réflexe de protection, on se blottit les uns contre les autres afin de former une masse compacte. En principe les braves devant, les plus faibles derrière eux. Pensez, maintenant, on s'attendait à tout !

Montaigne fondit sur Betty.

— Vite, venez avec nous !

Surprise, ne cherchant même pas à comprendre, elle se précipita sur son manteau et l'endossa. Il s'agissait de l'homme qu'elle aimait ; peut-être existait-il encore un espoir de le sauver de sa folie !

*

*   *

— Combien de fois je devrais te le dire, je ne connais pas un mot d'anglais, se rebiffa Mantini, à bout de nerfs.

— Quel dommage… En même temps, tu as raison. Les paroles collent mal à ton personnage. Le Seigneur te refuserait certainement parmi les saints… Tu entends les sirènes au loin ? Tes amis arrivent, Mantini.

— Tu n'as aucune chance de t'en tirer, Caplan.

— Je le sais… Contrairement à toi, j'attends ce moment depuis un temps déjà… Bon, ce n'est pas tout : on reprend notre petit jeu. Cette fois, sans la chanson. Je te donne trois chances… Tu peux t'en tirer.

— T'es complètement cinglé ! hurla Mantini.

Charly tendit son bras, pressa la détente. L'autre vit sa dernière seconde de vie se terminer. Mais non, la première tentative accoucha d'un simple déclic.

— Tu es un veinard, Mantini ! Deux chances encore, comptabilisa Charly.

— Arrête ! hurla Mantini, le corps agité de convulsions, le visage couvert de sueur.

Charly tendit de nouveau son bras.

— Avant de tenter un autre essai, tu as peut-être un nom de flic à me donner, suggéra-t-il.

— Un nom de flic, de quoi veux-tu parler ?

— Dix ans en arrière, tu as forcément été couvert. Un arrangement entre flic et voyou. Peut-être même entre flics uniquement : du genre enquête orientée vers un coupable idéal. Je l'ai compris il y a peu de temps ou, plutôt, on m'a aidé à le comprendre. Non, tu ne veux pas parler ? Désolé, mon vieux.

Charly pressa une deuxième fois la détente. Nouveau déclic. Mantini, au bord de la transe, venait d'uriner dans son pantalon.

— Vrai, tu as une sacrée chance, Mantini ! Si les astres te sont favorables, il te reste un ou, au plus, deux sursis. Peut-être aucun, va savoir, les deux balles sont logées côte à côte dans le barillet. Alors, as-tu un nom à me donner ?

*

*   *

Tous les véhicules étaient parvenus sur les lieux. Les hommes débarqués, on fit rapidement le point de la situation avec Rouvres. On se déploya, on installa le matériel. Deux puissants projecteurs furent braqués sur le local situé au fond du bâtiment délabré.

Montaigne, Cassel et Betty arrivèrent à leur tour.

Betty fut priée de se tenir à l'écart de tout danger. En temps utile, et si besoin était, elle serait mise à contribution pour tenter d'obtenir la reddition de Charly. Elle devait se tenir prête à intervenir dès qu'on la solliciterait.

Un cercle se forma autour du patron.

— Soyons prudents, annonça-t-il, nous sommes en présence d'un tireur d'élite de l'armée habitué aux missions spéciales de déstabilisation en territoire ennemi, alors, hein ! prévint-il en levant un index de recommandation, surtout, ne vous exposez pas inutilement, lui ne vous ratera pas !

— Un militaire ? reprit l'un des hommes.

— On dirait que vous découvrez tout à coup l'existence de ces gens-là ! Je me trompe ? Ben, oui, c'est comme ça, nous l'avons appris dernièrement par le parquet. Cela explique le mystère qui planait sur le personnage. L'armée ne voulait pas transmettre son dossier. Souhaitons qu'il ne soit pas armé jusqu'aux dents. Je vais parlementer avec lui…

La concernant, Betty outrepassa les consignes de prudence. Elle voulait apercevoir Charly. Et lui-même, la voyant à son tour, se rendrait peut-être sans faire d'histoires. Cette fois, les circonstances plaidaient en sa faveur. Il ne retournerait pas en prison, il avait déjà purgé dix années pour rien. De plus, il était malade. On le soignerait… Elle se faufila.

— On ne les voit pas, ils sont derrière l'un des murs des bureaux, présuma Rouvres. Bon, Allumez les projecteurs et laissez-moi faire ! Par le passé, j'ai déjà géré ce type de situation. Passez-moi le mégaphone !

— Caplan, ici le divisionnaire Rouvres ! Quelles sont vos revendications ?

— Il ne vous entend pas, Rouvres, vous n'avez pas enclenché l'interrupteur sur “on” fit remarquer Montaigne…

*

*   *

— Ils nous mettent de l'éclairage, dit Charly. Un peu trop à mon avis. Tu n'es pas bavard, Tiens, tu es incontinent ? Oh, oh… Tu as vu ton pantalon ? Tu as pissé dedans, Mantini ! Troisième essai.

Charly leva son bras.

— Arrête ! le supplia à nouveau Mantini.

— Un nom…

Ils furent interrompus. Le divisionnaire Rouvres, maîtrisant cette fois l'utilisation de son mégaphone, réitéra son message à l'attention de Charly.

— Lumière et son. Tes amis ont un sens parfait de la scénographie. Bien, je compte jusqu'à trois, ça te laisse le temps de me livrer un nom.

Un… Deux… Charly ressentit une sensation étrange. Le mur, en face de lui, commençait à onduler… Un malaise le gagnait. Ce n'était vraiment pas le moment. Il n'avait plus le choix… Trois !

— Cassel ! hurla Mantini, avant d'ouvrir de grands yeux ronds hébétés… une balle logée en plein front…

— Tu as entendu, Cassel, ils parlent de toi, me semble-t-il, releva Montaigne.

— De moi ? paniqua Cassel. Pourquoi de moi ?

— Va leur demander…

La main de Charly chercha appui sur le mur. À la suite de son coup de feu, le tir nourri de la riposte ne se fit pas attendre. Les balles sifflaient de toutes parts, des éclats de béton sautaient en tous sens, des étincelles jaillissaient parfois. Charly se laissa glisser le long du mur jusqu'au sol, se recroquevilla, prit sa tête entre ses mains. La douleur était intense. Il se mit à transpirer.

L'ordre de cesser le feu fut donné. Le calme revint… Le silence planait sur le bâtiment en ruine. Un nouveau message parvint à Charly. C'était Rouvres, le divisionnaire Rouvres, il ne lui voulait pas de mal. Il devait sortir de sa cachette !

Charly retrouva petit à petit ses esprits… « Rouvres », se dit-il. « Le divisionnaire Rouvres… » Et combien de balles lui restait-il ? Cinq avec celles qu'il avait mis au fond de la poche de sa veste. Il les relogea dans le barillet, se redressa, s'épousseta et risqua un coup œil à partir de l'une des fenêtres du bureau. Il repéra les projecteurs. Deux, il y en avait deux ! Cillant des yeux, en un rien de temps il les fit voler en éclats et se protégea aussitôt derrière le mur. La salve ne tarda pas : ça fusait de partout ; bruits des impacts de balles, morceaux de béton projetés de toutes parts. Puis le calme à nouveau, suivi d'un autre appel à parlementer… Nouveau décompte de Charly : trois balles dans son chargeur…

Maintenant, les phares des véhicules éclairaient l'intérieur du bâtiment. Charly préférait nettement. Il distinguait les ombres furtives et c'est ainsi qu'il en repéra deux. Elles se profilaient sur le côté pour le prendre par revers. Il ajusta son tir, pressa deux fois la détente et entendit aussitôt crier des jurons à son adresse. Preuve au moins qu'il avait atteint ses cibles. Une riposte suivit en demi-teinte, juste pour couvrir le repli des blessés… Une balle, il restait une seule balle dans le chargeur…

Betty, dans sa progression discrète, était parvenue à présent au premier rang. Les policiers, trop occupés, n'avaient pas conscience du danger qu'elle courait.

Rouvres renouvela sa proposition : Charly pouvait sortir sans crainte.

— OK ! accepta-t-il cette fois en émettant toutefois une exigence. Reculez tous, sauf vous, Rouvres !

Celui-ci hésitait. Et pourquoi donc ? Il n'était pas trop d'accord sur cette condition. Pourtant, Montaigne voyait là un geste de bonne volonté de la part de Caplan, donc Rouvres n'avait pas trop le choix ; d'autant que cela pouvait aider à un dénouement rapide.

— Bon, dit Rouvres, se prêtant de mauvaise grâce à l'injonction, alors vous me couvrez, hein ?

— Oui, Pas de problème !

Le repli des hommes fut ordonné et Rouvres se retrouva seul avec son mégaphone à la main. Un silence oppressant régnait sur le site. Tous, à cran, l'œil dans le viseur, retenaient leur respiration. Même le temps semblait avoir suspendu sa course. La silhouette de Charly apparut enfin dans la pénombre.

Rouvres distinguait bien Charly à présent, celui-ci avançait dans sa direction. Il porta son mégaphone devant ses lèvres.

— Avancez, Cap…

Ce furent ses dernières paroles. Charly ne lui avait laissé aucune chance de poursuivre. Dans le même temps, en un éclair, il exécuta un mouvement de rotation, braquant cette fois son arme sur Montaigne ! Alors, tout s'emballa très vite. Cassel ordonna immédiatement le tir pour protéger Montaigne. Charly vacilla sous les balles, poursuivit sa marche, le temps de quelques pas désordonnés. Les cris de Betty retentirent dans le vacarme. Désespérée, elle se précipita vers lui. S'exposant dans le champ de tir, elle fut atteinte à son tour par plusieurs projectiles. Arrêtée brusquement dans sa course, elle s'écroula. Montaigne hurla de cesser le feu. Hélas, il était bien trop tard !

Le silence reprit sa place. Seul, un vent léger murmurait dans le squelette métallique de la toiture du bâtiment. Pas un des policiers ne bougeait. Ils mesuraient à regret cette tuerie inutile. Une femme était morte pour rien. Ils détestaient ça. Sidérés, ils assistèrent alors à une scène surréaliste. Betty se releva, comme portée par une force surnaturelle. Vacillant sur ses jambes, elle rejoignait Charly. Elle y parvint. Tombant à genoux, elle l'enserra dans ses bras pour s'unir à lui dans la mort.

Cassel s'avança, son arme pendait au bout de son bras. Il la rangea dans son étui avant de s'accroupir près des deux corps. Il prit le revolver des mains de Charly et vérifia le barillet.

Il resta stupéfait. Puis il se retourna et leva son regard vers Montaigne.

— Pourquoi a-t-il eu ce dernier geste envers toi ? Il n'avait plus de munitions…

Montaigne n'avait pas envie de lui répondre. Par respect, il ferma les yeux de Betty et de Charly. Peut-être les tenait-il en grande estime, mais il le cacha. Il sentit monter en lui un de ces maudits blues à vous noircir l'âme comme du charbon…

ÉPILOGUE

La lettre, écrite au juge par Betty, avait relancé l'enquête. Ainsi on découvrit que le crime, commis dix ans plus tôt, avait un lien avec le Blue Paradise. La version du psychopathe fut mise définitivement entre parenthèses. Le juge avait pris la décision de libérer Caplan, pensant que celui-ci, de son côté, apporterait des éléments nouveaux.

On était donc face à deux éventualités : l'officier de police assassiné était lui-même impliqué dans des affaires de mœurs liées au cabaret et avait été la victime d'un règlement de compte, ou alors il était sur une piste sérieuse et on l'avait réduit au silence.

Dans le premier cas, une contrepartie financière existait certainement. Or, rien n'était venu étayer une telle suspicion. En dehors de son travail, le policier avait à l'époque un compte bancaire résolument plat, donc pas de train de vie dispendieux.

Les investigations furent orientées alors vers son équipier le plus proche, le capitaine Cassel.

Montaigne n'avait pas été muté à Nantes pour succéder à Cassel. Il appartenait à l'Inspection Générale des Services et avait été chargé de l'enquête, de la manière la plus discrète possible afin de ne pas éveiller les soupçons. Ainsi, il fut présenté à Cassel comme son successeur. Rouvres, bien sûr, était parfaitement au courant car, par ailleurs, c'était aussi sur ses présomptions que la justice s'était intéressée au capitaine. Néanmoins, Rouvres avait émis le souhait suivant : si ces dernières étaient avérées, le scandale devait être étouffé. Et non sans un certain cynisme, il avait suggéré à Montaigne une issue convenable visant Cassel. Ce dernier devait être victime d'un accident tragique ou quelque chose d'analogue et Caplan désigné comme coupable idéal sous le couvert de la vengeance : sitôt libéré, un homme abat le policier qui l'avait envoyé en prison, voilà comment Rouvres voyait l'affaire. De plus, Cassel bénéficierait d'une gratification posthume. Et, au-delà, ce travestissement de la vérité avait pour mérite de ne pas faire de vagues et surtout de ne pas jeter le discrédit sur l'institution.

Le premier crime du quai Saint-Louis, perpétré sur le balafré, avait pris tout le monde au dépourvu. Qui avait exécuté cet homme ? Le mystère était entier.

Pour Rouvres, ce crime était à imputer à Cassel. L'arme utilisée n'était-elle pas une arme de service ?

Cassel était-il naïf au point de se servir de son arme, alors qu'il pouvait faire appel à la méthode du passé, celle d'un tueur ? Cette erreur de jugement de Rouvres avait mis la puce à l'oreille de Montaigne.

D'un autre côté, l'empressement de Rouvres à vouloir tout faire endosser à Cassel, avait fini aussi par alerter le commandant. Il s'était posé la question suivante : et si Rouvres était derrière toute cette affaire ? Encore fallait-il en apporter la certitude. Couvrir des agissements de prostitution, afin de satisfaire les plaisirs adultérins de petits barons locaux ou ceux d'hommes d'affaires, ne se faisait pas gratuitement. Hélas, là encore, aucune preuve ne fut mise au jour.

Mais, n'en démordant pas, Montaigne avait élaboré un tout autre scénario impliquant à la fois Rouvres et Cassel. Car, avait-il fini par se dire, Rouvres n'était pas non plus stupide au point de se dévoiler devant la bande de Mantini. Il se tenait sans doute à l'écart et un complice agissait… Il s'était donc interrogé sur le stratagème et, pour cela, les témoignages de Betty avaient été indispensables. C'est ainsi qu'il l'avait rencontrée trois fois chez elle et avait appris que Mantini puisait régulièrement des espèces dans sa caisse.

La suite s'était révélée petit à petit à Montaigne. Et elle s'était avérée assez machiavélique !

Quand Rouvres avait appris qu'une enquête était menée par l'IGS, il n'en avait pas informé Cassel. Au contraire, il s'était désolidarisé de lui. C'était le chacun pour soi devant l'adversité. Ainsi, il avait mis au point le plan de l'exécution de Cassel, devenu un témoin particulièrement gênant. Pour parvenir à ses fins, il comptait bien rallier Montaigne à sa cause en le manipulant.

Qui de Rouvres ou Cassel avait abattu le balafré ? Ça, le commandant ne le sut jamais.

Il penchait plutôt pour une manœuvre avortée de Rouvres. De toute manière, Caplan se serait chargé de cet individu, comme il l'avait fait avec les autres.

Mais, de son côté, Cassel avait senti le vent tourner avec Rouvres. D'où son souhait constant de se mettre en retrait malgré les incitations contraires de Montaigne, dont l'intention était de faire voler en éclats cette omerta chargée d'hostilité régnant désormais entre Cassel et son patron. Il soufflait donc le chaud et le froid sur le capitaine afin de le déstabiliser.

N'y parvenant pas, Montaigne avait changé de stratégie et fait croire à Rouvres qu'il avait demandé à Caplan d'en finir avec Cassel, responsable de ses dix années de prison. Rouvres avait vu l'opportunité tant espérée de se débarrasser de Cassel et se sauver lui-même.

C'est ainsi qu'il s'était rendu confiant à l'arrestation de Caplan puisqu'il allait assister à l'exécution du capitaine.

Charly avait été prévenu par Montaigne ; la suite avait été tout autre avec la mort de Rouvres…

Et Cassel, de son côté, s'était cru tiré d'affaire. Mais quelle n'avait pas été sa surprise lorsque Montaigne lui avait dévoilé appartenir à l'IGS et qu'il était au courant de ses agissements avec Rouvres.

— Tu le connais cet homme penché vers Mantini ? Celui avec ses lunettes noires et son chapeau, lui avait demandé Montaigne au cours d'un interrogatoire en lui montrant le cliché pris au cimetière, le jour de l'enterrement du vieux.

— C'est moi, avait reconnu Cassel.

À la suite de quoi, il avait tout avoué. Son équipier était bien sur une affaire de prostitution hôtelière de haute importance impliquant des notables de la région et des hommes d'affaires bénéficiant de largesses de la part de fournisseurs. Cassel l'avait mis en garde : cela pouvait faire beaucoup de bruit. Mais l'autre, bien décidé à aller jusqu'au bout, s'en était ouvert à Rouvres. Normal, c'était son supérieur. Voyant le scandale arriver, celui-ci avait chargé Cassel d'intervenir auprès du vieux pour faire assassiner ce policier entêté, tout en impliquant un individu afin de brouiller les pistes.

— La suite, je la connais, avait affirmé Montaigne. Puis, il avait apporté la précision suivante : Caplan aura poursuivi son combat jusqu'au bout. Il n'avait plus de munitions et il le savait parfaitement. Sa fin, il l'a choisie volontairement en me braquant, certain de la réaction qui allait suivre. Caplan était un samouraï des temps modernes, un homme bien. Il m'aura marqué à jamais.

Cassel n'en était pas revenu.

La suite ?

Il est vrai, s'était dit Montaigne, cela aurait fait grand bruit de dénoncer les agissements et les concussions des deux policiers et, à n'en pas douter, des personnalités auraient occupé un temps la sellette et toute cette affaire aurait soulevé l'indignation du public. Bah ! De ce côté-là, Rouvres n'avait pas entièrement tort. Aussi n'arrêta-t-il pas Cassel. Non, il lui annonça par quelques mots destructeurs une fin de carrière peu glorieuse après un passage en conseil de discipline. Et lui dit aussi qu'il le laissait face à sa conscience pour avoir brisé trois vies.

Un soir, en rentrant à leur domicile, la femme de Cassel le découvrit mort. Plutôt que d'affronter le déshonneur, il avait utilisé son arme de service…

Montaigne s'attendait à ce drame. Quand il l'apprit, il eut une pensée pour Charly : « Comme promis, cette fois, tu es vraiment vengé… »

FIN

Quadri Signe - Editions Alain Bargain
125, Vieille Route de Rosporden - 29000 Quimper
E-mail : editions.alain.bargain@wanadoo.fr
Site Internet : perso.wanadoo.fr/editions.bargain

ÉDITEURS DE BRETAGNE

Dépôt légal n°12 - 4e trimestre 2008
ISBN 978-2-35550-033-6 — ISSN 1281-7813
N° d'impression : 811176
Imprimé en France